Zwei Wege in den Sommer

Robert Habeck,
geboren 1969, studierte Germanistik und Philosophie.
Er promovierte mit einer Arbeit zur literarischen Ästhetik
und war eine Zeit lang als Dozent tätig.
In Arbeitsgemeinschaft mit seiner Frau Andrea Paluch
schreibt er u. a. Romane für Erwachsene,
Radiogeschichten und Jugendbücher.
In seinem politischen Leben ist er Landesvorsitzender
der Grünen in Schleswig-Holstein.

Andrea Paluch,
geboren 1970, studierte Anglistik und Germanistik
und promovierte über die zeitgenössische Lyrik Großbritanniens.
Auch sie lebt als freie Schriftstellerin, mit ihrem Mann
und vier Söhnen, zwischen den Meeren
an der dänischen Grenze.

Robert Habeck ◆ Andrea Paluch

Zwei Wege in den Sommer

◆◆◆

Roman

Sauerländer

Bibliografische Information der Deutschen Nationalbibliothek

Die Deutsche Nationalbibliothek verzeichnet diese Publikation
in der Deutschen Nationalbibliografie; detaillierte bibliografische
Daten sind im Internet über http://dnb.d-nb.de abrufbar.

3. Auflage 2007

Umschlaggestaltung: heike ossenkop pinxit, CH-Basel
Umschlagfotos: links oben: © Ajax/zefa/Corbis,
rechts oben: © S. Andreas/zefa/Corbis,
Foto unten und Illustration:
heike ossenkop pinxit, CH-Basel
Printed in Germany
ISBN 978-3-7941-8046-2
www.patmos.de

Aber es ist nicht gut,
sich bei einer einzigen Sehweise aufzuhalten,
und es ist schwer, sich mit ihr zu begnügen,
sich vielleicht des Widerspruchs der subtilsten
aller geistigen Kräfte zu berauben.
Bisher wurde nur eine Denkweise dargelegt.
Es gilt aber zu leben.

Albert Camus,
Der Mythos von Sisyphos.
Ein Versuch über das Absurde.

I.

Ich setzte den letzten Punkt hinter das letzte Wort, das ich in diesem Schuljahr schreiben würde. Aber ich legte die Blätter nicht zusammen, sondern starrte auf die drei viertel volle Seite. Das war's. Das war die letzte Abi-Vorklausur, und es hatte gar nicht wehgetan. Ich blickte auf die Schrift, die meine Hand auf dem Papier hinterlassen hatte, und wusste, ich würde es nicht noch einmal lesen. Egal, was uns die Lehrer sagten. Und dass vieles leider nicht stimmte, jedenfalls in dieser Bio-Klausur, darüber war ich mir im Klaren. Aber man muss glauben, es würde stimmen. Darauf kommt es an. Man muss an seine Möglichkeiten glauben. Man muss sie suchen, finden, erkennen, die Möglichkeiten, die Ordnung hinter der Ordnung. So versuchte ich in dem Muster aus Tinte und liniertem Raum einen höheren Sinn zu sehen. Einen höheren Sinn zu sehen, das bedeutete, nicht zu lesen, sondern sich den unscharfen Blick anzueignen. Der unscharfe Blick bedeutete in diesem Fall, dass man einen unsichtbaren Punkt irgendwo unter der Tischplatte, vielleicht sogar unter dem Fußboden mit seinem rostroten Kurzhaarteppich anpeilen musste. Und plötzlich, als wäre es ein dechiffrierter Code, sah ich den Weg, den ich gehen musste, ohne auf die Linien zu treten.

Neben mir schnaufte Michael. Irgendwie hatten seine Eltern immer auf homöopathische Kügelchen in der Verdünnung D6 vertraut und ihm nie die Wucherungen aus der Nase ziehen lassen. Irgendwann würde sich das von selbst verwachsen, hatten sie geglaubt. Nun war irgendwann und er hatte uns schon drei Klassenfahrten und unendlich viele postalkoholische Fetennächte mit seinem Schnarchen wach gehalten. Vorne saß Franziska Schulte, unsere Bio-Lehrerin, und betrachtete ihre langen Fingernägel. Von allen Bio-Lehrerinnen hätte man mit Franziska Schulte sicherlich am meisten über den Körper des Menschen lernen können. Ich sage, mit ihr, nicht von ihr. Sie ist etwa halb so alt wie unsere Eltern, na ja, jedenfalls wirkt sie so, ist ziemlich groß und ziemlich blond und ziemlich sportlich. Michael und ich haben uns im letzten Sommer ein paar Nächte vor ihrem Haus auf die Lauer gelegt um herauszufinden, ob sie einen Freund hat. Aber da kreuzte keiner auf. Stattdessen ging sie andauernd joggen und an den Abenden, an denen sie nicht joggen ging, saß sie ewig lange am Schreibtisch und schrieb. Keine Ahnung was, vielleicht ein Buch. Ich schätze, alle Lehrer haben mindestens einen Roman in der Schublade. Muss einen doch sonst ganz irre machen, andauernd zu zerpflücken, was andere geschrieben haben und immer zu denken, dass man es mindestens genauso gut kann.

Ich war kein schlechter Schüler, eigentlich sogar ein ganz guter, und das letzte halbe Jahr vor dem Abi-Jahr war vermutlich mein bestes halbes Jahr, seit ich in der ersten Klasse Mengenlehre hatte und grüne Dreiecke von roten Kreisen unterscheiden musste. Aber wer will schon leistungsmäßig sprechen. Es musste noch eine Menge Holz den großen Strom des Sommers hinuntergeschippert werden.

Dass ich gut in der Schule war, lag vielleicht daran, dass ich gesehen hatte, wie Franziska Schulte schrieb, so, als würde auch sie den Fluchtpunkt suchen. Ich hab das irgendwie im Kopf behalten und mich dabei erwischt, wie ich auch anfing zu joggen und abends lange am Schreibtisch saß, den Kopf nach unten, als würden einem die Gedanken mit Kaugummi an der Tischplatte festbacken. Ich wählte neben Biologie sogar mein viertes Prüfungsfach bei Franziska Schulte, nämlich Philosophie. Okay, das klingt jetzt ein wenig abgehoben, hat aber seinen Grund. Doch den erzähle ich jetzt noch nicht. Erst mal muss ich sagen, dass die Schnittmenge zwischen der Schule und mir, nach der Klausur, die Sonne auf dem Ohr, leer war. Da war nichts. Und die Frage war nur, wer hier das grüne Dreieck und wer der rote Kreis war. Und hinter mir schabte Gesas Füller noch immer wie wahnsinnig über das Papier. Sie kämpfte noch um ihren Zeugnis-Schnitt unter eins Komma null. Gesa war nach Franziska Schulte vielleicht die zweitschönste Frau, die ich kannte. Ach, verdammt, das war ungeschickt, ich meine, man könnte ja jetzt denken, dass ich nicht so viele Frauen kenne – was dummerweise auch noch stimmt. Aber eigentlich war es egal, wie schön Gesa war, weil sie eine komplette Nervensäge war. Sie war so superengagiert in allem, was sie tat. Sie war Schülersprecherin, spielte Theater, ritt, und war vor allen Dingen bei irgend so einer globalisierungskritischen Gruppe, die ständig Flugblätter verteilte, sich bei Aldi hinstellte und sagte, man soll dies nicht kaufen und das nicht trinken, und in alle Joghurtbecher mit dem Finger Löcher in die Aludeckel drückte, weil die angeblich kontaminiertes Milchpulver nach Oberhintervorderasien verschachert hatten. Wahrscheinlich war das alles auch superrichtig und es war gut, dass es jemand machte, aber ich konnte gerade niemanden leiden, der immer alles richtig machte, der immer Recht hatte, der alles ernst und wichtig nahm. Gesa ging mir einfach auf den Senkel.

Ich sah auf meinem Blatt den Sommer und im Sommer das Leben. Der Weg in die Freiheit führte nicht mehr an irgendwelchen Aufgaben entlang, die sich Lehrer ausgedacht hatten, sondern an selbst gestellten. Wer sonst sollte mich herausfordern? Das Abi würde nur noch entscheiden, ob Gesa ihre Nullnummer ausbauen konnte. Und für Klaas ging es um ein Jahr mehr in der Penne oder zwölf Jahre Bundeswehr. Das waren zwar auch

Probleme, aber nicht meine. Wirtschaftswachstum, Brutto-Friss-dich-voll-Produkt, Rentenkürzung die null Komma Sechste. Für so etwas war Oles Vaters zuständig, der für die Grünen im Bundestag saß, Kompromisse rechtfertigte, uns abendelang mit alten Haschisch- und Kommunen-Anekdoten langweilte und wollte, dass sein Sohnemann Volkswirtschaft studierte.
Ich riss die letzte Seite aus dem Papierblock, der uns ausgeteilt worden war, und schrieb darauf meinen höchsteigenen Arbeitsplan bis zum Big Bang, der uns in den Sommer katapultieren sollte: 1. Oles Vater erleuchten, 2. Franziska Schulte verführen, 3. Klaas die Bundeswehr ausreden, 4. Gesa küssen, 5. Geld verdienen. Geld kann man immer gebrauchen.
Die anderen Klippen, um die ich meinen Sommer führen wollte, hatten noch keine Namen. Aber eines war sicher. Rente würde ich nie bekommen. Am Ende des Sommers würde ich mir das Leben nehmen. Ich würde zu Miriam aufschließen. Ich hoffte nur, dass es kein Jenseits gab.

◆◆◆

Das ist der Grund, warum ich mich für Philosophie bei Franziska Schulte als zweites Prüfungsfach entschieden hatte. Ich sollte jetzt vielleicht von Miriam erzählen, aber das möchte ich noch nicht. Doch von Philosophie kann ich kurz was erzählen. Wie in jedem Fach muss man auch in Philosophie ein systematisches und ein geschichtliches Thema wählen. Als geschichtliches Thema habe ich Hegel genommen, als systematisches »Die Rechtfertigung des Selbstmordes«. Um mit dem Langweiligeren anzufangen: Wenn ihr einmal in einer Bibliothek seid, dann sucht das Regal mit der größten Werkausgabe. Das ist Hegel. Dann schlagt irgendein Buch an irgendeiner Stelle auf und lest mal drei Sätze. Wer danach nicht denkt, dass der Typ völlig einen an der Waffel hat, ist selbst nicht ganz dicht. Hegel hat Scheiße geschrieben und sah scheiße aus und niemand hat alles von ihm gelesen, weil es so viel ist. Genau das ist der Grund, warum ich ihn gewählt hab. Selbst ein Blitzmerker wie Franziska Schulte kann mich unmöglich Faktenwissen über Hegel abfragen, sie kann höchstens prüfen, ob ich die Logik seines Denkens verstanden habe. Und dafür muss man nicht sehr viel lesen, man muss nur lange genug über die drei Sätze nachdenken, die man zuerst gelesen hat. Bei Hegel funktioniert das nämlich so, dass das Gegenteil immer zu dem führt, von dem es eigentlich das Gegenteil war. Ein Beispiel: Wenn man ein geschichtliches mündliches Abiturthema wählen soll, es aber so wählt, dass es nicht geschichtlich, sondern systematisch ist, man also plötzlich zwei systematische Themen hat – das ist Hegel'sche Dialektik. Eine unglaublich gute Strategie, um Recht zu bekommen. Man gibt einfach zu, dass man Unrecht hat, und schon hat man wieder Recht. Allerdings gibt es ein Problem und das führt zu meinem zweiten Thema. Wenn man nämlich alles in sein Gegenteil überführen kann, dann bedeutet auch nichts etwas nur für sich. Dann ist immer alles wichtig im Hinblick auf irgendetwas anderes. Und wem das jetzt bekannt vorkommt, der hat genau Recht: Hegels Philosophie ist genauso wie die Politik, die sagt, ihr müsst euch jetzt die Zahnspangen selbst kaufen, damit ihr reicher werdet, ist genau wie die Leute, die sagen, wir können uns jetzt nicht in die Sonne setzen und eine rauchen, weil wir arbeiten müssen, um Geld zu verdienen, um dann später die Möglichkeit zu haben, in der Sonne zu sitzen und zu rauchen, ist genau wie Eltern, die sagen, erst mal muss man Abitur machen, damit man hinterher selbst entscheiden kann, dass man nicht studieren will. Nichts gilt für sich, alles wird zu Brei, keiner meint mehr, was er sagt. Bei Studium, Arbeit und Zahnspange ist mir das eigentlich egal. Nicht egal ist es, wenn es um das eigene Leben geht. Ich bin Teil eines höheren Sinnzusammenhangs, einer Gemeinschaft, einer Klasse, einer Familie, einer Krankenkasse. Was ich will oder nicht will, muss mit dem zusammenpassen, was andere wollen oder nicht wollen. Das heißt doch eigentlich, mein Leben ist nicht meins, sondern gehört uns allen. Das Dumme ist nur, dass mein Leben vielleicht allen anderen gehört, aber ich keinen Anspruch auf das Leben der anderen habe, sonst wäre ich längst schon mit Frau Franziska Schulte im Bett. Drauf geschissen. Mein Leben könnt ihr haben, aber nicht meinen Tod. Da hört der Spaß auf. Wäre ich Hegel, wäre auch mein Tod sinnvoll für irgendwas. Und wenn mir nichts einfiele, würde ich so lange das Gegenteil behaupten, bis es wieder passt. Der Tod von Jesus oder Che Guevara, Jim Morrison oder Martin Luther King, der bedeutet natürlich eine Menge. Aber vermutlich hätten alle gerne weitergelebt. Und erst recht vielleicht, wenn sie gesehen hätten, was aus ihrem Tod gemacht wurde. Ich weiß nicht, ob Che froh gewesen wäre, auf einem T-Shirt über Gesas Busen zu prangen, wobei an dem Busen nichts auszusetzen ist. Jesus jedenfalls müsste doch die Krise kriegen, wenn er sähe, was die Kirche aus ihm gemacht hat. Okay, lassen wir das. Ich bin ja nicht Gesa, zum Glück. Es ist natürlich klar, dass die Kirche den Selbstmord ablehnt, weil man ja ein Teil der Schöpfung ist. Aber das ist so ein typisches Hegel-Argument, denn schließlich ist ja alles, was es gibt, aus der Schöpfung hervorgegangen, also auch Atomkraftwerke, Hundescheiße oder George Bush. Eine ganze Reihe von Philosophen hat die Selbsttötung mit der Freiheit des Willens gerechtfertigt. Der Mensch wählt selbst, was er mit seinem Leben macht, zur Not beendet er es. Und? Richtig, reinster Hegel! Demnach geht es bei Selbstmord nicht um den Tod, sondern um das eigene Leben. Man beweist, dass man alles bis zum Schluss im Griff hat. So gesehen ist der Tod ein Ding wie ein Hammer oder wie ein Stück Klopapier. Benutzt man es richtig, erfüllt es seinen Zweck. Aber genau so verhält es sich mit dem Tod nicht und vermutlich auch nicht mit dem Leben. Der Tod ist das, wozu man keine Beziehung aufbauen kann, er ist das, was sich nicht in einen Sinnzusammenhang überführen lässt, das völlig Sinnfremde. So sehe ich es jedenfalls. Niemand hat mir bis jetzt erklärt, was der Sinn von Miriams Tod war. Und so will ich meinen Tod auch sehen. Als etwas, das nicht in irgendein Bild passt.

◆◆◆

Bitte kommt jetzt zum Ende«, sagte Franziska Schulte und zog ihren Kaschmir-Pullover über ihre breite Armbanduhr. Michael meldete sich. Ich wusste, was er sagen würde.

»Bitte?«, sagte Franziska.

»Darf ich schon früher kommen?«, fragte er.

Alle bis auf Gesa grölten.

Ich stand auf, faltete mein Blatt zusammen und ging nach vorn. Neun Punkte, schätzte ich.

In Musik hatte uns unser Lehrer einmal gefragt, welche Note wir uns selbst geben würden. Der Reihe nach rief er uns auf und notierte sich die Antworten. Es war klar, dass er es ernst meinte und vermutlich hätte er jedem eine Eins gegeben, wenn man es gesagt hätte. Aber das Verblüffende war, dass keiner schummelte. Alle schätzten sich aufrichtig ein und alle bekamen ihre Noten so, wie sie es gesagt hatten. Ziemlich ehrliche Aktion. Und ich glaube, sie zeigt auch irgendetwas über die Mentalität meiner Generation. Sie zeigt, dass selbst Arschlöcher wie ich nicht immer nur ihren eigenen Vorteil suchen, sondern dass wir alle im Grunde unseres Herzen danach hungern, dass es aufrichtig zugeht. Oles Vater würde von Solidarität reden. Das wäre mir zu fett. Ich würde aber sagen, dass wir gar nicht alles nehmen wollen, was man kriegen kann. Ich würde sagen, es geht um Ehrlichkeit – auch sich selbst gegenüber.

»Ging's gut, Max?«, fragte Franziska Schulte und zwinkerte mir zu. Sie hatte den Kopf voll blonder Locken und sehr dunkle Augenbrauen. Der Kontrast machte ihr Gesicht aus.

»Ich glaub, die alten Fruchtfliegen hab ich erledigt«, sagte ich. Franziska lachte laut los. Viel zu laut für so einen blöden Spruch. Als ich zurückging, war ich mir sicher, dass sie mir zuliebe gelacht hatte. Das Augenzwinkern hatte nichts zu sagen, aber das Lachen schon.

Ole kam mir im Mittelgang entgegen. »Wart mal draußen«, sagte er.

Ich nickte, wischte Bleistifte, Kulis und die leere Wasserflasche in meine Tasche, warf den Leuten aus meinem Kurs noch einen Blick zu und ging.

Draußen auf dem Flur rannten zwei andere aus meinem Jahrgang an mir vorbei. Auf dem Pausenhof sang jemand »Ab in den Norden«. Aus einem anderen Kursraum sah ich Svenja kommen. Auch sie lachte mir zu. Es war irgendwie der Tag, an dem mir die Frauen zulachten. Dabei kannte ich Svenja eigentlich nur als Oles Freundin, obwohl sie auch Miriams beste Freundin gewesen war. Das war vermutlich der Grund, warum ich es nicht schaffte, mit ihr zu reden. Manchmal, wenn ich Oles Vater neue Links installierte, war sie auch da. Aber viel Zeit hatte ich dann eigentlich nicht und Ole und Svenja hatten vermutlich ebenfalls Besseres vor. Ab und an trafen wir uns in der Küche und tranken einen Saft oder Kaffee, während Oles Vater von uns wissen wollte, was wir von Elite-Universitäten hielten.

»Was hältst du denn von Zoos?«, fragte Ole zurück. Svenja schwieg meistens. Schweigend verschwand sie auch jetzt auf dem Pausenhof. Hinter mir flog mit einem Krach die Tür auf.

Irgendwo habe ich gelesen, dass Tiere, die in Zoos geboren werden, ihre Gefangenschaft gar nicht bemerken. Im Gegenteil, würde man sie freilassen, würden sie Paranoia kriegen, und wenn sie wählen könnten, würden sie immer den Zoo mit seinen geregelten Fütterzeiten und seinem sicheren Käfigleben dem Leben voll Hunger und Gefahren in der Steppe vorziehen. Auch auf die Gefahr hin, euch zu beklugscheißern, kann ich das so aber nicht durchgehen lassen. Denn Tiere können nun mal nicht frei wählen. Deshalb geht es gar nicht um die Wahrheit über die Tiere, sondern um die Intention solcher Aussagen. Und das bedeutet, dass Begriffe wie Freiheit, Wildheit, Natur, Hunger und Gefahr nichts wert sind, wenn noch nicht mal der Tiger sie für sich reklamieren würde. Sie sind nicht ursprünglich, sondern einfach nur Projektionen unserer satten, sicheren, künstlichen, zahmen und unfreien Gesellschaft. Da aber die Gesellschaft vermutlich nicht weniger zahm, sicher und vollgefressen sein wird, wenn wir die Idee aufgeben, dass es auch anders sein könnte, ist die »Wahrheit über die Tiere« nur reaktionäre Propaganda. Sie rechtfertigt allein die Gefangenschaft. Die Wahrheit ist: Es gibt gar keine. Es gibt nur Entwürfe. Und der, dass alle gern hinter Gittern leben, ist vermutlich der erbärmlichste.

Michael kam heraus. Er hatte zwei Flaschen echten Champagner mitgebracht. Ich weiß nicht, was er trinken will, wenn wir in einem Jahr tatsächlich unser Abi haben – beziehungsweise: er. Ich ja nicht.

Dann kamen Ole, Klaas, Gesa und die anderen. Schließlich Franziska Schulte mit unseren Klausuren.

»Und jetzt, Jungs?«, fragte sie und musterte uns. Gesa schien sie nicht mitzumeinen.

»Morgen Abend ist Party bei Michael. Sie können auch kommen«, sagte Klaas. Er war fast zwei Meter groß und fast hundert Kilo schwer. Dabei setzte sein Körper beinahe kein Fett an. Er spielte in der Handball-Landesjugend und war von einer erschütternden Offenheit.

Franziska Schulte lächelte und ging, ohne die Einladung abgelehnt oder angenommen zu haben. Klaas starrte ihr nach und sprach aus, was wir alle über ihr Hinterteil dachten.

»Arschlöcher«, sagte Gesa. Sie trug eine runde Nickelbrille, ihr Gesicht war etwas zu schmal und ihre Hüften etwas zu breit. Und ihre Wimpern streiften die Gläser, wenn sie blinzelte.

Michael zog seine Flasche aus dem Rucksack und drehte den Draht auf. Der Korken knallte an die Decke. Michael setzte die Flasche an den Mund, damit der Schaum nicht auf den Boden kleckerte. Dafür kam er ihm nun zur Nase wieder raus. Aber er trank tapfer weiter.

»Auf die Arschlöcher!«, sagte er, als er absetzte und die Flasche Gesa anbot. Die trank und zeigte ihm dabei den ausgestreckten Mittelfinger. Wir ließen die Flasche kreisen. Nur Ole lehnte ab.

»Davon kriegt man es nicht«, sagte Michael.

Von allen aus unserem Jahrgang würde es Michael im Leben am leichtesten haben, schätzte ich. Er hatte mit allen Idealen abgeschlossen. Für ihn zählte, was kaufbar und berechenbar war. Und weil er sich keinen Kopf um Freiheit oder Liebe machte und wie beides zusammenpasst, lebte er auf eine gewisse Art den ursprünglichsten Anarchismus. Er war schon mit 16 ohne Führerschein in die Disko gefahren. Vor zwei Jahren hatte er einen Sommer lang bei einer Gärtnerei Unkraut gejätet und sich danach für 100 Euro hundert Aktien von irgendeiner Minifirma gekauft, die kurz danach mit einem Patent für genveränderten Mais rauskam, mit dem man ein Bier brauen konnte, von dem man abnimmt. Michael hatte seine hundert Aktien für 5 000 Euro verkauft und uns danach alle zu einem Billigflieger-Trip auf die Balearen eingeladen. Keiner war mitgeflogen, weil ihm niemand geglaubt hatte. Aber Michael hatte einfach einen Tag blaugemacht und war am nächsten Tag pünktlich zur Sportstunde wieder zurück gewesen.

Er fragte sich nie, ob etwas gut oder schlecht war, sondern nur, ob es gut oder schlecht für *ihn* war. Dem Philosophiefreund drängt sich damit sogleich die Frage auf, ob Egoismus die Bedingung für Anarchie ist, ob also Kapitalismus nur der bessere Sozialismus ist und was wohl Hegel dazu sagen würde.

Ich ging zu dem Rest meines Jahrgangs auf den Hof. Als ich gerade die Tür erreichte, hielt mich eine Hand zurück. Es war

Ole. Er zog mich nach hinten in das Treppenhaus zum Fahrradkeller.
»Ich hab was«, sagte er.
Ich fand, es war zu früh zum Kiffen. Aber Ole schüttelte den Kopf und zog eine lange Metallröhre aus seiner Tasche. Sie sah aus wie eine Panzergranate.
»Von meinem Vater. Und der hat sie vom Bundeskanzler«, sagte er und schraubte die Granate am Ende auf.
Eine fette Zigarre flutschte ihm in die Hand.

Ole und ich saßen in der Frühlingssonne auf einem Fahrradständer und probierten aus, wer den Rauch der Zigarre am längsten in der Lunge halten konnte. Mir war schlecht und ich hatte das Gefühl, dass meine Haut gelb angelaufen war.
»Also, nach Kuba muss ich nicht«, sagte ich.
Ole nickte. »Was echte Scheiße ist«, sagte er. »Wir reißen uns hier den Arsch auf und sind doch nur Mittelmaß.«
»Was meinst du?«
»Ich meine, selbst wenn Gesa nächstes Jahr einen 1,0-Schnitt macht, ist sie nur bei uns der Star. Und dann bewirbt sie sich und irgendeiner sagt ihr: ›gut, gut, aber euer System ist so schlecht.‹ PISA und so.«
Ich glaube, in dem Moment hatte ich zum ersten Mal den Gedanken, nach Finnland zu segeln, wo alle glücklich sind.
»Aber ich meine gar nicht PISA. Ich meine, dass nichts, was man tut, für sich selbst steht, sondern immer irgendwie eingebunden ist. Als würde man in Watte leben.«
Ich zog noch mal an der Zigarre. Ole wollte mir irgendwas sagen, aber ich kam nicht drauf, was er meinte. Natürlich hatte er Recht mit der Watte, aber das war nun auch nicht so neu, dass es ihn so fertig machen musste.
»Redest du von Sex?«, fragte ich. Er blickte mich misstrauisch an.
»Mit wie viel Mädchen hast du schon geschlafen?«, fragte er.

»Ist nicht so 'ne wilde Sache«, sagte ich.
Ich reichte ihm die Zigarre. Er schüttelte den Kopf.
»Für uns schon«, sagte Ole.
Ich hatte das Gefühl, er würde gleich anfangen zu heulen.
»Frag deinen Daddy«, sagte ich, »Sex ist wie Politik. Man glaubt, man könnte die Welt auf den Kopf stellen, tatsächlich befriedigt man nur sich selbst.«
Zum zweiten Mal innerhalb einer Stunde sagte jemand »Arschloch« zu mir. Aber Ole meinte es wirklich ernst.
»Ihr habt noch nicht miteinander geschlafen?«, fragte ich. Die qualmende Cohiba steckte ich in eine Mülltonne. Zirka 100 Euro verdampften zwischen Apfelgehäusen und voll geschnodderten Taschentüchern. Ein Anblick, der mich irgendwie glücklich machte.
»Wir wollen ja, irgendwie. Aber ich weiß nicht ...«
Er stockte. »Du sagst doch immer, wenn's am schönsten ist, muss man aufhören ...«
»Das hab ich gesagt?«, fragte ich zurück. Tatsächlich hatte ich irgendwie eine Ahnung, so was schon mal gesagt zu haben, aber eher in Richtung »keine lauen Kompromisse machen« und »sich absetzen, bevor aufgeräumt wird«, also aufhören, solange die Party noch läuft, nicht, wenn sie schon zu Ende ist. Dass man bei Sex aufhören soll, wenn es am schönsten ist, klang entweder nach einer fernöstlichen Liebeskunst oder nach Quark mit Soße.
»Ich weiß nicht, was unsere Perspektive ist«, sagte Ole.
»Alter, du hast wohl zu viel Zeit mit deinem Daddy verbracht. Du schläfst doch nicht mit einem Mädchen und denkst an die Perspektive.« Ich war echt sauer auf Ole. Ich meine, er war kein so guter Freund, dass es mich wirklich was anging. Aber ich wollte nicht, dass Svenja sich so eine verkopfte Scheiße anhören musste.
»Dann red du doch mal mit Svenja«, sagte Ole. Er stand auf und ging in die Schule zurück.

Keine Ahnung, ob Ole das ernst gemeint hatte, dass ich mich in seine Beziehung einmischen sollte. Aber als ich ihm nachsah, wurde mir klar, wovon er überhaupt gesprochen hatte. Er wollte mit Svenja Schluss machen. Aber vorher wollte er noch mit ihr schlafen. Als ich so weit war, schien es mir schon etwas logischer, warum er mir das erzählt hatte.

◆◆◆

Nachdem wir Michaels zweite Flasche ausgetrunken hatten, fuhr ich mit Klaas nach Hause. Wir eierten herrlich. Einmal hätte mich fast ein ausparkendes Auto mit seinem Kühler geküsst. Eine Frau rief hinter uns her, als wir vor einem Laster über die rote Ampel rasten. Dann tauchte unter einer Steilklippe die Ostsee auf, auch sie schwankte.

Klaas' Eltern waren Landwirte, aber nicht so blöde Schweinebauern, sondern total coole Unternehmer. Sie hatten schon vor Jahren Windräder auf ihren Koppeln aufgestellt und seitdem waren sie mehr auf Kongressen als im Kuhstall, was Klaas die Möglichkeit eröffnete, in einer Ecke des ehemaligen Bullenpferchs Pilze zu züchten.

Windräder, das war klar, würden niemals all den Strom liefern, die unsere AKWs so ausbrüten, aber darum geht es gar nicht. Ich finde, Windräder sehen einfach schön aus. Sie haben etwas von Statuen. Wären wir die alten Griechen, lebten aber in der Gegenwart, würden wir vermutlich Windräder statt irgendwelcher Marmorgötter bauen. Sie sind das stahlgewordene Symbol der Hilflosigkeit des Lebens, rudern wie wild und kommen doch nicht voran. Wie Ertrinkende.

Ich hatte erst ein Mal von Klaas' Pilzen gekostet, im letzten Herbst, zusammen mit Ole, nach einer Halloween-Party. Ich müsste genauer sagen, *der* Halloween-Party, die Svenja gegeben hatte, nachdem sie aus Frankreich zurückgekommen war, an dem Abend, an dem sie mit Ole zusammengekommen war. Die ersten Minuten war überhaupt nichts passiert, aber dann veränderte sich plötzlich die Wahrnehmung. Eine Glühlampe wurde zur Supernova, die Musik schnitt mein Gehirn in Scheiben und während ich Michael sah, redete ich mit Ole und als ich Gesa suchte, fand ich immer nur Svenja. Ich musste mich übergeben, schaffte es aber nicht mehr bis zur Verandatür und entschied mich, um Svenjas Eltern nicht mitten auf den Wohnzimmerteppich zu kotzen, für einen Mülleimer. Als ich fertig war, wollte ich ihn des Gestanks wegen rausstellen, hob ihn hoch und trug ihn zur Verandatür. Aber während ich ging, wurde sein Gewicht immer leichter. Der Mülleimer war ein Papierkorb und weder wasser- noch luftdicht, sodass meine angedaute Nahrung doch auf dem Wohnzimmerteppich landete.

Aber jetzt war es lange genug her um nachzuschauen, wie die Pilze den Winter überstanden hatten.

Klaas und ich, wir hatten beide einen hängen. Die Welt drehte sich unter uns. Die Tulpen salutierten in den Beeten und die Luft fühlte sich an wie Haut.

»Mensch Klaas, du bist aber groß geworden«, sagte ich, als wir den Bauernhof seiner Eltern erreichten und er wieder neben seinem Fahrrad stand.

»Nur keinen Neid«, sagte er und warf seine Tasche durch das offene Küchenfenster ins Haus.

»Tor«, sagte ich.

»War Stürmerfaul.«

Klaas war cool.

»Gehst du deshalb zum Bund, wegen des Sports?«, fragte ich.

Er blickte mich an, als hätte ich nicht alle Tassen im Schrank.

»Du verweigerst, oder?«, fragte er.

Ich nickte. Obwohl ich am Ende des Sommers tot sein und meinen Zivildienst nie antreten würde, hatte es mir etwas bedeutet, den Pappkameraden im Kreiswehrersatzamt mitzuteilen, wie sehr ich nicht bereit war, für mein Land zu sterben. Mit meinem Tod meinte ich es ernst. Den wollte ich nur für mich.

»Ich werde auch den Zivildienst verweigern«, sagte ich, hob einen Stein auf und warf ihn gegen ein Garagentor. »Ich mach die Biege, denke ich, ich hau ab und komm nicht wieder zurück.«

Klaas kratzte sich am Scheitel. Während ich normal kurze Haare habe, hat er eine Mähne, die ihm über die Schultern fällt. Beim Handball hält ihm ein Haarband die Pracht aus der Stirn.

»Das mit Miriam ist echt scheiße. Aber das ist nun fast zwei Jahre her. Und du musst mal wieder aufmachen«, sagte Klaas und dabei stand er so dicht vor mir, dass es sich anfühlte, als würde er meine Hand halten.

Dabei war ich es doch, der Klaas davon abbringen wollte, zum Bund zu gehen. Jetzt nahm er mich in die Psychoklemme.

»Hör auf, in Handballvokabeln mit mir zu quatschen«, gab ich zurück. »Ich verweigere, weil ich keinen Menschen töten kann.«

»Klar kannst du. Ehrlich gesagt, du bist der Einzige aus unserem Jahrgang, dem ich so etwas zutrauen würde. Jedenfalls seit der Sache mit Miriam. Du verweigerst, weil du alles verweigerst. Du machst total dicht. Du lässt nichts mehr durch.«

»Hinten dicht und vorne volle Pulle, was?«, sagte ich. Ich wollte dieses Gespräch nicht führen.

»Mach schon auf, Klaas.« Ich zeigte auf das Tor zum ehemaligen Bullenstall. Aber Klaas lehnte sich dagegen.

»Erst will ich, dass du mir sagst, dass es richtig ist, zum Bund zu gehen«, sagte er.

»Was soll daran richtig sein?«, fragte ich.

»Es gibt Menschen, denen man helfen kann. Menschen, die echt dreckig dran sind, die vergewaltigt wurden und deren Kinder man ermordet hat – Dafur und Sarajevo. Aber an die denkst du nicht. Du denkst nämlich nur an dich.«

Ich hatte Klaas noch nie so viel reden gehört und auch nicht gewusst, dass er sich über mich so viele Gedanken machte.

»Jawoll, mein General«, sagte ich.
»Und deswegen will ich, dass du jetzt sagst, dass es richtig ist, zum Bund zu gehen, und du nur verweigerst, weil du ein asoziales Arsch bist.«
»Ich bin ein asoziales Arsch. Machst du jetzt auf?«
»Das kam nicht von Herzen.«
»Willst du wissen, wie es sich anfühlt, wenn es von Herzen kommt?«, fragte ich.
Ich musste hochspringen um Klaas im Gesicht zu treffen. Eigentlich wollte ich ihn am Kinn treffen, aber er drehte seinen Kopf im Reflex zur Seite und ich schlug ihm voll auf die Lippe, die sofort platzte. Aber noch während ich in der Luft war, traf mich Klaas' Faust auf den Rippen. Ich hörte, wie eine brach. Es fühlte sich an wie Seitenstiche. Der Schmerz machte mich schlagartig nüchtern. Ich rumste auf den Boden und versuchte Klaas mit einer Beinschere zu Fall zu bringen, traf ihn aber nicht, weil ich mich gleichzeitig vor Schmerzen krümmte. Klaas sprang schnell zur Seite. Dabei stolperte er jedoch über sein Fahrrad und stürzte hin. Ich bekam kaum Luft, der Schmerz in meinem Brustkorb griff auf den ganzen Körper über. Klaas warf sich auf mich. Sein Gewicht presste mich gegen die Lenkerstange des Fahrrads, das Blut aus seiner Lippe lief mir in den Nacken. Ich schlug mit dem Kopf nach hinten und traf ihn nun endlich am Kinn. Für einen Moment ließ seine Umklammerung nach. Ich drehte mich um und schlug ihm auf den Rücken. Sofort griff er wieder zu und nahm mich in den Schwitzkasten, stand auf, ohne mich loszulassen, hob mich hoch und quetschte mich so zusammen, dass ich keine Luft mehr bekam. Ich trat ihm vors Schienbein. Klaas drückte weiter. Meine Lunge krampfte sich zusammen. Ich schmeckte Blut in meinem Mund. Dann bekam ich eine Hand frei und griff ihm in die Haare. Ich riss daran. Und da ließ er mich los. Ich sackte benommen auf den Boden, Klaas kniete vornübergebeugt. Ich wischte mir das Blut aus dem Gesicht und

blieb liegen. Erstaunlicherweise fühlten die Schmerzen sich gut an. Es tat gut, zu merken, wie sie nachließen, es war okay, dass meine Knöchel vom Zuschlagen abgeschürft waren. Diese Cowboy-Filme, in denen die Männer, nur weil einer geniest hat, den Saloon ramponieren, hab ich immer gern geguckt. Vielleicht haben Schlägereien irgendeine ganzheitliche Bedeutung. Jedenfalls fühlte es sich so an. Aber das würde auch bedeuten, dass Kriege eine Bedeutung haben.
»Okay, es ist richtig, dass du zum Bund gehst«, sagte ich.
»Dann mach ich jetzt auf«, sagte Klaas und half mir hoch.

◆◆◆

Die Pilze waren total mickrig und sahen außerdem ziemlich verstaubt aus. Was immer sie für wirklichkeitserweiternde Substanzen ausbrüten würden, die Schlägerei mit Klaas hatte mir das Interesse an biologischen Drogen genommen. Und als diesmal das Meer auftauchte, bog ich ab und fuhr zwischen zwei Feldern unreifen Weizens an den steinigen Strand, der sich vor der Steilküste breit machte. Ich musste freihändig fahren, denn sobald ich mich vornüberbeugte, konnte ich vor Schmerzen kaum atmen. Gleichzeitig machte mich die Intensität des Gefühls glücklich.
Als ich am Wasser war und eine marode Holztreppe hinunter zum lehmigen Sockel der Steilklippen gekraxelt war, streckte ich mich auf dem Rücken aus um weiter zu überlegen, warum ich zufrieden war, dass Klaas mir die Rippe gebrochen hatte. Der Himmel ließ weiße, kleine, vom Wind zerrupfte Wolken vorbeiziehen und schien bester Laune zu sein. Wahrscheinlich sieht der Himmel immer so aus, wie man sich fühlt. Vermutlich ist er ein Spiegel, dachte ich, der einem anzeigt, wie es einem geht. Aber da er ein Spiegel aus Nichts ist, schaut man, wenn man sich selbst in ihm zu finden meint, eigentlich durch ihn hindurch.

Ich schloss die Augen. Vor meinen Lidern tanzten Stäbchen im roten Licht. Ich dachte an Miriam.
Miriam ist meine Schwester. Ich sage »ist« und ich schreibe im Präsens, weil ich nicht akzeptiere, dass sie tot ist. Miriam ist nämlich nicht nur meine Schwester, sie ist meine Zwillingsschwester. Ich kam zwanzig Minuten vor ihr auf die Welt, ich bin der Ältere, ich muss auf sie aufpassen. Miriam wurde mit dem Gesicht nach oben geboren. Man nennt solche Kinder Sternengucker. Und ein Sternengucker ist sie. Vielleicht hat Klaas Recht, dass ich seit ihrem Tod zynisch geworden bin. Ich war immer derjenige von uns beiden, der wissen wollte, was es mit den Dingen auf sich hat, während sie wissen wollte, was hinter den Dingen wartet. Sie hat das Unsichtbare gesehen, ich sehe nur die Wände davor. Vielleicht hat sie sich deshalb mit Svenja so gut verstanden. Ich weiß es nicht, ich kenne Svenja ja kaum.

Am Abend von Miriams Tod waren wir am Strand. Ein kleines Feuer knisterte, nachts wurde es immer noch kalt. Ich lag auf dem Rücken und schaute ins All über mir. Manchmal sauste eine Sternschnuppe genau auf mich zu, aber mir fiel nichts ein, was ich mir hätte wünschen können. Stattdessen dachte ich an Miriam. Wie sie versuchte ich durch die Sterne hindurchzuschauen, zu erkennen, was das Schwarz verbarg.
Die Mädchen saßen etwas abseits. Ich weiß, dass sie gekichert haben, aber ich weiß nicht mehr, wann ich sie zum letzten Mal hörte.
Plötzlich stand Svenja vor mir und schüttelte mich. Sie schrie und gab mir eine Ohrfeige. Aber ich war noch tief in einem Raum hinter dem Raum und schaffte den Quantensprung ins Sonnensystem nicht.
Svenja lief zum Wasser und fuchtelte mit den Armen. Ich stand auf und torkelte ihr nach. Jetzt hörte ich, dass sie Miriams Namen rief. Und dann begriff ich. Miriam war ins Wasser gegangen.

Weit draußen im Licht, das der Mond über das Meer trieb, sah ich etwas, das Miriams Kopf sein konnte. Ich rannte ins Wasser. Idiotischerweise zog ich mir noch die Hose aus. Es war eine weiße Jeans und sie war neu.
Der Sternennebel in meinem Kopf war wie weggeblasen. Ich kraulte, bis mir die Lunge platzte, dann schwamm ich Brust, immer in Richtung Mond, immer im Licht. Als ich dachte, an der Stelle zu sein, wo ich Miriam gesehen hatte, war sie nicht mehr da. Ich drehte mich zu Svenja um, die jetzt meinen Namen rief und winkte. Ich tauchte. Aber unter Wasser scheint kein Mond. Ich schwamm hin und her, bis die Kälte anfing meine Glieder zu betäuben. Dann kehrte ich um.
Miriam war eine gute Schwimmerin. Ich begriff nicht, was passiert war.
Als eine Welle mich auf den Strand spülte, blieb ich einfach liegen. Svenja kam angelaufen und setzte sich neben mich in die Widersee.
»Wir müssen die Bullen anrufen«, sagte sie dann und stand auf. Ich ging hinter ihr her zurück zum Feuer und merkte nicht, wie sehr ich fror. Svenja packte die Bierflaschen in ihren Rucksack. Dann löschte sie das Feuer und rief mit ihrem Handy die Polizei an. An mir glitt das alles vorbei. Erst als ich Svenja sagen hörte, dass Miriam ertrunken war, konnte auch ich es denken. Ich fing an zu weinen. Svenja legte auf und sah mich an. Sie nahm mich nicht in den Arm oder so, sie sah mich nur auf eine ganz merkwürdige Art an und dann sagte sie: »Wir sagen denen, was passiert ist. Dass sie Selbstmord begangen hat.«

◆◆◆

Als die Kälte der Kiesel mein Herz erreicht hatte, stand ich auf und schleppte mich zu meinem Fahrrad. Nun hatte ich doch das Gefühl, dass ich mit meiner Rippe besser zum Arzt gehen sollte.

Das einzig Gute an einem Arztbesuch ohne Termin ist, dass man sich nicht ärgern muss, dass andere ohne Termin vor einem drankommen. Ich war stinksauer, als gegen halb vier mein Name aufgerufen wurde. Der Doc war der Typ väterlicher Freund, der einen »mein Junge« nennt, aus seiner Jugend erzählt, einen Geländewagen mit einem Spritverbrauch fährt, der Gesa die Tränen in die Augen getrieben hätte, und mich an Kinderschänder denken lässt.

»Na, mein Junge, was ist mit dir passiert?«, fragte er.

Ich zeigte auf meine Brust.

»Hast dich geprügelt? Wir haben uns früher jeden Samstag mit den Jungs von der anderen Straße ...«

»Ahh«, stöhnte ich, als er auf meine gebrochene Rippe drückte.

»Tut das weh?«, fragte er.

»Nö.«

»Die ist gebrochen«, sagte er. »Da kann man nichts machen.«

Sauber. Danke fürs Warten.

Ich bekam einen Schutzgürtel, der den Schmerz dämpfen sollte. Das einzig Gute an diesem Arztbesuch war, dass ich auf die Situation zu Hause optimal vorbereitet war.

Es war nach vier, als ich mein Fahrrad auf den Hof schob. Meine Mutter hatte zu Mittag ein italienisches Gericht mit selbstgemachten Nudeln gekocht und meine Großmutter war auch da. Das war vor drei Stunden gewesen. Jetzt stand ich in der Tür, dreckig, blutig, bandagiert, und die Enttäuschung, dass ich sie hatte warten lassen – so ist das Leben eben –, wich schlagartig dem Entsetzen.

»Was ist passiert?«

»Wie ist das passiert?«

»Ich hab ein gutes Gefühl«, sagte ich und versuchte die Klausur in den Vordergrund zu rücken. Das klappte nicht gleich und ich musste mir eine Geschichte ausdenken.

Um sie ein wenig aufzuheitern, setzte ich mich zu ihnen ins Wohnzimmer, trank einen Kaffee und erzählte, dass ich mir heute auf dem Rückweg überlegt hätte, nach dem Zivildienst entweder Informatik zu studieren oder auf eine Journalistenschule zu gehen. Beides nahmen sie mir ab. Seit ich für Oles Vater arbeitete, glaubte meine Familie, ich könnte Bill Gates einmal aus seiner Firma verdrängen. Und dass ich eine Menge dummes Zeug zusammenreden kann, wussten sie auch. Nachdem der Haussegen wieder gerade hing, ging ich in mein Zimmer, legte mich aufs Bett und pflegte meine Melancholie, indem ich traurige Musik hörte, mir klar machte, dass der Sommer schnell vorbei sein würde und mein Leben damit auch seinem Ende zuging. Außerdem hatte sich im letzten Jahr wieder kein Mädchen in mich verliebt. Jedenfalls fiel mir keins ein.
Ich hatte mir noch nicht genau überlegt, wie ich aus dem Leben gehen wollte. Tabletten schieden aus ökologischen Gründen aus. Ich würde ja unentdeckt verwesen und dann mit meinem Körper den finnischen Waldboden kontaminieren. Erschießen ging schlecht, weil ich keine Waffe hatte, erhängen schien mir zu schmerzhaft, ertrinken erst recht. Ich hab mal im Schwimmbad probiert, wie es ist, wenn man ertrinkt. Erst treibt man unheimlich cool dahin, aber dann beginnt die Lunge zu schmerzen und wenn man dann anfängt zu tauchen, hat man das Gefühl, das Hirn zerspringt einem, und der Druck wird immer größer und man gerät echt in Panik. Aber dann erreicht man erst den Bassinboden und muss noch wieder hoch. Und das ist echt das Schlimmste, denn man hat das Gefühl, alles geht zu langsam und man wird zu einem kleinen, harten Stein. Und wenn man endlich die Wasseroberfläche durchstößt, bleibt der Stein im Kopf stecken.
Im Grunde hoffte ich irgendeinem Bären zu begegnen. Ich würde mich ein bisschen wehren, ihm aber nicht wehtun, gerade so viel, dass er mich auch erledigte, ein Prankenhieb – Hasta la vista, Baby.

Als ich so weit war, wurde mir zum ersten Mal bewusst, dass ich einen sehr genauen Plan vom Sommer im Kopf hatte. Aber ich wusste nicht, wie er da reingekommen war. Da war Ole und das Gespräch über PISA und Finnland, wo alle so unheimlich schlau sind. Und da war die Ostsee vor Klaas' Haus. Und es gab die Ferien und eine große Sehnsucht nach Licht, nach Tagen, die nicht vorbeigehen, nach der Mitternachtssonne, die den Himmel noch nachts um drei in mildes Türkis taucht, nach Salz auf der Haut, nach strohigem Haar und ausgeblichenen Augenbrauen und Poren, die sich nach Creme sehnen wie der Boden im August nach Regen.

Und ich erinnerte mich, dass ich auf das Blatt nach der Klausur unter 5. »Geld verdienen« geschrieben hatte. Ich würde mir ein Boot kaufen, eine kleine Jolle. Ich würde segeln. Ich würde allein auf dem Meer sein. Ich versuchte mir vorzustellen, wie der Bug geschmeidig durch die Ostsee gleiten würde, und die Bewegung glitt hinüber in meine Erinnerung an Jana und an meine Hand auf ihrem Bauch.

◆◆◆

Draußen zwitscherten die Vögel schon ihr Abendlied. Ich stellte mich ans Fenster und sah mich lichtblass in der Scheibe gespiegelt.

Als die Polizei gekommen war, hatte vor allen Dingen Svenja geredet. Ja, wir hätten etwas getrunken, aber nicht viel, hatte sie gesagt und wir hätten über alles Mögliche geredet, über das Leben und was wir daraus machen würden und über den Tod. Und irgendwann hätte Miriam gesagt, dass es sowieso nie schöner als heute Abend werden könnte und deshalb könnte ihr Leben genauso gut jetzt zu Ende sein. Und dann sei sie aufgestanden und ins Meer gegangen.

Ich saß daneben und konnte mich nicht daran erinnern, dass

wir überhaupt gesprochen hatten. Aber andererseits hatte ich auch etwas abseits gelegen.

Das Schlimmste war, meine Eltern zu sehen. Mein Vater hatte auf einmal weiße Haare und das Gesicht meiner Mutter war zusammengefallen wie ein Gemäuer. Sie nahm mich in den Arm, aber mein Körper war so unterkühlt, dass er keine Wärme abgeben konnte.
Irgendwie ist er seitdem nie wieder warm geworden. Und ich habe immer noch nicht herausgefunden, was ich meiner Mutter sagen soll um sie zu trösten. Die erste Zeit hat sie abends immer wieder die alten Fotoalben durchgeschaut und geweint. Ich lag in meinem Bett und habe auch geweint. Und mein Vater kam immer später von der Arbeit, sagte er jedenfalls. Tatsächlich blieb er Stunden im Auto vor dem Haus sitzen und weinte auch.

Mit Svenja habe ich zwei Tage später noch einmal über den Tod von Miriam geredet.
Sie hatten die Leiche am Südstrand gefunden. Ich bestand darauf, sie noch einmal zu sehen. Miriams Haut war eigentlich braun vom Sommer. Nun sah sie aus wie die Bauchseite eines Fisches. Ihre Lippen waren lila, ihre Augen hatten schwarze Ränder. Es gab keine Übereinstimmung zwischen dem toten Körper und dem Bild, das ich von ihr hatte, und doch ließ er mich nicht los. Wochenlang träumte ich von Augen, deren Pupillen weggespült waren.
In dieser Zeit habe ich weder geraucht noch getrunken. Ich fing an, Langstrecken zu laufen. So weit, wie ich konnte, und erst dann zurück. Ich wollte endlich warm werden. Doch so sehr ich auch schwitzte, in mir war alles kalt.
Am Abend nach meiner ersten Langstrecke schleppte mich Michael mit zum Abschlussball der dreizehnten Klasse. Ich trank ein Glas Sekt und war breit. Und dann saß Jana plötzlich neben

mir, legte einen Arm um meine Schulter und ihren Kopf schief. Sie hatte braune Augen und ein rundes, sehr weiches Gesicht. Eine Haarsträhne fiel ihr ins Gesicht und baumelte vor ihrer Nase. Sie pustete die Haare weg und ich roch ihren Atem – er war warm. Wir tanzten. Und obwohl alle wie blöd um uns herum hüpften und die Musik schnell und laut war, bewegten wir uns kaum von der Stelle. Sie legte ihre Arme um meine Schultern und ich spürte ihre Brust an meinem Brustkorb und ihr nacktes Bein an meinem Schritt.

Als die Abiturienten ihren Lehrern Pappschweine und Bettlaken, auf denen alle unterschrieben hatten, schenkten, zog Jana mich an der Hand nach draußen. Ich war nicht verliebt in sie, aber ich merkte, dass ich nicht mehr an Miriams toten Körper dachte. Und deshalb ging ich mit. Ich wusste eigentlich, dass ich es nicht tun sollte. Ich wusste, dass Miriam es nicht gewollt hätte, und ich hatte das Gefühl, als würde ich Svenja betrügen.

Jana hatte ein enges Top an und einen hellblauen Rock. Wir gingen in den Park vor dem Hotel und legten uns zwischen zwei Fliederbüsche auf den Rasen. Wir schliefen nur nicht miteinander, weil wir kein Kondom dabei hatten.

(Ich hoffe, dies ist das einzige Mal, dass ich über Verhütung schreibe. Sie ist wichtig, klar. Aber ich denke, mit Kondomen ist es wie mit Eltern: Man hat sie, aber wer liest schon gern darüber?)

◆◆◆

Vielleicht hätten Svenja und ich nach Miriams Tod Freunde werden können. Sie wohnte im Nachbardorf, knappe zehn Kilometer entfernt. Ich ging zu Fuß. Auf halber Strecke fing ich an zu joggen. Das war das erste Mal, dass ich außerhalb der Schule lief.

Svenjas Eltern waren nicht da und als ich klingelte, machte sie das Fenster auf und rief aus ihrem Zimmer, ich solle einfach

reinkommen. Also betrat ich das Haus, in dem Miriam fast jeden Tag war.
Bis wir zehn waren, haben Miriam und ich alles gemeinsam gemacht. Wir besuchten dieselbe Kindergartengruppe und waren in derselben Klasse. Miriam spielte mit mir in der Jungenmannschaft Fußball und ich ging mit ihr zum Reiten. Wir hatten ein gemeinsames Zimmer und verwechselten unsere Schlafanzüge, die gleich waren. Vom Fruchtwasser bis zum ersten verbotenen Zigarettenzug habe ich alles mit Miriam geteilt. Ihr Körper war mir vertrauter als der der anderen Jungen. Und erst, als Miriam keine Shorts mehr als Unterhosen tragen wollte, als sie lieber mit Svenja zusammen sein wollte als mit Michael, Klaas und mir, wusste ich nicht mehr alles von ihr.
In Svenjas Zimmer waren die Gardinen zugezogen und sie saß auf dem Fußboden im Schneidersitz. Ihre Haare waren zusammengedreht und als Dutt hochgesteckt. Sie hatte eine weiße Jeans und ein weißes Hemd an. Durch das abgedämpfte Licht gab es keine Farben im Zimmer.
Ich setzte mich zu ihr.
»Danke«, sagte ich um überhaupt etwas zu sagen.
Sie nickte. Dann fragte sie, als ob ihr das erst jetzt eingefallen wäre: »Wofür?«
»Dass du mit der Polente geredet hast«, sagte ich. Dann schwiegen wir und ich sah auf Svenjas Hände, die auch weiß waren.
»Ich kapier nicht, wieso sie das gemacht hat!«, platzte es plötzlich aus mir heraus.
Svenja blickte auf und sah mich direkt an. Dann schüttelte sie den Kopf. Ich merkte, wie ich anfing zu weinen.
Svenja schloss die Augen, als würde sie ihre Tränen nicht rauslassen wollen.
»Das war ein Scheißabend«, sagte sie dann. »Ein echter Scheißabend!«
Dann rückte sie dichter zu mir und ich legte ihr einen Arm um

die Schulter. Aber ich nahm sie nicht als Junge in den Arm, sondern als Bruder von Miriam. Und als ich ging, kurz bevor ihre Eltern kamen, war ich Miriam wieder so nahe wie früher, als wir noch die Schlafanzüge tauschten.
Zurück bin ich den ganzen Weg gelaufen.
Dass ich später Jana geküsst habe, hat alles kaputtgemacht. Ich glaube, dass Svenja mir das irgendwie übel genommen hat. Sie ging nach Frankreich, ohne es vorher erzählt zu haben.

◆◆◆

Bis zu den Herbstferien war ich mit Jana zusammen. Jana war zwei Jahrgangsstufen über mir gewesen und ging jetzt zur Polizeischule in Hamburg. Der Sommer und erst recht die Ferien machen einen anfällig für Bequemlichkeiten aller Art. Und es war bequem, eine feste Beziehung zu haben. Man musste nicht mehr die ganze Nacht auf irgendwelchen Partys rumhängen, man musste sich nicht sinnlos besaufen um genug Mut aufzubringen, das Mädchen mit den ausgebeulten Jeans anzuquatschen, weil es für die mit dem kurzen Rock nicht gereicht hätte. Man war sexuell ausgelastet. Aber Bequemlichkeit ist auf Dauer nicht das Richtige, Bequemlichkeit tötet. Und Jana hatte es mir leicht gemacht, sie zu verlassen, weil sie immer wieder anfing über Miriam zu reden. Ich sagte ihr, dass ich mit ihr nicht darüber reden wolle. Ich wollte beide Welten auseinander halten, den Tod und die Liebe. Aber Jana antwortete, dass sie glaube, dass ich gar nicht in sie verliebt sei, sondern in meine tote Schwester. Da ging ich. Damit hatte sie wohl nicht gerechnet. Denn sie rief mir hinterher, dass ich nicht wiederzukommen brauchte, wenn ich jetzt ginge, dass sie beim Frauenarzt gewesen war, um sich die Pille verschreiben zu lassen und dass so eine Pillenpackung über 20 Euro kostete. Ich war schon auf dem Treppenabsatz, aber da drehte ich um und stapfte noch einmal zurück, zog mein

Portemonnaie aus der Hosentasche und leerte es auf dem Nachttisch aus.

◆◆◆

Der nächste Tag war ein Samstag. Trotzdem wachte ich schon früh auf und konnte nicht mehr einschlafen, obwohl es draußen noch dunkel war. Ich stand auf, als ich meinen Vater Zähne putzen und meine Mutter unter der Dusche hörte. In der Küche gurgelte bereits die Kaffeemaschine.

Wir setzten uns alle an den Tisch und lasen Zeitung. Ein bisschen redeten wir über den Tag und über die Schule, die jetzt für mich bis zum Abi im Leerlauf war, und über meine gebrochene Rippe. Ich hatte meiner Mutter und meiner Oma erzählt, ich sei vom Fahrrad gefallen. Meine Eltern argwöhnten, dass ich besoffen gewesen war, sagten aber nichts. Im Großen und Ganzen verlief das Frühstück sehr ruhig und wortkarg, so wie ich es liebe. Man kann am besten fühlen, dass man zu Hause ist, wenn man nicht so viel quasselt.

Als sich meine Eltern gemeinsam zum Wochenmarkt aufgemacht hatten, blieb ich sitzen und überlegte, wie sich die Geräusche angehört hatten, die Miriam gemacht hatte. Ihre Schritte auf den Dielen, das Geräusch der Zahnbürste auf ihren Schneidezähnen, die Türen, die sie geschlossen hatte.

Ich trank noch einen Kaffee, dann machte ich mich auf den Weg zu Oles Vater. Unterwegs prüfte ich, wie ernst es mir damit war, ein Segelboot zu kaufen, und was das bedeutete. Das Ergebnis: Es bedeutete alles. Bis zum Beginn des Konfirmationsunterrichts hatte ich Fußball gespielt, bis zum Ende des Konfirmationsunterrichts Handball. Aber egal, ob Handball, Konfirmation oder Fußball – gesegelt bin ich eigentlich immer. Mit sieben hatte ich meinen ersten Optimisten, mit neun eine Jolle, mit zwölf bin ich zwei Wochen auf einem alten Zweimaster mitgesegelt, danach folgten Drachen und Katamaran. Ein Bug, der durch die Wellen zieht, schneidet einen Ritz in die Tiefe, nicht nur des Meeres, sondern auch der Welt. So habe ich es immer empfunden, von der ersten Schaukelei im Optimisten an. Auf dem Meer ist man nicht allein, man ist einsam. Es hat nichts damit zu tun, ob man mit mehreren segelt oder nicht, es liegt vielmehr daran, dass man das Leben fast verlassen hat. Der Tod ist immer ganz dicht unter einem. Ich weiß nicht, ob ich mir das schon einmal klar gemacht habe, und was das mit Miriam zu tun hat, weiß ich erst recht nicht.

Ole und seine alten Herrschaften wohnen in einem Reihenhaus, allerdings einem ziemlich feisten. Es ist irgendwie geheuchelt. Es soll Bescheidenheit signalisieren, aber schon der weiße Zaun ist aus Eiche, die Stufe zur Eingangstür aus Granit und der Türklopfer stammt aus den Schwerterschmieden von Toledo.
Als ich ihn fallen ließ, hörte ich schon an den Schritten, dass Ole mir aufmachte. Ich wusste, dass sein Daddy in Berlin war, er hatte mir aber eine Liste mit den Dateien und Presseerklärungen, die ich auf seine Homepage stellen sollte, zugemailt. Dafür reichten seine Computerkenntnisse.
»Hi«, sagte Ole und hielt mir die Hand hin. Ich fand es irgendwie zu förmlich, nahm sie aber trotzdem.
»Na Alter, biste allein?«, fragte ich.
»Meine Mutter ist im Büro.«
Ich wollte eigentlich fragen, ob Svenja da war. Sie war nicht da. Ich merkte es an der Art, wie Ole herumdruckste, so als warte er auf eine Antwort. Aber die fiel mir nicht ein, im Gegensatz zur entscheidenden Frage. Die Frage war, ob Svenja und Ole miteinander schlafen sollten, obwohl Ole mit ihr Schluss machen wollte. Mir fiel auch ein, dass es mich im Grunde nichts anging und dass ich gestern ein bisschen sauer auf Ole gewesen war, weil er so offensichtlich verliebt und verzweifelt war.

»Gehst du zu Michael?«, fragte ich ihn um nicht über Svenja sprechen zu müssen. Heute Abend hatte Michael zu einer Party geladen. Und eigentlich war klar, dass man Party bei Michael nicht ausschlug Aber Ole wackelte ein entschiedenes Jein mit dem Kopf. Die Sache mit Svenja schien echt schwierig zu sein. Denn vermutlich lag es an ihr, wenn er nicht zur Party kam.
Mir fiel momentan nichts Schlaues dazu ein und ich ging in das Arbeitszimmer seines Vaters. Der Computer stand auf einem kleinen Extra-Tisch, damit ich mir nichts auf dem Schreibtisch ansah. Wäre aber gar nicht nötig gewesen, weil es mir sowieso egal war, ob in Berlin meine Rente um weitere null Komma irgendwas gekürzt wurde oder nicht.
Aber ich schaute natürlich trotzdem immer darauf. Und diesmal nahm ich sogar etwas in die Hand. Dort lag ein Foto, das Oles Mutter, Oles Vater, Ole und Svenja zeigte. Sie hatten alle einen Arm um die Schulter des anderen gelegt und lächelten in den Selbstauslöser. Ich kannte das Motiv. Es gehörte in eines der Fotoalben, die meine Mutter nach Miriams Tod wieder und wieder angesehen hatte. Und auf dem Bild waren wir, meine Mutter, mein Vater, Miriam und ich, Arm in Arm wie eine Fußballertruppe, grinsend und glücklich und selbstausgelöst. Wahrscheinlich macht jede Familie irgendwann solche Bilder von sich. Wahrscheinlich hatte mich Oles Weinerlichkeit angesteckt, aber in diesem Moment fand ich es doppelt bescheuert von ihm, mich mit seinen Liebesnöten zu belästigen. Wenn es irgendein Mädchen gewesen wäre, mit dem ich hätte reden sollen, aber speziell mit Svenja ging es gar nicht.
Ich hatte schlechte Laune, als ich den Computer hochfuhr. Die änderte sich erst, als ich die Presseerklärungen Presseerklärungen sein ließ und im Internet ein paar Infos über Finnland sammelte. Bilder von Wäldern am Wasser zogen über den Bildschirm. Eine Sonne, die auf den Seen tanzte. Ein Land ohne Menschen. Ich gab ein paar Suchbegriffe ein und fahndete nach

einem Boot. In den Aktionsbörsen fand ich kein geeignetes. Aber in einem Inserat auf der Homepage einer Segelzeitung wurde ein Folke-Boot angeboten. Folke-Boote sind so etwas wie die VW-Käfer zu Wasser. Es sind Kielboote. Sie wiegen 2 Tonnen, haben einen 10 Meter hohen Mast, eine Kajüte, die so eng und niedrig ist, dass man sich permanent den Kopf stößt und auf den Knien essen muss. Und dieses war aus Holz und nicht aus Kunststoff und kostete 7000 Euro. Es lag im dänischen Hafen Sonderburg, einen Tagestörn von mir entfernt.

Ich schrieb sofort eine E-Mail, ohne eine Idee zu haben, wie ich so viel Geld auftreiben sollte.

Danach konnte ich mich nicht mehr auf das blöde Internet konzentrieren, ein schlechtes Omen, denn dies war der perfekte Weg, Geld zu verdienen, ohne mit krummem Rücken zwischen Brennnesseln rumzukriechen.

Ich ging zu Oles Zimmer und trat ohne Anklopfen ein.

»Schon fertig?« Ole sah auf. Er saß in der Mitte des Raumes und vor ihm lag eine Karte Europas. Oles Zimmer war ziemlich cool und wenn die Einrichtung eines Raumes auf einen Menschen Rückschlüsse erlaubt, dann muss man zu dem Schluss kommen, dass Ole ein echt netter, spontaner und verlässlicher Typ ist. Jemand mit Träumen und Idealen. Das Bett war eine Matratze auf dem Fußboden. Es war gemacht, aber nicht so ordentlich, dass es einem spießig vorkommen musste. Über dem Bett hatte er ein riesiges Tuch gespannt, dass wie ein umgedrehter Fallschirm über seinem Schlaf schwebte. Eine Gitarre lehnte an der Wand, an eine Anlage waren Kopfhörer angeschlossen, sein Schreibtisch war eine umgedrehte Lagerhaustür, die auf zwei Böcken ruhte. Die Wände waren weiß und es gab keine Poster von Popstars oder Fußballern, dafür ein riesiges blaues Rechteck, das er direkt auf die Schräge gemalt hatte. Und alles lag voller CDs und Bücher.

»Was ist das?«, fragte ich und deutete auf die Karte.

»Der Sommer«, sagte er.
Ich hörte dem Wort nach. Es klang wie ein Versprechen.
»Wo willst du hin?«
»Weiß nicht. Irgendwie überall hin. Wenn ich an Venedig denke, fällt mir Norwegen ein und wenn ich mir vorstelle, wie ich in Griechenland am Strand liege, möchte ich lieber nach Frankreich.«
Ich musterte die Karte. Quer über der Ostsee stand »Bottnischer Meerbusen«. Das war ein verheißungsvolles Wort.
»Ist wegen Svenja«, sagte Ole. »Ich stelle sie mir überall vor. Ich kann sie mir überall gut denken, in einem Café auf dem Markusplatz, auf einer Fähre auf dem Weg zu den Lofoten, am Strand der Côte d'Azur. Und ich will sie da überall auch sehen.«
Ich verrenkte den Kopf um zu sehen, wie der Meerbusen aussah, wenn er nicht hinabhing. Da, wo seine Brustwarze war, grenzte Finnland an Schweden.
»Wollt ihr denn zusammen reisen?«, fragte ich.
Er nickte. »Sie will es«, sagte er, »trotz allem.«
»Was heißt trotz allem?«, hätte ich fragen sollen, aber ich wusste es besser, als Ole es in Worte fassen konnte. Er dachte, das Ehrlichste ist, nach der schönsten Zeit aufzuhören.
»Wir werden miteinander reisen, miteinander schlafen und uns trennen«, sagte er, als ob ich es doch gefragt hätte. Ich hatte so was schon mal gehört, ich hatte so was schon oft gedacht, es war die amouröse Variante von Miriams Selbstmord und meinem Reiseziel.
»Kapiert sie das?«, fragte ich. Ich erinnerte mich an Svenjas Abgeklärtheit, als Miriam starb. Ich habe eigentlich nie darüber nachgedacht, ob sie den Grund für ihren Selbstmord verstanden hatte. Und nun sollte sie nach der Freundin auch noch den Freund verlieren, jedenfalls im übertragenen Sinn. Und plötzlich war es nicht nur eine Gefälligkeit, mal mit Svenja zu reden, um ihr Ole zu erklären, plötzlich war es meine Chance, mit ihr zu

reden. Über Ole, über sie – vielleicht über Miriam, ganz sicher aber über mich.
Ich musterte Ole. Er musste echt ratlos sein, dass er mir das alles erzählte. Ich meine, keiner aus meinem Jahrgang redet wirklich über sich und seine Gefühle. Man lässt mal dies oder das durchblicken und hofft, die anderen finden es geil und tragen es weiter, aber man redet doch nicht offen darüber, dass Kondome überziehen ein elendes Gefummel sein kann, dass man verknallt in die Freundin eines anderen ist oder dass man noch nie mit einer Frau geschlafen hat.
Aber nicht Oles Offenheit irritierte mich.
»Freiheit«, sagte ich, »wir wollen Freiheit. Und eine Beziehung ist Bindung. Das sind zwei Ideale, die sich ausschließen.«
Hatte ich echt »wir« gesagt?
Ole starrte mich an. Dann nickte er.
»Man kann nur eine Sache absolut wollen. Wenn man zwei Dinge will, sind sie nicht absolut.«
Ich hätte ihm jetzt viel über Hegel erzählen können. Aber eigentlich wollte ich nicht mit Ole darüber reden, sondern mit Svenja. Deshalb blickte ich wieder auf die Karte. Der Grenzort zwischen Finnland und Schweden hieß Tornio und das Beste daran war: Er lag genau am Wasser. Mein »wir« klang in meinem Kopf nach. Und es endete bei Svenja. Sorry, aber es ging leider nicht darum, dass Ole mitkam, es ging um Svenja, als ich sagte: »Nicht nach Italien. Da machen sich schon die Politiker hin. Nach Tornio, zum gottverdammten Arsch der PISA-Studienwelt.«
Ich tippte mit dem Finger darauf.
»Hier können wir uns treffen. Ich segle, ihr fahrt mit dem Auto.«
Ole blickte auf.
»Ehrlich, ich weiß nicht, ob ich dich treffen will«, sagte er. »Außerdem fahren wir nicht mit dem Auto, sondern mit dem Zug. Und in Tornio endet die europäische Gleisspurgröße. Die Finnen haben russische Gleise. Da geht's nicht weiter.«

»Ist ja genau richtig! Wir treffen uns in der Sackgasse Europas!«
Ole stand auf. »Kannst du einmal nicht zynisch sein, bitte.«
Ich riss mich zusammen. Plötzlich bedeute es mir etwas, ein Ziel zu haben, wo ich jemanden treffen konnte. Wie in dem dummen Spruch, den ich mal auf einer Hafentoilette gelesen hatte: »Suche die totale Einsamkeit. Kommst du mit?«
»Weißt du was, ich find es total geil, dass du die Sache so ernst nimmst. Ich meine, das ist doch das Schwerste, dem Leben einen Sinn geben. Für Michael ist das einfach. Der frisst und rülpst und kommt damit auch noch durch. Aber wenn man nachdenkt und merkt, dass es nirgendwo richtig weitergeht, dann liegt das daran, dass man auf den falschen Wegen rennt, schätze ich.« Ich weiß nicht, ob ich es so meinte, wie ich es sagte. Ich wollte Ole nicht trösten oder so was, aber während ich es sagte, glaubte ich es tatsächlich.
Ole stand auf und machte die Balkontür auf. Die Sonne erfasste sofort sein ganzes Zimmer. Dann drehte er sich um und stand im Licht wie der Auferstandene. In seinen Augen zuckte etwas. Ich dachte, er würde losflennen. Aber dann sagte er ganz ruhig und ganz bestimmt: »Man sollte nicht so viel nachdenken. Und man sollte nicht so viel übers Nachdenken reden. Es bringt sowie nichts.«
Er hatte natürlich Recht. Aber was brachte schon etwas? Überhaupt, wenn man fragt, was einem etwas bringt, dann denkt man ja schon so wie irgendein Bundesbankvorsitzender, der aus allem einen Nutzen ziehen will. Das ist doch zum Wahnsinnigwerden. Selbst wenn man sich allem verweigert und nur dumme Sprüche macht, ist man Teil eines Systems, das alles nach Werten und Gegenwerten verrechnet. Immerhin glaubte Ole ja, und glaubte ich auch, dass die totale Verweigerung einen näher an sich selbst, an das wahre Leben, an eine höhere Intensität der Gefühle und eine höhere Dichte des Lebens führt. Zack! Schon hat man wieder eine Zielvorstellung, versucht etwas zu errei-

chen. Mindestens. Und Gesa würde wahrscheinlich sogar sagen, dass Spaß eine affirmative Verhaltensweise ist, die das kapitalistische System stabilisiert. So weit musste man vielleicht nicht gehen. Aber wahr ist, dass der Unterschied zwischen einem Bausparvertrag und einer Reise um die Ostsee einzig die Währung ist. Einmal zahlt man mit Euros, einmal, so scheint mir, mit Idealen.

»Du hast Recht«, sagte ich und wusste, während ich weiterredete, dass ich Unrecht hatte. »No risk, no fun – ich schlage vor, wir reisen ohne Geld.« Es musste doch möglich sein, einen falschen Weg so lange zu gehen, bis man auch über ihn ans Ziel kam.

»Wie soll das gehen, Zugfahren ohne Geld?«

»Trampen. Mit dem Zug«, sagte ich.

»Schwarzfahren?«

»Nee, trampen. Irgendwie rauf auf den Zug, ab in den Güterwagen, ein paar Schweine freilassen und sich schön ins Stroh kuscheln und am nächsten Tag wachst du in Italien auf. Muss doch gehen, oder?«

Ole überlegte. Langsam nickte er. Er schien zu kapieren, was ich meinte. Oder hatte ich nur ausgesprochen, was er wollte?

»Und du fährst mit dem Boot. Wir machen eine Art Rennen.«

»Quatsch, Rennen. Das ist doch kein Bruttosozialprodukt. Die Zeit ist egal. Wir warten. Aber man muss immer in Bewegung bleiben.«

»Und man muss Deutschland auf dem kürzesten Weg verlassen«, sagte Ole.

»Das auf jeden Fall!«

Wir grinsten. Er streckte mir die Hand hin, aber diesmal nahm ich ihn in den Arm.

»Cool, Alter.«

»Cool«, sagte ich.

◆◆◆

Ich zog mich in das Arbeitszimmer von Oles Vaters zurück. Plötzlich war das Internet wie das Meer. Ich war zufrieden, einfach nur hineinzuschauen und zu glauben, dass es unter der Oberfläche eine Bedeutung gab. Ich streichelte mit meinen Fingerkuppen die Tastatur und fühlte mich, wie ich mich als Kind gefühlt hatte, dachte daran, wie ich mit Miriam am Strand gespielt hatte, wie sich warmer Sand angefühlt hatte, wie müde man vom Fernsehgucken werden konnte, wie die Welt zerbrach, wenn man seine Lieblings-Pokemon-Karte nicht fand. Alles war absolut und eins und jeder Tag eine eigene Wirklichkeit.
Nach etwa einer Stunde kam Ole ins Arbeitszimmer und tippte mir auf die Schulter.
»Darf ich mal stören?«, fragte er.
»Nö«, sagte ich.
»Ich weiß nicht, ob ich nicht doch mit Svenja Schluss machen soll, heute Abend. Vielleicht sollten wir beide lieber zusammen fahren.«
»Hey, nicht im Ernst, oder?« Ich merkte, dass ich Ole so lieb nun doch nicht hatte. Es war okay, ihn zu treffen, und vor allen Dingen war es okay, dass Svenja mit ihm nach Tornio kam, aber segeln wollte ich alleine.
»Na ja, doch. Wenn ich nur mit Svenja zusammenbleibe um mit ihr zu schlafen, dann ist das doch auch irgendwie nicht richtig, oder?«
»Es ist aber auch irgendwie nicht falsch«, sagte ich. »Klingt doch, als würde es eine spannende Zeit werden.«
Ole überlegte. »Wahrscheinlich hast du Recht«, sagte er dann. »Ist nur, weil sie und ich bei einer solchen Party, wie Michael sie gibt, zusammengekommen sind. Irgendwie wäre es logisch, bei einer Party auch wieder Schluss zu machen.«
Ich wusste nicht, was daran logisch sein sollte. Vielleicht gab es eine gewisse Symmetrie, aber vermutlich sind Beziehungen nicht geometrisch.

»Ich war gestern bei Klaas. Seine Pilze sind ganz schön kümmerlich«, sagte ich in Erinnerung der Nacht vor Svenjas Party.
»Weiß jeder, dass du bei Klaas warst«, sagte Ole.
Mir fiel auf, dass er mein lädiertes Äußeres gar nicht kommentiert hatte.
»Okay«, fügte er dann hinzu, »keine Trennung. Aber dann warte mal.« Er ging zu dem freistehenden Globus, der wie ein Möbelstück in der Mitte des Raumes stand und die Weltsicht der Entdecker repräsentierte. Er klappte die Nordhalbkugel hoch und begann, sich die darin befindlichen Flaschen genauer anzusehen. Und ich sah zum ersten Mal, dass sein Vater neben dem Türrahmen ein paar Fotos von Ole mit Stecknadeln an der Tapete festgemacht hatte. Ich ging hin um sie anzuschauen. Da kam Ole wieder und meinte: »Blackbush, der bleibt unter 100 Euro, das ist vertretbar.«
Er goss zwei Gläser Whisky ein und prostete mir zu. Ich sagte, die Weltsicht der Entdecker habe es aber in sich. Das fand Ole auch.
»Ist aber nicht vom Bundeskanzler, diesmal?«, fragte ich.
Ole schüttelte den Kopf. Ich konnte nicht genau feststellen, ob vom Whisky oder weil er Nein sagte.
»Schmeckt ja scheußlich«, stellte ich fest, als mein Glas leer war. Es war irgendwie feist. »Vielleicht müssen wir noch eins trinken, damit dein Vater nicht denkt, es hat uns nicht geschmeckt.«

◆◆◆

Wir gingen vorsichtshalber zu Fuß zu Michaels Party. Die Luft feierte den Sommeranfang. Sie war voller Licht und Blütenstaub.
»In Tornio scheint im Sommer die Mitternachtssonne«, sagte ich und merkte, wie die Dinge langsam aus ihrer Form gerieten.
»Ist ja genau richtig für Höhenflieger wie uns«, sagte Ole.
Eine Ampel sprang um und das rote Licht war wie eine Explo-

sion. Am Griff an meinem Arm merkte ich, dass auch Ole sich erschrocken hatte. Wir blieben stehen und schüttelten uns. Aber das machte es nur noch schlimmer. Der Alkohol ergriff die Macht über unser Blut und Hirn, die Welt geriet völlig aus den Fugen, jede Bewegung zog eine längere nach sich. Ole gackerte blöd.
»Mannomannomann«, sagte ich und gackerte genauso. Wir lachten dermaßen, das wir uns auf dem Kühler eines Autos abstützen mussten, dass in einer Einfahrt parkte und sich prompt mit der Alarmanlage an uns rächte. Das Heulen der Sirene gab uns vollständig den Rest.
»Schnell weg«, sagte ich.
Aber schnell ging nicht. Ich versuchte mich auf eine Laterne zu konzentrieren und sie zu erreichen. Hinter uns sirente das Auto. Wir erreichten den Laternenpfahl und Ole zog seinen Hosenschlitz auf und pinkelte dagegen.
Wir eierten weiter zu Michaels Haus. Aus dem Keller drang Musik, Fahrräder standen am Zaun, ein paar aus unserem Jahrgang saßen vor der Haustür, darunter Gesa, die mir in diesem Augenblick schön wie nie erschien. Ich steuerte direkt auf sie zu und sie blickte auf und sah mich an.
»Ich glaub, Freiheit und Liebe passen ausgezeichnet zusammen«, murmelte ich. Ich weiß nicht, ob Ole es verstanden hat und ob er klar genug war, daraus den richtigen Schluss zu ziehen, in jedem Fall riss er mich weg und schleppte mich nach hinten.
»Nachher! Nachher!«, rief ich über die Schulter Gesa zu und winkte wie blöd, womit ich den letzten Funken einer Chance austrat, wenn es je einen gegeben hatte.
Michael trug ein Jackett mit großen Blumen drauf. Es sah unmöglich aus. Ich fiel ihm um den Hals. Er drückte mir ein Bier in die Hand.
»Na, Arschloch«, sagte ich, während Ole mir das Bier wieder abnahm, es austrank und mir zurückgab.
»Was habt ihr denn geraucht?«, fragte Michael.

»So 'nen billigen Fusel«, klärte ich ihn auf und musste dann wieder dämlich lachen.
»Man sieht die Dinge viel klarer«, dozierte Ole mit erhobenem Zeigefinger.
»Svenja hat vorhin angerufen. Du wolltest sie abholen«, sagte Michael. Ole schlug sich vor die Stirn, traf sie aber nicht.
»Nimm doch Gesa«, riet ich ihm, »oder Michael hier. Du bist doch Jungfrau, oder?«
»Noch keine Haare am Sack, aber im Puff drängeln«, gab er zurück.
Ich nahm sein Gesicht zwischen beide Hände, wie ich es von Jana gelernt hatte, und küsste ihn auf den Mund.
»Scheiße!«, schrie er.
»Scheiße? Soll ich dich lieber auf den Arsch küssen?«, fragte ich und ging schnell in den Keller, bevor er mich schlagen konnte. Merkwürdigerweise war die Musik hier ganz leise. Es kam mir vor, als hätte ich Watte in den Ohren. Ole trottete hinter Michael her zum Bier. Der Keller war abgedunkelt und eine Lichtorgel ließ ihre Reflexe kreisen. Ein paar Leute tanzten. In einer Ecke erkannte ich Klaas, dessen eines Auge zugeschwollen war und der mir zuprostete. Ich schloss die Augen. Ich weiß nicht, wie lange ich so bewegungslos mitten auf der Tanzfläche gestanden habe. Als ich die Augen wieder aufmachte, war es auch draußen dunkel geworden. Um mich herum war jetzt die Hölle los. Fast mein ganzer Jahrgang hüpfte und grölte. Das sollte meine Generation sein? Ich war bestürzt.
Michael kam auf mich zu, fiel mir um den Hals und stöhnte: »Küss mich noch mal«.
»Fick dich ins Knie«, sagte ich und schob ihn weg. Aber er kam wieder.
»Weißt du, was ihr grünen Idealisten nicht kapiert? Dass das Leben zu schön ist um gut oder schlecht zu sein.«
Ich fragte mich, ob nur er mich für einen Grünen hielt oder alle

anderen auch und ob sie das aus irgendeinem tieferen Grund glaubten, oder nur weil ich für Oles Vater an der Homepage rumbastelte. Ich merkte, dass ich langsam wieder klar wurde. Ich wollte ihm irgendeinen reaktionären Schweinespruch anhängen, aber was ich dann sah, verschlug mir die Sprache. Franziska Schulte war da. Mit offenen Haaren tanzte sie in der Mitte des Raumes zu einer Musik weit unter ihrer Würde. Sie musste mich schon länger gesehen haben.

Jetzt aber kam sie auf mich zu und ich zwang mich, meine Synapsen wieder in Gleichschaltung zu bringen.

Ganz dicht vor mir blieb sie stehen, so dicht, dass ich ihr Parfüm riechen konnte. Dann beugte sie sich noch weiter vor und flüsterte: »Hallo Max, ich hab was für dich.« Und dann berührten ihre Finger ganz zart meine Hand und sie schob mir einen zusammengefalteten Zettel hinein.

Ich blickte ihr nach, wie sie in einer Pirouette davonschwebte und schaute auf meine Hand. Ich faltete den Zettel auf und las in meiner Handschrift: 1. Oles Vater erleuchten, 2. Franziska Schulte verführen, 3. Klaas die Bundeswehr ausreden, 4. Gesa küssen, 5. Geld verdienen.

Nun war ich ganz nüchtern. Und endlich fiel mir ein reaktionärer Spruch ein. Mein Abi ist futsch, dachte ich. Ich hab meiner Prüferin einen Liebesbrief geschrieben. Na ja, Liebesbrief ist vielleicht übertrieben. Eher eine Einladung zum Beischlaf.

Ich wusste nicht, ob ich hinterhergehen und mich entschuldigen sollte oder einfach nach Hause gehen oder tot umfallen. Franziska Schulte blickte nicht mehr zu mir hin.

Ich suchte nach Ablenkung. Irgendwie musste ich von der Tanzfläche kommen, außer Sicht. Ich sah Ole die Treppe zum Garten hinaufgehen und wollte ihm nach. Aber in dem Moment schob sich Klaas vor mich. Er stand in einer eigentümlich gebückten Haltung und ich dachte im ersten Moment, dass er gleich kotzen würde. Aber dann drehte er sich ein wenig und ich

sah, dass er Gesa in seinen Armen hielt und sie ihn in sein verquollenes Gesicht küsste.
Vermutlich aus Mitleid, dachte ich, immerhin ist Klaas schon fast ein Soldat und sie bei Attac oder der RAF oder was auch immer.
An diesem Abend nahm die Welt Rache für alles, was ich je Schlechtes über sie gedacht hatte.
Bleibt Oles Vater, dachte ich. Und Geld verdienen.
Ich ging die Treppe hinauf, konnte Ole aber nicht mehr finden und holte mir stattdessen ein Bier. Mit dem Bier setzte ich mich in die Hollywoodschaukel und versuchte an etwas Positives zu denken, was mir aber nicht gelang. Ich versuchte es mit Jana, aber das machte mir eher ein schlechtes Gewissen, als dass es mir Glück schenkte. Auch das Bier schmeckte mir nicht. Ich kippte es in die Rosen. Es war nicht mehr kalt draußen. Man konnte es ohne Jacke aushalten. Ein Haufen aus meinem Jahrgang stand vor dem Kellereingang und rauchte. Je länger ich sie betrachtete, desto miserabler fühlte ich mich.
Dann löste sich eine Figur aus der Gruppe und kam in meine Richtung. Es war Svenja. Noch war es vielleicht nicht zu spät, ihr aus dem Weg zu gehen. Aber ich reagierte zu langsam, ich dachte zu viel, und irgendwie war ich vielleicht auch froh, mit jemandem reden zu können. Als ich aufstand, schwang mir die Schaukel in die Kniekehlen und ich stürzte mit dem Gesicht in die Rosen und mit den Händen in die Bierlache.
»Scheiße«, sagte ich und blieb, irgendwie erschüttert, auf dem Boden sitzen. »Wie sehe ich aus?«
»Scheiße«, sagte Svenja. »Du siehst scheiße aus. Aber das liegt nicht an der Erde und den paar Kratzern.«
Das war unnötig zu erwähnen. Ich wusste selbst, wie ich mich fühlte. Ich wollte gehen, aber Svenja setzte sich zu mir auf den Rasen.
»Ole hat gesagt, dass wir gemeinsam in Urlaub fahren.«

»Ich fahr alleine«, sagte ich.
»Wenn du das nötig hast.«
»Was meinst du damit?« Ich sah Svenja an. Vielleicht sah ich sie zum ersten Mal, seit ich damals in ihrem Zimmer gewesen war, richtig an. Ihr Gesicht war kantig, ihr Kinn spitz, ihr Haar war fast weiß und schimmerte wie Draht. Aber ich konnte meinen Blick nicht lange auf ihr halten, er teilte sich und suchte sich verschiedene Punkte, auf die er seine Aufmerksamkeit lenkte.
»Ich wollte dich eigentlich fragen, ob du nicht mal mit Ole reden kannst.«
»Ich hab mit Ole geredet.«
»Ich weiß. Deshalb ja.«
»Worüber denn?«
»Über mich«, sagte Svenja und blickte ernst.
Ich wollte nicht noch mal wiederholen, dass ich das bereits getan hatte. Also wartete ich.
Aber auch Svenja wartete. Sie sah mich nur ernst an.
»Alles okay?«, fragte ich sie schließlich.
»Ja. Nein. Ole nimmt alles immer so schwer. Er will, dass alles viel schneller geht. Wenn es nach ihm ginge, würden wir jetzt zusammenziehen, nach Australien auswandern und Kinder kriegen.«
Ich hatte, als ich mal mit dem Gedanken spielte nach Australien auszuwandern, gelesen, dass man nicht einfach so in die ehemalige englische Strafgefangenenkolonie einwandern kann, sondern mindestens einen abgeschlossenen Beruf braucht und speziell Arzt, Tischler oder Veterinär sein muss. Aber Svenja wollte ja sowieso nicht nach Australien.
»Und du willst nicht nach Australien?«
Sie warf mir einen vorwurfsvollen Blick zu. Eins war sicher, ich hatte in den vergangenen zwei Jahren viel zu wenig mit Svenja gesprochen. Ich nickte schuldbewusst.
»Schon klar, du willst keine Kinder«, sagte ich.

»Ich will, dass Ole aufhört, alles zu zerreden und alles zu hinterfragen. Ich will einfach nur glücklich mit ihm sein.«

»Und was kann ich dabei tun?«

»Du nimmst doch nichts ernst, du bist doch der, der immer widerspricht und alles locker nimmt. Versuch ihm doch ein bisschen von deiner Einstellung abzugeben.«

Ich starrte sie an. Dass mich jemand für einen ungebrochenen, authentisch fröhlichen Menschen halten konnte, ging über meinen Verstand. Aber dann dachte ich an die Zigarre, die ich mit Ole gestern vor der Schule geraucht hatte, und dass auch er mich gebeten hatte mit Svenja zu reden. Er hatte es zwar nicht gesagt, aber es war offensichtlich, dass er in mir das Gleiche sah wie Svenja. Diese ganze Ich-will-mit-dir-schlafen-und-dann-trennen-wir-uns-Nummer war doch auch so eine verkopfte Sache. Und genau die sollte ich jetzt rechtfertigen. Ich war so überrascht, dass niemand das Elend und das Leid hinter meinem Zynismus sah, dass ich nicht mehr an Ole und Svenja denken konnte, sondern nur noch an mich und wie ich mein Leben weiter gestalten wollte. Wollte ich es genießen, mich einfach treiben lassen, wie Svenja es gefordert hatte, oder wollte ich mein unglückliches Bewusstsein so ausbauen, dass endlich Menschen erkannten, dass ich mit der Welt über Kreuz lag?

»Okay?«, fragte sie.

Ich weiß nicht, ob ich nickte oder den Kopf schüttelte. Svenja wollte gehen. Aber ich hielt sie fest. Ich wollte sie fragen, warum sie nicht schon längst mit Ole geschlafen hatte. Ich wollte ihr sagen, dass sie es auch nicht fertig brachte, mir offen ihr Problem ins Gesicht zu sagen und meine Antwort auszuhalten: dass Milliarden von Menschen schon miteinander geschlafen haben und es nicht angemessen ist, darum solch einen Zirkus zu machen. Aber in dem Moment dämmerte es mir, dass es um den Sex gar nicht ging, sondern er nur der Knoten zwischen zwei Fäden war. Und beide hießen: »Wie soll ich leben?«

Ole wollte sich aus Liebe zu Svenja trennen.
»Warum bist du denn damals nach Frankreich gegangen?«, fragte ich um etwas zu sagen.
Sie sah mich mit einer Festigkeit an, die ich zuvor wohl immer übersehen hatte. Weil sie nicht antwortete, wusste ich, dass es mit Miriam zu tun hatte. Ich dachte an den Abend in ihrem Zimmer. Sie hatte mir nicht alles erzählt.
An ihr vorbei sah ich, wie Franziska Schulte aus dem Keller kam, in die Runde winkte und um das Haus herum verschwand.
»Lass uns einfach aufhören zu reden und ein klein wenig glücklich sein«, sagte sie.
Michael kam mit einem Kasten Alcopops, der schneller leer war, als er ihn abstellen konnte.
»Ich red mal mit Ole«, sagte ich.
»Du weißt gar nicht, was ich meine, oder?«, sagte Svenja.
»Weiß ich genau«, antwortete ich, »aber was ist, wenn man einfach nicht glücklich werden will?«
Sie blickte mir direkt in die Augen und für einen Augenblick sah ich mich selbst unendlich klein in ihren Pupillen. Und dann erzählte ich es ihr.
»Ich kann das alles nicht einfach so hinnehmen. Miriam hat es auch nicht getan. Ich will ihre Konsequenz«, sagte ich.
Svenja starrte mich an. Und dann schlug sie mich, mit der Härte, die so neu an ihr war.

II.

Vermutlich sollte ich jetzt der Reihe nach erzählen, was alles bis zu den Zeugnissen passiert ist, ob Franziska Schulte mich auf mein Blatt angesprochen hat, wie die Sache mit Ole und Svenja weitergegangen ist und wie der Abend bei Michael endete. Aber gerade habe ich dazu überhaupt keinen Bock.

Ich liege auf dem Deck meines Folke-Boots, jawoll. Es ist später Nachmittag, ich bin seit zwei Tagen unterwegs und während ich dies schreibe, plantschen Kinder am Strand neben der Mole, laufen Frauen im Bikini auf der Promenade und lecken mit rosa Zungen Eis und vor einem makellos blauen Himmel flattert der Danebrog.

Vorgestern Abend bin ich mit großem Bahnhof losgesegelt. Meine Mutter weinte und mein Vater verabschiedete mich mit einem sehr männlichen Händedruck. Was meinen Eltern vielleicht die größten Seelenschmerzen bereitet hat, war nicht die Tatsache, dass ich alleine die Ostsee durchqueren will, sondern dass ich nicht alles mitnehmen konnte, was sie für überlebensnotwendig hielten: Handschuhe, vorfrankierte Postkarten, mehr Unterwäsche, mehr Hosen und Pullover, einen Arzneikoffer, Schwimmweste. Letztere wäre allerdings echt Quatsch gewesen. Was sollte ich mich retten? Ich hatte nichts zu retten.

Der Stauraum im Folke-Boot umfasst etwa den Platz dreier Wanderrucksäcke. Badehose, Schnorchel und Flossen müssen sein, dann Proviant für vier Tage, eine Angel, Leinen, eine warme Jacke, zweimal Wäsche komplett, ein paar Wollsocken, verschie-

dene Messer, Werkzeug, ein Kanister Diesel für den stinkenden Außenborder, Seekarten. Mein Vater hat mir ein Handy geschenkt, damit ich im Notfall einen Funkspruch absetzen kann. Ich habe es allerdings zu Hause hinter die Schulbücher gesteckt. Es wird keinen Notruf geben, da ich den Notfall suche. Das allerdings schreibt sich gerade leichter, als ich es meine. So im schwappenden blauen Hafenbecken. Die Haut spannt nach nur einem Sonnentag auf dem Meer, ich habe Hunger und es fühlt sich gut an, noch ein bisschen zu warten. Von Kiel nach Æro in einem Schlag. Windstärke ist das Wort, das mir noch die Beine zittrig macht. Über den Stollergrund brettern und das Flach vor der Insel so hart anfahren, dass man den Grund sieht. Die Kraft des Bootes ist stark und wirkt doch gedrosselt. Das gibt einem das Gefühl, immer noch eine Schippe drauflegen zu können. Gleich werde ich duschen und danach frisch eingecremt nach Marstal gehen um zu schauen, ob die dänischen Mädchen auch Ferien haben.
Ist das Leben herrlich! Zwar sind von meinen 100 Euro gerade 20 für Hafengebühren draufgegangen, aber es ist leichter, kein Geld auszugeben, wenn man keines mehr hat, als wenn man sparen muss, denke ich mir.
Auf einen Fotoapparat und ein Buch habe ich verzichtet. Es wird nach dieser Reise keine Erinnerung geben, denn es wird mich nicht mehr geben. Und ein Buch schreibe ich gerade selbst. Es ist ein dickes, eingebundenes Heft, wie jene, in denen vor hundert Jahren Krämer in Berlin ihren Seifenumsatz verzeichneten. Ich schreibe mit einem Bleistift und packe das Buch vor jedem Auslaufen erst in eine Plastiktüte, dann die Plastiktüte in einen wasserdichten Packsack, so wie ein Logbuch. Eigentlich wollte ich meine eigene persönliche Abrechnung mit den Philosophen schreiben, die ich für Franziska Schulte lesen musste, aber wie ihr seht, ist daraus eine Geschichte geworden. Und ich muss zugeben, es macht mehr Spaß, eine Geschichte zu schreiben, als

nur Thesen zu formulieren. Ich könnte euch zum Beispiel erzählen, dass ich am Nachmittag, nachdem Klaas mir die Rippe gebrochen hatte, zu Jana gegangen bin.

Die Luft rauschte vom warmen Tag, als ich nach dem Abendessen rausging. Die Erde atmete dem Tag nach und es roch nach Frühling und Sex. Es roch, wie es mit Jana gerochen hat. Meine Rippe spürte ich nicht mehr. Aber schon nach den ersten Schritten fühlte es sich an, als bohre mir jemand ohne Betäubung einen Speer in die Brust.

Ich ging zur Polizeiwache. Janas Fahrrad stand im Ständer davor, vorbildlich abgeschlossen. Die Tür schnappte aus dem Schloss, als ich drückte. Im Treppenhaus sah es aus wie in einer Mietskaserne. Die erste Tür links war mit dem Schriftzug der Polizei versehen. Es war noch nicht so lange her, dass Jana wieder hier arbeitete. Sie war auf einer Polizeischule in Bayern gewesen und hatte dann eine erste Station der Ausbildung in Thüringen absolviert. Wahrscheinlich war sie Klassenbeste gewesen, sodass sie sich wieder an ihren Heimatort versetzen lassen konnte. Mit hoher Wahrscheinlichkeit faszinierte sie unser blondierter Dorfbulle.

Ich trat ein und wartete an einem Nussbaumimitat-Tresen, bis die Tür eines Hinterzimmers aufging und Jana herauskam. Sie trug das beige Polizeihemd und die grüne Försterhose. Aber bei ihr sah es aus wie die neuste Mode von irgendeinem Laufsteg.

»Hey«, sagte ich.

Jana schwieg. Dann lächelte sie und beugte sich vor, wie sie sich damals am Tresen beim Abi-Ball vorgebeugt hatte. Ihr Uniformhemd öffnete sich und ich konnte sehen, dass sie einen schwarzen BH trug.

»Hey«, sagte sie. »Geht's gut?«

Ich nickte.

»Es ist jetzt bald zwei Jahre her«, sagte sie.

In dem Moment wurde mir klar, dass ich überhaupt nicht wusste, was ich eigentlich bei Jana wollte. Vermutlich genau das, was gerade passierte.
»Steht dir gut«, sagte ich und zeigte auf den einen grünen Stern, den sie auf dem Schulterstück hatte.
»Was kann ich denn für dich tun?«, fragte sie und ich hörte darin den höchst privaten Doppelsinn.
»Ich wollte fragen, ob es okay ist, wenn ich mein Schiff JANA nenne. Ich meine, nachher findet dein Freund das scheiße oder so.« Das mit dem Freund musste ich noch dranhängen um zu sehen, wie ernst sie mit mir flirtete.
Ein roter Schatten huschte über Janas Gesicht und blieb auf den Wangen hängen.
»Was für ein Boot?«, fragte sie.
»Das, mit dem ich nach Finnland segeln werde.«
Sie nickte, obwohl sie garantiert nichts verstand. Dann drückte sie mit der linken Hand auf einen Knopf unter dem Tresen und ich hörte, wie die Außentür automatisch verriegelt wurde. Ich drehte mich unwillkürlich zu dem Geräusch um und als ich meinen Kopf wieder zurückwandte, fasste mich Jana mit einem Griff, mit dem man sonst Schwerverbrecher packt, am T-Shirt und zog meinen Kopf ruckartig zu ihrem hin. Meine Lippen setzten genau auf ihrem Mund auf. Ich schmeckte das Kaugummi, das sie in der Backe hatte, und den Fettstift, mit dem sie ihre Lippen pflegte. Dann spürte ich ihre Zunge auf meinen Zähnen. Ich brauchte nur ihrer Kraft zu folgen, glitt über den Tresen und fiel auf der anderen Seite wieder hinunter, direkt auf sie drauf. Der Stich in meinem Bauch raubte mir fast die Besinnung. Um nicht ohnmächtig zu werden, schob ich meine Hand unter ihr Hemd und dann in ihre Hose, parallel zu dem, was ihre Hand tat. Das Uniformhemd behielt sie an, ich den Verband um den Bauch, ansonsten waren wir nackt. Und als wir miteinander Sex hatten, war es so wie früher, nur schöner. Ich hoffte nur, dass die

Polizei, nur für den Fall, dass sie mal einen Gefangenen folterte, schalldichte Fenster hatte.
Schließlich saß sie auf mir und dann fanden wir beide den Punkt, an dem man nichts mehr machen muss, sondern getrieben wird.
Jana sackte nach vorn und blieb auf mir sitzen. Ihre Haare fielen wie ein Zelt um meinen Kopf. Sie beugte sich so über meine Rippen, dass sie sie nicht belastete. »Von mir aus gern«, flüsterte sie. Und ich musste mich erst eine Weile besinnen, bis ich begriff, dass sie den Namen für meine Jolle meinte.
»Was hast du denn da gemacht?«, fragte sie und zeigte auf den Verband.
»Mich gestoßen«, sagte ich.
»Tut's weh?«
»Ja«, sagte ich. In der Tat ist Sex mit einer gebrochenen Rippe unverhältnismäßig schmerzhaft. Aber Schmerzen sind ehrlich.
»Wollen wir was rauchen?«, fragte Jana.
»Hast du was da?«
»Klar, der ganze Schrank ist voll. Alles konfiszierter Stoff. Wiegt aber nie einer nach«, sagte sie.
In dem Moment hörten wir die Außentür klicken.
»Scheiße«, rief sie, sprang auf und war schon mit einem Bein in der Hose. Natürlich gab es nur einen, der die verriegelte Tür mit seinem Schlüssel aufsperren konnte. Und kaum dass ich in meine Shorts und mein T-Shirt geschlüpft war, stand er auch schon in der Tür: blond gefärbt, braun gebrannt, die Figur eines Bodybuilders. Er hatte zwei silberne Sterne auf seinen Schulterstücken.
Janas Haare waren total verwuschelt und ich hatte meine Schuhe noch nicht an. Ein Blinder konnte sehen, was gerade passiert war, und erst recht ein Bulle.
»Warum ist die Tür denn zu?«, fragte er.
»Ich musste mit Max reden«, sagte Jana.

»Max?« Ihr Typ sprach meinen Namen lang gedehnt aus. Und dann noch mal fragend: »Max? Worüber musstet ihr denn reden?« Er roch den Braten. Er wusste offensichtlich genau, wer ich war.

»Über den Tod seiner Schwester«, gab Jana ebenso dreist wie unpassend zurück.

Aber der Tod eines Menschen löst bei einem Bullen ein paar antrainierte Reaktionen aus. Und tatsächlich nickte ihr Freundchen, so als würde er verstehen, und ging dann ins Nebenzimmer.

»Wir waren aber schon fertig«, sagte ich und schlüpfte, ohne dass er es merkte, in meine Schuhe.

»Ja«, sagte sie. Und ohne dass sie eine Miene verzog, drückte sie auf den automatischen Türöffner.

Ich stand draußen und roch nun wie die Erde. Ich wusste, dass ich Jana nicht wiedersehen würde. Und ich wusste, dass sie es wusste, und es war für uns beide okay. Irgendwie hatte ich mit diesem Besuch meine Trennung von ihr wieder wettgemacht, dabei hätte man doch meinen sollen, dass sie jetzt erst recht sauer auf mich war.

Aber so war es nicht. Mal wieder hatte Hegel Recht: Wenn man mit jemandem zusammen ist, dann hat man Besitzansprüche an ihn. Ehe und eheliche Treue sind eine Eigentumsfrage. Der Ehebruch ist folglich der Raub eines Partners, vielleicht eher ein Ausborgen, aber in jedem Fall ein Eigentumsdelikt. Als ich Jana verließ, habe ich sie sozusagen verkauft. Aber als ich heute zu ihr kam, gehörte sie schon wieder jemand anderem und dadurch, dass sie sich aus dem Eigentumsverhältnis befreite, half ich ihr in gewisser Weise. Deshalb hat sie mir verziehen. Es war ein Geschäft, keine Liebe. Ich bin mir nur nicht sicher, ob eine Polizistin solche Geschäftsbeziehungen pflegen sollte.

◆◆◆

Tja, das ist eine coole Geschichte, die aber leider nicht passiert ist. Habt ihr sicher gemerkt. Eine gebrochene Rippe ist ein todsicheres Verhütungsmittel. Außerdem ist Jana nie in unsere kleine Gemeinde zurückgekommen, sondern noch immer auf der Polizeischule in Hamburg. Aber wenn ich schreibe, dann habe ich die Kontrolle über mein Leben. Und wer immer das liest – und wenn ich »ihr« und »euch« sage, dann denke ich natürlich, dass es irgendwann gelesen wird –, soll nicht von meiner Kontrolle lesen, sondern davon, wie ich wirklich bin. Das immerhin bin ich meinem alten Vorsatz schuldig. Ich möchte versuchen zu erklären, wie alles gekommen ist, nicht, indem ich es nur sage, sondern indem ich es erzähle.

Schwerer als für meine Eltern war der Abschied vielleicht für mich. Denn ich wusste, ich würde sie nicht wiedersehen. Wenn man sich das so bewusstmacht, wird man ganz verrückt. Ich meine, immerhin kennt man sie schon von Geburt an. Von diesem Ich-bin-euch-dankbar-Gerede halte ich nicht besonders viel, sie haben mich ja auch nicht gefragt, ob ich geboren werden wollte, das haben sie ja allein entschieden. Aber trotzdem hat man sich ja irgendwie an sie gewöhnt und man will auch nicht, dass sie unnötig oder übermäßig leiden. Das bedeutet, dass ich in den Plan, wie ich aus der Welt scheide, mit einbeziehen muss, wie es für sie am ehesten erträglich ist. Andererseits, nach der Tochter auch noch den Sohn zu verlieren, ist wohl sowieso mehr, als sie verkraften können. Ich müsste eine zweite, falsche Existenz vortäuschen um sie zu trösten, jemanden finden, der für mich Briefe und E-Mails verschickt, meine Stimme sampeln lassen und Anrufe vorbereiten, die sie täuschen. Aber das ist natürlich Schwachsinn. Mir ist vollkommen klar, dass jeder Selbstmord ein egoistischer Akt ist, der die Angehörigen verletzt und ihnen gegenüber immer ungerecht ist.
Das alles habe ich natürlich nicht buchstäblich gedacht, als ich

die Leinen losband, die Fender einholte, mich zwischen den Pollern aus dem Liegeplatz hinausmanövrierte und meine Eltern und dann die Mole immer kleiner wurden. Aber das alles saß in dem dicken Kloß, den ich im Hals hatte.

Weniger traurig war der Abschied von Ole und Svenja. Während der Wochen, die zwischen Michaels Party und den Zeugnissen lagen, haben wir uns noch häufiger gesehen. Allerdings sind die beiden immer zu zweit aufgekreuzt, und die Reisepläne wurden immer enger gesponnen. So wurde das Geld- und Proviantverbot gelockert, man durfte 100 Euro pro Person und Vorräte für ein paar Mahlzeiten mitnehmen, damit man die Chance hatte, langsam in den Rhythmus des Vagabundenlebens zu kommen. Ole und Svenja schienen glücklich zu sein, wobei sie nach wie vor nicht miteinander geschlafen hatten, wenn ich das richtig beobachtet hatte. Oles Ansage, nach der Reise Schluss zu machen, hatte scheinbar keine Auswirkungen.

Sie fuhren am Tag vor mir los, beide mit neuen Rucksäcken und beide mit einem irgendwie grimmigen Gesichtsausdruck, der ihre Entschlossenheit widerspiegelte. Ihre Eltern glaubten, sie würden Interrail machen, und fuhren sie zum Bahnhof, winkten ihnen hinterher, während der Regionalzug hinter der Kurve verschwand. Auch ich winkte. Aber ich wusste, dass sie in Hamburg nicht zu Gleis hundertirgendwas wechseln würden, um den Nachtzug nach Amsterdam zu nehmen, sondern sich eine sonnige Ecke suchen und abwarten würden, bis es dunkel geworden war. Dann würden sie auf den Güterbahnhof gehen und sich einen Zug nach Norden suchen. Ich riet ihnen ab, gleich nach Dänemark zu fahren, sie würden ja viel früher vor mir da sein. Aber Ole schüttelte den Kopf.

»Den kürzesten Weg raus aus Deutschland, haben wir gesagt«, wiederholte er meine Worte. »Und der führt nun mal nicht über München.«

Die Kamera streift über ein Lichtnetz aus riesigen Laternen. Der Himmel ist gelb von den vielen Scheinwerfern. Im Hintergrund hört man Züge über Schwellen rumpeln und das Kreischen von Bremsen. Svenjas Stimme über dem Lärm:
»Dies ist er also, Max. Der große Sommer. Dies sind die Tage, die das Leben ehrlich machen. Und bevor ich es vergesse, wollte ich dir sagen, dass ich einmal ganz schön verliebt in dich war und eigentlich immer wollte, dass du mein Freund wirst. Aber warum das nichts geworden ist und nie werden kann, kann ich dir erst am Ende erzählen. Es lag jedenfalls nicht an dieser dusseligen Jana, die du dir an Land gezogen hast.
Ich weiß nicht, ob du dich wie ich an den Abend bei Michael erinnerst. Ich hab dich gebeten, mit Ole zu reden, und du hast gesagt, du willst dich in Tornio umbringen um es Miriam gleichzutun. Damit hat es etwas zu tun.

Ole und ich sind am Güterbahnhof. Wir haben vorgestern die Zeugnisse bekommen. Du packst wahrscheinlich gerade deine Sachen.«
Die Kamera schwenkt auf die Rucksäcke. Dann streift sie über ein paar Waggons und schließlich fängt sie Ole ein. Der winkt und ruft Svenjas Namen.
Das Bild wackelt, während Svenja geht und weiterfilmt. Man hört ihre Schritte auf losen Steinen.
»Wir machen es also, wie ihr es euch ausgedacht habt. Wir trampen auf Zügen. Ich werde unsere Reise für dich filmen. Ich werde dir von uns erzählen, und auch von dir. Am Ende werde ich dir berichten, warum Miriam gestorben ist. Und warum ich dich nicht mehr liebe. Es ist die gleiche Geschichte.«
»Hier«, man hört Oles Stimme. Svenjas Kamera fängt ihn ein. Seine Haare sind frisch geschnitten, er trägt schwarz gefärbte Bundeswehrhosen, die über dem Knie abgeschnitten sind, Wanderstiefel, Tuch und Jeanshemd.

»Oslo«, sagt Ole und tippt auf die Aufschrift auf einem Waggon.
»Oslo ist nicht Dänemark«, sagt Svenja.
»Nee, aber die müssen über die Fähre bei Skagen. Und dann steigen wir aus.«
»Was ist denn da drin?«, fragt Svenja.
Ole zieht sein Taschenmesser und schneidet den Draht der Verplombung vor der Tür durch und öffnet sie. Er stöhnt auf.
»Pferdepisse oder so«, sagt er.
»Okay, also einen anderen Zug.«
Das Bild flackert und verlischt. Dann kommt es wieder. Man sieht Svenjas Gesicht in einem orangenen Licht.
»Wir haben einen Wagen nach Kopenhagen gefunden. Das Geilste ist, er befördert Matratzen. Eine haben wir uns ausgeborgt.«
Jetzt sieht man Ole, der seinen Schlafsack aus dem Rucksack wühlt und über der Matratze ausbreitet. Dann holt er einen Laib Brot, ein Stück Käse und eine Flasche Wein aus dem Rucksack.
»Essen ist fertig!«
In dem Moment ruckt das Bild und man hört das dumpfe Anrollen von Rädern.
»Hey Max, wo immer du jetzt bist, guten Appetit«, sagt Ole.

◆◆◆

Mein Boot und ich, wir liegen an der Südspitze von Falster, das, wenn man ehrlich ist, keine Spitze hat, nur eine nasse Biegung ohne Strand, etwa zehn Meter vom Ufer entfernt an einer Boje vertäut. Weiter hinten ziehen die Fähren nach Rostock vorbei, dicke Pötte. Noch weiter, aber immer noch sichtbar, der fetteste Leuchtturm der Welt. Geregelte Zeiten sind nicht nur im übertragenen Sinn der Tod. Vor den Fähren habe ich einen Höllenrespekt. Sie ziehen ihren Kurs voll durch und dass es ein Gesetz gibt, das dem Segler Vorfahrt vor dem Motorschiff gibt, ist kein Trost. Es ist so sinnvoll wie das Recht des Fußgängers auf dem

Zebrastreifen – man muss durch Warten seinen Anspruch realisieren.
Es regnet wieder, unter der Persenning köchelt auf kleiner Flamme eine Kanne Tee. Die Regentropfen schlagen lauter kleine Kronen aus der Oberfläche der Ostsee. Ich bin weit gekommen, obwohl ich es gar nicht wollte. Ich überlege mir, an wen ich denke, wenn ich schreibe. Svenja? Ich weiß es nicht. Jana sicher nicht.

Marstal war eine kleine dänische Stadt, mit kleinen dänischen Häusern, kleinen dänischen Straßen und voller deutscher Kleinfamilien. Es war wie ein spießiges Bild in einem kitschigen Rahmen. Alle waren glücklich. Die Kinder aßen riesige Eiswaffeln, ihre Eltern tranken Bier, die Dänen tranken Bier, und über den warmen Steinen schwebte das Lachen eines Sommerabends. Nur ich musste auf Eis und Bier verzichten und stand daneben und ärgerte mich halb über mich, dass ich Ole und Svenja vorgeschlagen hatte, ohne Luxus zu reisen, halb darüber, dass ich mich daran auch noch hielt. Plötzlich fühlte ich mich so verlassen, dass ich hätte heulen können. Getränke und Essen sind die Einstiegsluken zur Geselligkeit und zum Kennenlernen anderer Menschen. Wenn man allein ist, sind sie fast überlebensnotwendig. Das hatte ich nicht bedacht. Aber noch wollte ich tapfer sein, noch dachte ich, es geht um ein ehrliches Versprechen, um die Entdeckung der Natürlichkeit, nicht darum, vorgegebene Ziele zu erreichen, sondern sie sich selbst zu stecken. Ich projizierte meinen Frust auf die Menschen um mich herum, hockte auf einer Feldstein-Mauer und verkniff mir, Cola oder ein kleines dänisches Würstchen zu kaufen. Nach zwei Stunden ging ich zurück, saß noch eine Weile am Hafen, schaute auf die Ostsee, die glatt und ölig vor dem Hafen lag. Ich nutzte die Gelegenheit und duschte ein zweites Mal, da kostenfrei. Vor der Dusche lag eine Postkarte auf dem Fußboden, unfran-

kiert und auf Französisch. Ich kramte meine Brocken Fremdsprache zusammen. Eine Isabel schreibt an ihren Freund zu Hause die liebsten Grüße und Küsse. Sie genießt die Urlaubstage, bevor sie morgen weiter über Kopenhagen nach Schweden fährt, um in Nyköping ihr Au-pair-Jahr anzutreten.
Ich drehte und wendete die Karte zwischen meinen Fingern. Von allen kitschigen Postkarten Dänemarks hatte sie die am wenigsten hässliche ausgesucht. Sie zeigte ein gelbes Strohdachhaus unter einem blauen Himmel. Irgendetwas ging von der Postkarte aus. Es war so, als würde sie zu mir sprechen, was seit ein paar Tagen niemand mehr getan hat. Es war so, als hätte ich tatsächlich ein Mädchen kennen gelernt. Also steckte ich die Karte nicht in den Briefkasten, sondern in meine Hosentasche. Ich haute mich dann aufs Ohr, mit dem festen Entschluss, die nächsten Nächte nicht wieder einen Hafen anzulaufen, aber irgendwie doch glücklich. Ich zog die Postkarte raus und las sie noch einmal. Isabel hatte eine gerade, irgendwie ausladende Handschrift.

Am nächsten Morgen wachte ich vom Regen auf dem Dach auf. Tropfen auf dem Holz trommelten eine Einladung. Ich robbte aus meinem Schlafsack und stellte mich in Unterhose an Deck, breitete die Arme aus und spürte jeden einzelnen Wasserklecks auf meinem Körper. Ich wartete, bis ich ganz nass war und auch nicht mehr warm, dann kroch ich unter Deck und rieb mich mit einem Handtuch trocken, zog mir T-Shirt, Unterhose und Regenzeug an und machte die Leinen los. Es war 6 Uhr. Der Wind kam aus Südwest, wehte schwach, aber stetig und ich brauchte wenig mehr zu tun, als auf andere Schiffe zu achten. Regen auf dem Meer nimmt einem die Gewissheit, dass es verschiedene Elemente gibt. Alles wurde eins, Wasser und Atmosphäre schoben sich in ein nasses Einerlei. Ich segelte durch das Grau, sah weder Himmel noch Horizont und war überrascht, als plötzlich steuerbord die Spitze von Langeland auftauchte. Erst als ich sah, wie lange ich schon unterwegs war, bekam ich Hunger. Ich schaltete den Autopiloten an, ging unter Deck und füllte eine Schale mit Müsli. Dann löffelte ich Milchpulver darauf, goss Wasser darüber, rührte um und setzte mich neben meinen automatischen Steuermann. Allerdings entfaltete das Müsli seine Treibkräfte und ich merkte, kaum dass der Hafen und mit ihm seine Toilettenhäuschen achternaus waren, dass mein Darm mehr Platz brauchte. Über Bord zu pinkeln ist normal. Man muss nur aufpassen, dass man nicht in Luv zielt, und sollte doch mal ein Tropfen daneben gehen, wäscht die nächste Welle ihn wieder weg. Ein gewisses Problem ist jedoch das große Geschäft. Zwar gab es ein Chemieklo an Bord, aber das auszuleeren ist eine ziemliche Schweinerei und außerdem mit Kosten verbunden, die ich ja sparen musste. Erschwerend kam hinzu, dass ich mich nach Möglichkeit den natürlichen Umgebungen anpassen wollte. Ein paar Minuten kniff ich noch den Darm zusammen, dann, als endlich die letzten Häuser verschwunden waren und die Fahrrinne wieder breiter wurde, installierte ich den Autopiloten, zog mich aus, band mir eine Leine um den Bauch, befestigte sie achtern an der Reling und sprang ins Wasser. Obwohl es Sommer war, war es kälter als der Regen heute Morgen. Alles zog sich zusammen, auch mein Schließmuskel. Ich sah meinem Boot nach, das ohne mich davonzog, und begann, ihm nachzuschwimmen. Die Schwimmbewegungen reanimierten meinen Darm. Ich spannte meine Bauchmuskeln an, doch nichts geschah. Schwimmen und gleichzeitig kacken ist nicht einfach. Mit den Armen machte ich Brustschwimmbewegungen, die Beine zog ich an den Bauch heran. Das funktionierte. Aber ich wurde zu langsam und plötzlich zog die Leine hart an und während ich mein Geschäft verrichtete, riss mich mein Boot fort. Ich kraulte, um wieder Anschluss zu finden, verlor aber dadurch den schönen Druck im Bauch. Erst als ich mein Boot erreicht hatte, zog ich die Beine erneut an und

erledigte mein Geschäft in der Zeit, die ich hatte, bevor das Ende der Leine wieder da war.
Während ich kalt, aber leer und sauber, an Bord kletterte, kam ich zu keiner Einsicht darüber, ob das Kacken im Wasser nicht symptomatisch war für das Leben überhaupt. Man versucht mit bestem Gewissen so natürlich wie nur möglich zu sein – und das führt zu totalem Stress und der Einführung des Zeitfaktors.

Ich segelte, bis ich die Fähren sah, die von Puttgarden nach Rødbyhavn fahren. Da war es schon Abend, aber noch nicht dunkel. Ich segelte weiter, kochte Kaffee, stark, mit viel Zucker. Es war, als müsste ich einen Kulturschock verarbeiten. Nach Marstal, das war die Sommerfahrt eines jeden Seglers aus der Kieler Bucht. Ich musste endlich sehen, dass ich wegkam. Ich passierte den Hafen. Der Regen wurde wärmer, schien es, und ich war froh, nicht anlegen zu müssen.

Aus Erfahrung wusste ich, dass Unkraut zupfen zwar eine Möglichkeit ist, Geld zu verdienen, aber eine blöde. Das Gleiche gilt für Zeitungen austragen, Autos waschen, Rasen mähen, Zimmer streichen. Mir war klar, dass ich das Geld allein schon rechnerisch nicht zusammenkriegen würde, wenn ich nach Stundenlohn abrechnete. Meine einzige Chance war, einen Job zu finden, der pauschal bezahlt wurde. Solche Jobs vergüten nicht die Arbeitskraft, sondern Ideen. Das Dumme war nur, dass ich keine Idee hatte, wie ich einen solchen Job finden sollte.
Ich hatte inzwischen mit dem Eigentümer des Folke-Boots telefoniert und er hatte mir 500 Euro Preisnachlass gewährt, als ich ihm erzählte, dass ich noch Schüler war. Die Hälfte des Geldes hatte ich auf einem Sparbuch. Blieb knapp ein Monat Zeit, um 3500 Euro zu verdienen. Ich überlegte ernsthaft, mich als Drogenkurier anheuern zu lassen. Dass eine Tüte Kokain im Magen aufgehen und man krepieren kann, hätte mich eigent-

lich nicht schrecken sollen, selbstmordgefährdet wie ich war. Allerdings war die Vorstellung, lauter Kondome, in denen das Zeugs untergebracht ist, schlucken zu müssen, ziemlich widerlich. Und ich muss auch zugeben, dass mir das eine Spur zu illegal war. Nicht, weil es verboten war, sondern weil Drogen einfach Scheiße sind. Ich meine, schon Tabak und Haschisch sind Scheiße, und vermutlich haben die Politiker Recht, die meinen, dass dies Einstiegsdrogen sind. Das muss ich jetzt mal schreiben. Aber ich muss auch festhalten, dass Alkohol die viel schlimmere Einstiegsdroge ist. Jedenfalls war zwischen Alkohol und Haschisch auf der einen und Kokain und Heroin auf der anderen Seite ein Quantensprung, den ich nicht springen wollte. Davon abgesehen, dass ich gar nicht gewusste hätte, wen ich nach einem solchen Job hätte fragen sollen. Das Haschisch, das in unserem Jahrgang geraucht wurde, kam von Ole. Der kannte jemanden aus dem Golf-Club seiner Mutter, der wiederum einen Türken in Hamburg kannte. Ironischerweise fand ich dann doch noch über die Drogenschiene einen Job, der mir schließlich mein Folke-Boot bescherte.
Schon am Tag nach jener Party, an deren Ende mich Svenja geschlagen hatte, saß ich wieder bei Oles Vater am Computer um nachzuarbeiten, was ich tags zuvor nicht geschafft hatte. Ole war nicht da, vermutlich bei Svenja. Seine Mutter hatte mir aufgemacht, war dann aber zum Golf-Club gefahren. Erstaunlicherweise konnte ich mich gut konzentrieren und dachte weder an den Segeltörn noch an Franziska Schulte. Oles Vater hatte im letzten Monat ein gewaltiges Pensum an Reden abgespult. Er hatte Presseerklärungen zu allen möglichen Themen abgegeben: der Hochschulreform, der Standortschließung eines Jagdbombergeschwaders, einem Müllentsorgungsvertrag, einer Baumschutzsatzung, einem Urteil irgendeines Gerichts zu Zählgemeinschaften. Ich las sie, ohne ihren Inhalt zu registrieren, sondern blickte nur auf Grafiken und mögliche Hyperlinks. Ein irres

Lesen ist das, wenn man nicht verstehen will, was geschrieben steht, so, als würde man Tippfehler suchen. Man darf nicht denken, nur vergleichen.
Vor dem Haus fuhr ein Auto vor. Ich schaute aus dem Fenster und sah, dass es ein Taxi war, aus dem Oles Vater stieg. Er hatte ein Jackett an, trug darunter eine Weste und sah alles in allem aus, wie Politiker eben aussehen. Die Haare in Würde ergraut, eine Ziegenledertasche unter dem Arm, der Ausdruck irgendwie I-am-deeply-concerned-mäßig.
Sofort setzte ich mich wieder an die Tastatur und arbeitete weiter, während ich darauf wartete, dass Oles Vater hereinkam. Wenn ich schon Franziska Schulte nicht haben konnte und Gesa an Klaas vergeben war, dann wollte ich wenigstens Oles Vater dazu bringen, stellvertretend für die ganze Generation, die uns gezeugt hatte, zuzugeben, dass er in der Politik seine Ideale verraten hatte.
Ich hörte die Schritte auf der Treppe, dann Dielen quietschen. Oles Vater klopfte an die Tür zu seinem eigenen Arbeitszimmer und ich sagte »herein«, stand auf und gab ihm die Hand, so, wie es sich gehört.
»Na Max, fleißig?«, sagte er zur Begrüßung, was wahrscheinlich cool sein sollte, aber natürlich super dämlich war.
»Nicht so wie Sie«, antwortete ich und war froh, dass mich keiner außer ihm hörte. Und Oles Vater lebte wahrscheinlich schon dermaßen in einer Welt der Uneigentlichkeit, dass er nicht mehr merkte, wenn man ironisch war. Er nahm das Geschleime für echtes Lob.
»Ich habe einen Redenschreiber«, lächelte er. »Wie war die Bio-Klausur?«
»Ganz okay«, gab ich zurück, hatte aber nicht die geringste Lust, nach dem vorherigen Tag ins Detail zu gehen.
»Hier, in einer Ihrer Reden hat Ihr Redenschreiber geschrieben, dass der Anbau von Raps für Bio-Diesel ökologisch nicht zu ver-

antworten ist, weil Raps so empfindlich ist, dass man die Felder total mit Insektiziden und Pestiziden vollpumpen muss. Heißt das, dass Bio-Diesel schlecht ist?«, fragte ich stattdessen. Ich hatte mir eine Falle überlegt.

»Ja, genau, vermutlich ist Bio-Diesel nicht der Treibstoff der Zukunft. Man sollte auf Wasserstoff-Zellen setzen.«

»Oder man baut genveränderten Raps an. Den muss man gar nicht spritzen.« Natürlich wusste ich, dass er gegen genveränderten Anbau war. Aber ich dachte an Hegel, demzufolge es sowieso keine Natürlichkeit gibt. Der Mensch ist zwar aus der Natur hervorgegangen, hat sich aber von ihr befreit und sie verändert. Seine Natur ist die Kultur, die Kunst und die Wissenschaft, und deshalb kann er sich in ihr auch voll austoben.

Natürlich klingt das arrogant. Aber ich finde, es ist irgendwie folgerichtig. Natürlich wäre es schön, Hegel zu sagen, hey, Moment, der Mensch ist auch Natur wie Tiere und Pflanzen. Er muss essen und schlafen und kacken. Aber das macht ihn noch nicht zum Menschen, würde Hegel sagen. Zum Menschen macht ihn sein Gehirn und seine Kultur. Und was willst du überhaupt, würde Hegel sagen, Atome sind doch auch Natur und Gene auch und Genveränderung und Atomspaltung hat es immer gegeben. Nur dass wir sie jetzt kontrollieren wollen. Das ist aber nichts anderes, als einen Fluss zu begradigen oder ein Feld umzupflügen. Niemand würde ja darauf setzen, dass eine wilde Wiese von selbst ein Weizenfeld wird. Fortschritt ist kein Widerspruch zu den Prinzipien der Natur, sondern setzt nur fort, was in den Millionen Jahren der Evolution schon immer passiert ist.

Ich finde das rundheraus zum Kotzen. Aber bis zu diesem Zeitpunkt war mir kein gutes Argument dagegen eingefallen, das Hegel nicht sofort wieder zu seinen Gunsten verbogen hätte. Es ist so, wie sich die Welt insgesamt anlässt. Man wäre gern dagegen und würde es gern besser machen. Stichwort Umweltzerstörung, Folter, Hunger und Kriege und die Jagd auf Wale.

Aber wenn man protestieren will, gibt es dafür schon vorgefertigte Formulare. Ich meine, ich würde wirklich gern bei Greenpeace in einem Schlauchboot sitzen. Aber als ich denen das schrieb, schickten die mir lediglich einen Spendenaufruf zu. Ich würde gern sagen, dass unsere Gesellschaft zu satt ist, dass unsere Probleme mit der Rente völlig wurst sind im Vergleich zu denen der Sudanesen und dass darüber hinaus beide vielleicht sogar etwas miteinander zu tun haben. Aber wenn man das sagt, geben einem ja alle sofort Recht. Und wenn man dagegen aufbegehrt, ist man gleich Teil einer Bewegung. Man kann eine Partei gründen oder in eine eintreten, man kann wählen gehen, man kann sich äußern. Und schon ist man nicht mehr im Protest, sondern in dem System, gegen das man protestieren wollte.

Ich war wirklich gespannt, was Oles Vater dazu zu sagen hatte.

»Warum sollte man genveränderten Raps anbauen, wenn es eine bessere Technologie gibt, die ihn unnötig macht?«, fragte er und setzte sich. Er öffnete seinen Aktenkoffer und zog eine Handgranatenzigarre heraus, wie Ole und ich sie geraucht hatten. Er warf sie achtlos in eine Schreibtischschublade, wo, wie ein metallisches Klingen verriet, bereits ein paar andere liegen mussten. War es wirklich so einfach? Hatte er mich mit seiner Antwort ausmanövriert? Ich wollte mich wehren.

»Weil man nicht immer alles aufgeben kann, sobald es einem unbequem wird«, sagte ich. Ich gebe zu, dass es hilflos klang. Es klang sogar so, als wäre ich irgendein spießiger Lehrer, der erzählt, dass früher alles besser war und man Bitte und Danke sagen soll.

Oles Vater setzte sich auf eine Bank, die unter Stapeln von Papier kaum zu erkennen gewesen war. Setzen ist vielleicht auch etwas übertrieben. Er wippte sozusagen auf einer halben Pobacke.

»Ich weiß, was du meinst«, sagte er. »Man muss eine Idee haben, wenn man Veränderungen will, sonst weiß man ja nicht, in welche Richtung die gehen sollen.«

»Genau«, sagte ich, dankbar, dass er mich besser verstanden hatte, als ich mich ausdrücken konnte. »Und Brennstoffzellen sind doch High Tech und Biodiesel ist pflanzlich, also sozusagen Natur.« Ich hoffte nur, dass er kein Hegel-Kenner war.
»Ich glaube, man braucht keine Idee«, sagte er. »Ich glaube sogar, damit fängt das ganze Elend an. Eine Idee unterteilt alles immer in gut und schlecht, in ja und nein, in rechts und links. Wenn man keine Idee hat, dann lässt man viele Antworten zu.«
»Aber dann ist alles nur ein großes Kuddelmuddel«, sagte ich. Lag es daran, dass Protest so schwierig war? Oder daran, dass die Erwachsenen keine Ideen hatten, wozu das ganze Leben da war, wohin es führen sollte?
»Ja, das stimmt wohl. Aber Aushalten des großen Kuddelmuddels ist wohl das Beste, was wir tun können. Und das ist gar nicht so wenig. Ich glaube sogar, dass die Ideen und Ideologien die Welt immer schlechter gemacht haben. Wenn man das Allgemeine vor das Konkrete stellt, führt das immer zu Verlust.«
Ich musste nachdenken. Hatte ich nicht so etwas auch schon mal überlegt? War nicht genau das meine Idee vom Selbstmord? Etwas zu tun, das keinen Sinn ergab, was mich nicht zum Teil einer Idee machte? War es so einfach? Musste man einfach aufhören Idealen nachzuhängen? Aber was war dann mit der Freiheit, mit Liebe, Glück, mit dem Verlangen ein absolutes Leben zu führen, die Grenzen zu überschreiten?
»Und wovon soll man dann träumen?«, fragte ich.
Er zuckte mit den Schultern. Aber als er sprach, wirkte er gar nicht resigniert.
»Von den kleinen Dingen«, sagte er.
Ich wusste, dass auch mein erster Vorsatz gescheitert war. Ich würde Oles Vater nicht erleuchten, ich würde ihm nicht seine grünen Ideale ausreden können, weil er sie gar nicht hatte. Er suchte nur zwischen zwei Alternativen die jeweils beste Lösung. Was sollte man dagegen sagen?

Wir redeten noch ein bisschen. Er wusste, dass Ole, Svenja und ich uns in Finnland verabredet hatten, und fragte nach Interrail und Segeln. Ich antwortete, war aber nicht bei der Sache. Die ganze Zeit überlegte ich, ob man nicht das »Aushalten des großen Kuddelmuddels« zum Ideal erklären konnte – sozusagen ein Ideal, das wieder zerfällt, sobald man es aufstellen oder benennen will.
Und dann bot mir Oles Vater an, nicht nur seine Homepage zu betreuen, sondern in den nächsten Wochen auch die Internetseite des gesamten Landesverbandes zu überarbeiten. Er fragte mich, was das kosten würde und ob ich die Zeit dafür aufbringen könnte.
Ich nannte meinen Preis. Und dann wusste ich nicht, ob ich nicht meine Ideale verraten hatte. Gestartet war ich als Provokateuer und Herausforderer. Und wie endete ich? Als Politiker!

◆◆◆

Zunächst sieht man nur rostiges Licht, nur verschwommenes Braun. Die Latten des Waggons fächern das Licht auf. Astlöcher sind strahlende Punkte.
Ole liegt auf einer eingeschweißten Matratze und guckt an die Decke. Man hört kein Räderrumpeln. Der Waggon steht. Jetzt sieht man, dass Ole die Augen geschlossen hat. Seine Mundwinkel zeigen ein bisschen nach unten.
Dann schwenkt die Kamera von ihm weg und das Bild zeigt einen Lüftungsschlitz. Der Schlitz wird größer und jetzt gewinnt die Kamera an Freiheit und filmt eine Landschaft mit brauner Erde, einem trockenen Flussbett und Weinhängen im hellen Licht. Im Hintergrund ist eine Stadt zu erkennen. Die Häuser drängen sich an hohe Kirchtürme, es sieht aus wie eine Pyramide aus Lebkuchen, denn die Häuser haben die braune Farbe des Bodens, des rissigen Flussbettes.

»Keine Ahnung, wo wir sind. Das ist jedenfalls nicht Dänemark. Dänemark ist grün und hat maximal gelbe Stoppelfelder. Aber keine Weinplantagen, keine Zitronenbäume. Kennst du noch das Gedicht von Goethe? Ich glaub, ich hatte nur vier Punkte bei der Interpretation. Aber jetzt weiß ich es plötzlich auswendig: ›... Im dunkeln Laub die Goldorangen glühn, ein sanfter Wind vom blauen Himmel weht, Die Myrthe still und hoch der Lorbeer steht ...‹. Naja, ich kenn das Land jedenfalls nicht. Pünktlichkeit scheint mir seit gestern gar nicht das Problem der Bahn zu sein, sondern die Beschriftung der Waggons. Es wird höchste Zeit, dass wir aus diesem Pferch rauskommen. Ich fühl mich ehrlich gesagt wie im Gefangenentransport nach Sibirien. Unglaublich, wie schlecht man sich nach einer Nacht auf Plastikmatratzen fühlen kann. Außerdem war es kalt und laut. Wir haben uns die Schlafsäcke über die Nase gezogen. Mich hat das Schlagen der Eisenbänder auf den Schienen irgendwann betäubt, aber Ole sagt, er war die ganze Nacht wach. Ich würde gern duschen und im Licht baden. Aber wir trauen uns nicht, einfach auf offener Strecke auszusteigen, weil der Zug vielleicht wieder anfährt und wir hier nicht mehr wegkommen. Andererseits, wenn hier einmal ein Zug hält, dann hält hier auch ein zweiter. Warte mal, ich glaub ...«
Das Bild wackelt, man sieht Ole und Svenjas Hand auf seiner Schulter. Dann verlischt das Bild.

Als es zuckend wieder erscheint, braucht die Kamera ein paar Sekunden um die Belichtung zu korrigieren und die Blende zu verkleinern. Es sieht aus, als würde der Himmel das Licht aussenden, so hell ist er. Man ahnt, dass ein leichter Wind weht, aber man erkennt nur die Hitze, die er nicht lindern kann. Man sieht eine hohe Zypresse. Dann wackelt das Bild erneut und plötzlich huschen zwei braune Beine durch den Ausschnitt. Svenja läuft in einem gelben Kleid zu dem Baum und setzt sich, zieht die Beine so an, dass die Kamera ihr nicht unter das Kleid gucken kann.

»Also, es ist nicht Italien und es ist auch nicht Frankreich. Wir sind aus dem Waggon ausgebrochen. Irgendwie wird es schon weitergehen. Unser Plan ist eigentlich, dass wir heute Nacht neben den Gleisen schlafen. Und wenn wieder ein Zug stehen bleibt, steigen wir einfach ein. Aber so ganz fürchterlich wichtig sind unsere Pläne gerade nicht.
Hinter dem Hügel führt eine Straße entlang, der wir ein paar hundert Meter gefolgt sind, bis zu einem Schild, das die nächsten Ortschaften ankündigt. Und es war kein italienisches oder französisches Schild, sondern irgendetwas Slawisches. Ich tippe auf Tschechien, Ole auf Kroatien. Aber wir sind ja nur eine Nacht im Güterzugtempo gefahren. Ich glaube nicht, dass wir es damit bis nach Kroatien geschafft haben. Ole ist gerade dabei, der Straße weiter zu folgen, und ich bin hier auf den Berg raufgekraxelt. Wir brauchen Wasser. Ole hat die Trinkflaschen mit und das Geld. Allerdings haben wir nur zwei 50-Euro-Scheine und ich glaube, die Tschechen oder Kroaten werden nicht wechseln können. Dumm, dass wir nicht kleinere Scheine eingesteckt haben. Warte mal.«
Svenja steht auf und geht auf die Kamera zu. Erst sieht man ihr Gesicht größer werden, dann runder, sie verstellt etwas am Zoom, dann geht sie wieder unter den Baum zurück. Als die Kamera ihre Tiefenschärfe gefunden hat, hat sich der Bildausschnitt verengt und man sieht Svenjas Gesicht in Nahaufnahme.
»Ole weiß natürlich, dass ich diesen Film hier drehe, und er weiß auch, dass ich ihn für dich drehe. Ich habe ihn gefragt, ob er eifersüchtig ist, und er hat Ja gesagt. Aber auch, dass Eifersucht ein gutes Gefühl ist, so, als müsse er auf mich aufpassen. Tatsächlich ist es total merkwürdig, so hier oben auf dem Berg zu sitzen und mit dir zu reden. Es ist unglaublich intim. Das liegt vielleicht an der Einsamkeit. Hör mal.«
Svenja legt den Kopf schief und sagt nichts. Das Mikrofon hört sich in der Umgebung um. Das Geräusch des Windes, dann das

Zirpen der Grillen. Man hört, wie sie auf ihren Beinen musizieren, ein Vogel schreit, vielleicht ein Raubvogel, und man hört die Erde vor Trockenheit knistern.

»Leider kann man nicht zeigen, wie es hier riecht. Nach Erde und nach Staub, nach Blüten und nach Gras, nach Süden und irgendwie nach Sex. Na ja, deshalb habe ich mich ein bisschen näher gesetzt. Das ist doch das Interessanteste, Sex, oder? Für dich und für Ole bestimmt auch, aber auf jeden Fall für mich. Du weißt, dass wir noch nicht miteinander geschlafen haben. Und das gilt absolut, für mich wie für Ole. Tja. So was gibt's. Achtzehn Jahre alt und über ein Jahr zusammen, irgendwie auch nicht gerade verklemmt und noch immer nicht miteinander im Bett gewesen. Wobei das nicht stimmt, denn im Bett sind wir eigentlich immer und haben auch Sex, aber miteinander geschlafen haben wir noch nicht. Und viele Menschen mit achtzehn haben es noch nicht getan. Als ich mit Ole zusammenkam, war uns beiden klar, dass wir auch mal miteinander schlafen würden. Aber es war schwer, darüber zu reden. Wir fassten uns an und dann lagen wir auch mal nackt nebeneinander, aber wir trauten uns irgendwie nicht weiter. Das ist nicht ganz richtig, es hat nichts mit trauen zu tun gehabt, sondern damit, dass es gut so war, wie es war. Du bist doch der, der immer alles grundsätzlich machen will. Hast du mal überlegt, dass Sex, also Orgasmus und Befriedigung, so funktioniert, wie bei Aldi einkaufen? Man ist voll auf ein Angebot fixiert, man will den Sahnejoghurt schnell und sofort und dann isst man ihn auf und das war's. Es ist wie mit dem, was für unsere Großeltern Luxusgüter waren: Schokolade, Zucker, Kaffee. Heute ist der wahre Luxus, sich nicht einfach alles zu kaufen, sondern sich dem zu entziehen. So ist es mit Sex auch irgendwie. Sex ist kapitalistisch. Er ist darauf angelegt, den anderen auszubeuten. Aber wenn ich mit Ole nackt auf seiner Matratze liege und er mich streichelt und ich ihn und wir uns küssen, dann ist es gegenseitig. Und wir wollten beide nicht riskieren, das kaputtzumachen.

Falls du dich fragst, warum ich dir das alles erzähle. Tja, ich frage mich das auch. Nein, stimmt nicht, ich frage mich, ob es anders gewesen wäre, wenn ich mit dir zusammen wäre, wie ich es ja eigentlich gewollt hatte. Jetzt, hier oben, allein mit dem digitalen Auge, durch das du mich anschaust, bin ich ganz froh, dass du nicht mein Freund geworden bist und ich nicht mit dir nackt auf einem Bett gelegen habe. Ich glaube, du hättest es nicht verstanden und nicht ausgehalten.«

◆◆◆

Schweinswale sind kleiner als Delfine und fünfzig Meter auf dem Wasser sind eine große Distanz. Aber als die beiden plötzlich auftauchten, war es, als wären sie direkt neben mir. Ich war kurz vor dem Sund zwischen Falster und Møn, als ihre Finnen schwarz zwischen den blauen Glitzerwellen auftauchten. Eine ganze Zeit schwammen sie parallel zu mir. Ich konnte ihre Köpfe sehen und manchmal sogar ihre Augen. Ab und zu tauchten sie, kamen aber immer wieder längsseits hoch, fast eine Stunde lang. Dann zogen sie davon, ostwärts, Richtung Schweden und ich würde ihnen am nächsten Tag folgen. Nachts ankerte ich vor den weißen Kreidefelsen von Møn und dachte darüber nach, dass solche Tiere, Wale und Seehunde, aber auch Dachse, Wölfe, Luchse und Kreuzottern in meinem Leben nie vorkamen. Vor hundert Jahren wurden Seehunde noch gejagt, heute ist man froh, wenn man eine Ente sieht.
Am nächsten Morgen war der Regen verschwunden. Der Wind hat vollends auf West gedreht, als würde er meinem Kurs folgen. Als ich mir das T-Shirt ausziehe, merke ich, wie die Sonne mich verbrennt. Überall um mich herum schwirrt das Licht. Ich halte eine Hand ins Wasser und es erscheint mir um einige Grade wärmer als gestern.

Ich hatte mir immer vorgestellt, mein Boot MIRIAM zu nennen, getreu dem Brauch der Seeleute, sich immer an die Frau zu erinnern, die einem am meisten bedeutete.
Mittlerweile habe ich Isabels Karte über meine Luke neben der Koje gepinnt, habe mir die Karten von Schweden vorgenommen und tatsächlich Nyköping gefunden. Es liegt vielleicht dreißig Seemeilen südlich von Stockholm. Ich habe beschlossen, es anzulaufen. Es hätte auch auf der Ostseite liegen können, liegt es aber nicht. Zufälle können auch Zeichen sein.

Oles Vater zahlte sehr fair und nachdem ich mehrere Nachmittage an der Homepage rumgebastelt hatte, hatte ich plötzlich das Geld auf meinem Konto und überwies es gleich weiter. Ich rief beim Verkäufer an, wann ich das Boot holen könnte, und in einem herrlichen Singdeutsch antwortete er, dass er sich eine letzte Tour mit seinem Schiff wünschte. Er fragte, ob er es nicht runter nach Deutschland segeln könnte. Ich war zunächst ein klein wenig enttäuscht, aber andererseits passte es mir auch ganz gut, nicht noch mehr Zeit zu verlieren. Ich willigte ein und fuhr am nächsten Morgen statt nach Dänemark in die Schule, beladen mit Büchern eines abgelegten Jahrganges.
Die Schule würde im nächsten Jahr immer wichtiger werden. Wichtiger als Sport, wichtiger als Musik, wichtiger als Ferien. Schon jetzt zerfaserte das Schuljahr, statt einen sauberen Schnitt zu setzen. Die Lehrer begannen über die Themen bis zum Abi zu reden und gaben uns Bücher und gute Ratschläge. Wir rechneten unsere Noten hoch und versuchten herauszufinden, wer wohl das knappste Abi hinlegen würde.
Das Problem mit Franziska war noch immer nicht aus der Welt. Wir begegneten uns nach Michaels Party natürlich in der Schule. Ich murmelte mit dem Kurs ein »Guten Morgen« und wich ihr auf dem Gang aus, wenn ich ihre Absätze klickern hörte. Sie nahm mich nicht häufiger als sonst dran, aber auch nicht selte-

ner. Wir schauten Dokumentarfilme über das Leben der Amöben an, arbeiteten übersprungene Aufgaben nach und kauten das gesamte Buch durch.
Ich saß im Kursraum, den Kopf schwer auf den Tisch gelegt, und träumte von einem Ritt auf den Wellen oder zumindest davon, noch in meinem Bett zu liegen. Franziska Schulte kam mit einem großen Stapel Papier unter dem Arm in die Klasse: Es waren unsere Bio-Klausuren. Ich fuhr auf. Sie lächelte in die Klasse, meinte aber nicht mich. Sie sagte noch ein paar allgemeine Worte, es gab keine Fünf, aber ein paar knappe Vieren. Dann teilte sie die Blätter aus, immer mit einem witzigen Spruch, nur bei mir wortlos. Ich schlug meine Note auf, irgendwie nervös, irgendwie in der Annahme, dass da jetzt stand »wegen Unverfrorenheit sitzen geblieben«. Stattdessen stand dort »14 Punkte (1)«. Ich sagte ja schon, dass ich nicht so schlecht in der Schule war, aber das bedeutete in erster Linie, dass ich es mir leisten konnte, faul und frech zu sein. Und so gut war ich auch nicht. Aber jetzt hatte ich mit dieser Bio-Arbeit die beste Arbeit des Kurses geschrieben, besser als Gesa. Ausgerechnet mit dieser Arbeit, die so viel Peinlichkeit verursacht hatte.
»Ich fass es nicht, Scheiße, was bist du denn für ein Streber«, brüllte Michael los und riss mir die Blätter weg. »Der hat von mir abgeschrieben.« Ich nahm seine Klausur in die Hand, acht Punkte.
»Vorsicht«, rief Klaas, »der schlägt zu.«
Franziska Schulte kam zurück, aber nicht um den Tumult zu schlichten oder zu schimpfen. Sie zeigte auf meine Arbeit und damit auf Michael und ich roch den Hauch ihres Parfüms.
»Tja, das ist eine hervorragende Arbeit«, sagte sie zu Michael. Und nicht einmal Korrektur gelesen, dachte ich und ärgerte mich, dass sie nicht mit mir sprach. Aber sie kümmerte sich nicht um mich oder darum, dass Michael mir meine Klausur zurückgab. Stattdessen forderte sie uns auf, die Bücher zu nehmen und mit ihr in die Bibliothek zu gehen.

Wir schulterten unsere Lasten und folgten ihr. Während wir uns die Treppen hochhievten, fiel ich absichtlich ein wenig zurück, weg von Michael, der mich nur noch mit »Arschloch« und »Streber« anredete, vorbei an Klaas und Gesa, deren Neid ich mit einer guten Note nicht schüren konnte, bis mich Franziska Schulte einholte. Und endlich bekam ich mein Lob selbst ab – dachte ich jedenfalls.

»Du kannst ein wirklich gutes Abi machen«, sagte sie. »Ich hab dir eine Liste mit Büchern gemacht, für die Philosophieprüfung. Vielleicht liest du schon mal in den Ferien.«

Das war's. Sie kramte einen Zettel aus ihrer Tasche und drückte ihn mir in die Hand. Kein Lob, nur neue Aufgaben, nur neue Arbeit. Das war ihre Rache. Ich steckte den Zettel in meine Hosentasche und schloss wieder zu Michael auf, der mich mit »Flachpfeife« begrüßte.

◆◆◆

Erst sieht man gar nichts. Dann erkennt man im Schwarz Punkte und das Bild fängt einen Sternenhimmel ein. Langsam senkt sich die Perspektive. Man hört einen Vogel schreien, vielleicht eine Eule. Vor dem Himmel wölbt sich eine Kuppel, ein Zelt. Die Kamera zoomt weiter weg.

»Wir sind in Polen.« Man hört Svenja kichern, die Kamera wackelt ein wenig. »In Polen. Das hatte ich nicht auf der Rechnung. Ole ist heute Mittag los und wollte Euros tauschen, aber 100 Euro kann hier keiner wechseln. Sie haben ihm alles geschenkt: einen Riesenlaib Brot, vier Leberwürste, Schinken, einen Becher Quark, Kohlrabi, Zwiebeln, Kartoffeln und Äpfel. Polen ist cool. Wir sind irgendwo zwischen Breslau und Krakau. Ole hat es sich auf der Landkarte zeigen lassen. Sieben Kilometer weiter ist ein kleiner Bahnhof. Angeblich fahren von dort aus Züge nach Prag. Prag hört sich schon ganz gut an. Danzig wäre besser, aber seit wir hier sind

und dachten, dass wir in Italien wären, wollen wir nicht so schnell in den Norden. Du wirst auch nicht schneller sein, du bist vermutlich in Kopenhagen versackt oder so. Es ist unglaublich einfach, so zu leben. Ich weiß zwar nicht genau, wie wir morgen umsonst in den Zug kommen sollen, aber zur Not versuchen wir einfach zu bezahlen und vertrauen darauf, dass der Schaffner nicht wechseln kann. Auch Ole ist angekommen. Wir haben heute Nachmittag in einem kleinen See gebadet. Das Nacktsein war ohne Scheu. Und das Wasser war kalt und dabei ganz schwarz. Man hat sich wie gehäutet gefühlt. Zum Trocknen sind wir die Wiese rauf und runter gelaufen. Dann haben wir unsere Sachen geholt und das Zelt aufgebaut. Gefragt haben wir hier niemanden. Es ist ein Niemandsland, es gehört dem, der es braucht. Einfach toll! Ole hat gekocht. Er saß vor dem Zelt in der Abendsonne und hat Zwiebeln und Kartoffeln geschält und leise dabei gesungen. Ich hab ein bisschen weiter weg gesessen und ihm dabei zugeschaut. Da ich kein Buch mithabe, konnte ich noch nicht einmal lesen. Ich konnte nur gucken und zufrieden sein. Seitdem wir los sind, haben Ole und ich nicht ein einziges Mal über uns gesprochen. Ole hat nicht einmal gesagt, dass er Schluss machen will. Wir müssen offenbar nicht reden, weil wir leben. Aber die vielen Worte schweben doch noch über allem wie eine Wolke. Ein bisschen ist in mir das Gefühl, als würde man auf den Regen warten. Ich gehe jetzt zu Ole, er schläft schon.«

◆◆◆

Es war ein glückliches Gefühl, als ich an der Küste Schwedens unter Land ging, erste Boote sah, die roten Holzhäuser, die ihre blau-gelben Fahnen flattern ließen. Ich segle ohne deutsche Flagge. Ich fand immer, dass ihre Farbzusammenstellung ein ästhetischer Missgriff ist. Aber das ist nicht das Entscheidende, entscheidend ist die Unzugehörigkeit, die ich fühle. Weder ein

Land noch ein Gesetz und schon gar kein Volk hat Anspruch auf mich. Vielleicht war es dieses Gefühl, vielleicht war es der Stolz über die Nachtfahrt, die mir die Kraft gaben, nicht bei einem Haus festzumachen, obwohl ich gern unter Menschen gekommen wäre, gerne mit ihnen geredet und gelacht, gerne erzählt hätte. Aber ich ließ die Fahnen winken und segelte weiter in die Einsamkeit.

Ich bin also in Schweden. Hinter mir liegen drei Segeltage, an deren Abenden ich so besoffen vom Licht war, dass ich keine Lust mehr hatte, etwas zu schreiben.

Den letzten Schlag, von Bornholm in den Kalmarsund, segelte ich in einer langen Nachttour. Ich hatte mich verschätzt. Vielleicht war ich auch so euphorisch vom Meer und von dem Gefühl, dass mein Körper härter und stärker ist, als er je war, dass ich nicht mehr nachdachte. Ich nahm an, wenn ich den Wind genau von achtern hätte, müsste ich nicht unter Land segeln, sondern könnte von Bornholm in einem großen Rutsch quer rüber Öland erreichen. Ein unsinniger Gedanke, ein Wahnsinnsplan für einen Einhandsegler und ein nur halb hochseefestes Folke-Boot. Aber es gab einen Grund, es gab einen Namen und eine Postkarte und eine kleine schwedische Stadt, die Nyköping hieß. Warum soll man nicht auf eine senkrechte, großspurige Handschrift setzen?

Ich verkalkulierte mich, segelte und segelte bis zum Abend und erschrak, als ich plötzlich den Offshore-Windpark Nysted erreichte. Ich war noch eine gute Tagestour von Schweden entfernt.

Und plötzlich war das Meer offen und wild und eine große Masse, die sich hob und senkte – der Bauch des Tieres Erde, das sein eigenes Leben lebt. Die Höhe einer Welle in Metern gemessen sagt gar nichts aus über ihre tatsächliche Macht. Wenn man im Tal zwischen zwei Bergen ist, werden sie doppelt so hoch.

Ich hatte überlegt, mein Boot an den Windmühlen festzubinden und dort die Nacht zu bleiben, und ich versuchte es auch, indem

ich mir ein Seil um den Bauch band, die Segel strich, ins Wasser sprang und einmal um die Stele schwamm. Aber ihr Fuß war so dick, dass mein Boot abtrieb, noch während ich den Sockel umrundete. Und außerdem schlugen, während ich im Wasser unter ihnen war, die Windmühlen mit ihren Armen nach mir, ließen die Luft sausen, isolierten die Sonnenstrahlen aus dem Himmel und warfen sie einzeln auf meine Netzhaut. Es hätte eines zweiten Menschen bedurft um das Boot an den Pollern festzumachen. Plötzlich war ich sehr allein, scheiße allein. Ich war kurz davor zu flennen, denn mir war klar, was für eine Nacht mir bevorstand. Die Fähren von Trelleborg würden über mich hinwegbrettern, ihre Wellen würden mich kentern, ich würde einschlafen und sterben.
Wieder an Bord meines Schiffes, war ich Odysseus, der gerade den Riesen entkommen war. Aber anders als ihm waren mir die Götter des Meeres wohlgesinnt und anders als Odysseus kann mir Ithaka gestohlen bleiben und ich werde nicht umdrehen und nicht zurückkommen, Franziska hin oder her. So geht es mir gerade. Immer wenn ich vom Segeln schreiben will, von meinem Erleben, kommt mir die Erinnerung in die Quere. Die letzten Gespräche in den letzten Wochen. Ich weiß nicht, warum sie wichtiger sein sollen als die Gegenwart. Wenn alle sagen, der Selbstmord macht keinen Sinn, weil man sich auflehnen muss und nicht aufgeben darf, wäre dann nicht die logische Folge, dass man sich auch gegen die Auflehnung auflehnen soll?
Odysseus rettete sein Leben, indem er den Riesen seinen Namen mit »Niemand« angab. So ähnlich geht es mir. Ich kann mein Leben retten, indem ich zu niemand werde.
Okay, so viel zum klassischen Griechenland. Ich habe schließlich meinen Mut zusammengerafft, habe die letzte Tafel Schokolade gegessen und bin entschlossen in den Abend gesegelt. Die Sonne stand lange am Himmel und ich merkte eigentlich nur am längeren Schatten meines Bootes auf dem Wasser

und an der ankriechenden Kälte, als die kühler werdende Luft feucht wurde, dass sie langsam tiefer sank. Ich machte die Bordlaternen am Mast an und schaltete den Autopiloten ein. Irgendwann war die Sonne verschwunden und um mich herum sirrte blaues Licht, dann wurde es lila und schließlich war es weg. Plötzlich sah man den Mond, halb und hell, über dem Meer, und man sah die Sterne, aber sonst keine Umrisse, nur gesichtsloses Schwarz. Das Rauschen der kleinen Wellen war plötzlich lauter als am Tag und ich dachte an die Schweinswale und an Meerungeheuer. Reale Gefahren aber waren die großen Containerschiffe und zwei von ihnen stampften in dieser Nacht mit hoher Bugwelle an mir vorbei. Ich war müde und doch konzentriert vor Angst. Die Sterne bildeten Konstellationen, wie ich sie noch nie gesehen hatte. Die Fernsicht auf dem Meer ist von großer Klarheit. Man bildet sich ein, das Meer und der Himmel wären eins und man würde selbst in einem Raum ohne Grenzen leben.

Bei 23 habe ich aufgehört, die Sternschnuppen zu zählen. Das zweite Schiff hätte mich voll übergemangelt, hätte ich nicht eingegriffen und den Kurs des Autopiloten korrigiert. An Schlaf war nicht zu denken. Doch Neptun sei Dank war die Nacht nur kurz und der Sonnenaufgang entschädigte für die vor Müdigkeit juckenden Augenlider. Erst tastete sich ein Hauch grünlichen Lichts über den Horizont, dann erkannte man die Wölbung der Erde. Und dann sah man das helle Leuchten selbst. Fast konnte man das brennende Gas auf der Sonne rauschen hören, so mächtig brannte sie vor mir auf. Gegen zehn war Land in Sicht, zweigeteiltes Land, wie breite Beine.

Ich habe mein Boot in die Bucht zwischen zwei kleinen Schäreninseln gelenkt, es an einem Baum vertäut und erst mal geschlafen. Gutes Gefühl, zwischen zwei Glatzen aus Stein, die die Eiszeit glatt geschmirgelt hat. Ich befinde mich in der Tradition der Jäger und Sammler. Während ich dies schreibe,

dümpelt meine Angel im Wasser. Die Steine sind warm, die Mücken noch zu träge zum Stechen, doch sind sie schon jetzt so zahlreich, dass ich die Luke zu meinem Boot verschlossen halte. Es ist nach acht Uhr abends und hell wie am Mittag.
Vorhin, als ich anlegte, sah ich im flachen Wasser Dorsche und Heringe.

◆◆◆

Über einem dunklen Bild Svenjas Stimme. Zuerst meint man, es wäre wieder der Nachthimmel. Doch diesmal schleichen sich keine Sterne ein. Svenja flüstert:
»Heute Nacht, als ich zu Ole ins Zelt gekrochen bin, war er noch wach. Und wir haben uns umarmt und geschmust – es war anders als sonst. Es hatte nichts von Abwarten, es war hungrig und eilig. Und seine Hände waren überall und meine Gedanken ganz gesammelt und nur bei ihm. Es fühlte sich an, als wären wir wieder in dem schwarzen Wasser – die Haut kräuselt sich, die Lippen werden taub, diesmal vom Küssen, alles Gefühl richtet sich nach innen. Die letzte Nacht, die war Aldi. Jetzt wird es bald passieren.«
Man hört Hintergrundgeräusche, Menschen, die in einer fremden Sprache reden, dann das Rumpeln von Eisenrädern auf Schienen, dazwischen ein merkwürdiges Gurren.
»Und so sieht Ole nach ein paar Tagen Leben in der Wildnis aus.«
Die Abdeckung wird von der Videokamera genommen, man sieht Oles Knie unter der hochgerutschten Armee-Hose, dann den ganzen Körper. Sein T-Shirt ist fleckig von Erde, er hat einen dunklen Bartflor um sein Kinn, die Haare stehen hoch. Neben ihm lehnt sein Rucksack, die Isomatte vor-, das Zelt aufgeschnallt. Er sieht cool aus, eine Mischung aus abgewrackt und unternehmungslustig, die ein Outdoor-Leben im besten Fall mit sich bringt. Neben Ole sitzt eine dicke Frau und jetzt erkennt man, woher das Gurren stammt. Zwischen ihren Beinen, halb unter ihrem Rock, stehen

zwei Körbe mit Hühnern. Die Frau drängt sich jetzt ins Bild und redet aufgeregt. Immer wieder zeigt sie auf Ole, der halb peinlich berührt, halb amüsiert guckt. Man errät, dass die Frau sagt, dass Ole gut aussieht.

»Sie ist in dich verliebt«, hört man Svenjas Stimme kichern. Dann hört man, wie sich hinter ihr die Tür öffnet, lautes Dröhnen von den Schienen, dann wird es wieder leise. Eine Stimme fordert auf Polnisch »Fahrkarten«, es klingt wie auf Deutsch.

»Und gleich melden wir uns wieder mit der Fortsetzung. Sie trägt den Titel: ›Wie Ole und Svenja beim Schwarzfahren erwischt werden‹.«

Das Bild flackert weg, dann kommt es wieder. Ein Mann in Uniform geht durch die Reihen des Zugs, die man jetzt im Weitwinkel sieht. Es ist noch mehr Viehzeug im Abteil. Zu sehen sind Gänse, ein Schuhkarton, aus dem Küken lugen, Kaninchen und sogar ein Ferkel. Dazwischen sitzen Soldaten, deren Uniformen irgendwie an den Zweiten Weltkrieg erinnern. Und dann Ole, der abwartet, bis der Schaffner kommt. Alle strecken ihm ihre Fahrscheine entgegen, in diesem Fall sind es meist kleine Pappkarten. Ole kramt sein Portmonee aus der Hosentasche, zieht einen der 50-Euro-Scheine heraus und sagt »Prag«. Was immer »Prag« auf Polnisch heißt oder was »Prag« bedeutet, es löst einen Wortschwall seiner Nachbarin aus. Sie springt förmlich auf den Schaffner zu und sagt ihm immer wieder, wie schön Ole ist. Man merkt an der Instabilität der Kamera, dass Svenja lacht. Der Schaffner schiebt die Frau weg, aber die wendet sich nun Ole zu, und bevor er sich ihrer erwehren kann, zieht sie aus seinem Portmonee seinen Personalausweis und wedelt damit herum. Ole grabscht ihn sich zurück. Der Schaffner nimmt Ole den Schein aus der Hand, aber statt ihn gegen Leberwurst zu tauschen, steckt er ihn ein und füllt auf einer Art Kneipenblock eine Fahrkarte aus. Die drückt er Ole in die Hand. Als er weitergehen will, hält Ole ihn fest, macht das Zeichen für Geld und sagt »money, change,

Geld«. Missmutig greift der Schaffner in die Tasche und drückt ihm eine ganze Hand voller Geldnoten in die Faust. Dann ist er weg. Hilfe suchend schaut sich Ole um. Die dicke Frau strahlt ihn beseelt an, klopft ihm auf die Schulter, zeigt auf das Geld, lacht. Die Kamera zoomt ran, bis man die Schrift auf dem Block lesen kann. Es ist eine Fahrkarte für eine Person.

◆◆◆

Dorsche sehen, heißt nicht, Dorsche haben. Drei Stunden saß ich auf meiner Schäre, ohne dass einer anbiss. Ich arretierte die Angel, setzte mich mit meinem knurrenden Magen hin, versuchte mich durch Schreiben abzulenken, was nicht gelang. Also ein letztes Mal Dosenfutter und dann den Anker gelichtet und weitergesegelt.

Erneut zwei Lügen. Lüge eins: Die Schären sind durchaus nicht einsam. Auf jeder noch so kleinen Insel steht ein noch so kleines Haus mit einer noch so kleinen schwedischen Fahne. Und im Sommer ziehen alle acht Millionen Schweden rauf auf ihre eigene Insel. Und sie knallern und knattern mit ihren Motorbooten zu Aldi oder in die nächste Disse. Die Mofas der Meere, sie hören auf Namen wie »Rambo« und ein Teil von 30 PS hieß »Condoleezza Rice«. Na, Danke. Schweden saufen Bier und grillen Aas, machen aus dem Schärengarten Disneyland, ankern in jeder freien Bucht und nehmen dem Land seinen Duft mit Bratfett. Und es gab keinen Wind mehr, der den Geruch auflöste. Gefrustet und weil ich keinen schönen Liegeplatz gefunden hatte, fuhr ich mit knatterndem 8-PS-Außenborder den Hafen von Tjärö an. Ich weiß, ich weiß, keine Hafengebühren mehr. Aber das Coole ist, dass Hafengebühren immer erst abends erhoben werden. Also schipperte ich an einen Steg, machte mein Schiffchen fest und ging auf Landgang. Ich gebe zu, in Tjärö hab ich das erste Mal geklaut. Was sollte ich machen? Geld ausgeben durfte ich nicht, eigentlich durfte ich gar nicht im Hafen sein. Aber ich hatte Hunger, und Käse kostet in Schweden ein Vermögen. Weshalb er auch in ganz kleinen Stücken abgepackt ist. So kleinen Stücken, dass man ganz leicht den Ärmel eines längeren Hemdes darüber fallen lassen kann. Und schon stand ich auf der Straße und futterte ein Stück Gouda ohne Brot. Und was macht Gouda ohne Brot? Richtig, Durst. Ich ging wieder in den Laden und klemmte eine Dose Cola light. Die passte natürlich nicht in meinen Hemdsärmel, aber sie passte in meine Hose. Eine Erfahrung der besonderen Art: eisgekühltes Weißblech an der empfindlichsten Stelle des Mannes.

Tja, und als ich wieder am Hafen war, kräuselte ein leichter Wind die Wellen, es war 17:30 Uhr und ich machte mein Boot klar und lief aus. Tschau, Tjärö, war nett bei dir. Und während die Schweden langsam müde wurden und nicht mehr auf überdimensionalen Plastikkrokodilen über das Wasser ritten, nahm ich Fahrt auf, segelte in eine blaue Nacht, entlang der Küste, leise und schnell, unter einem prangenden Himmel des Glücks.

Am nächsten Morgen legte ich wieder an. Diesmal aber mit dem Entschluss zum Gelderwerb. Er entstammte der einsamen Nacht zwischen den Schären und ist echt dialektisch zustande gekommen. Hat man einen Motor an Bord und ist müde und nicht mehr konzentriert und muss immer wieder reffen, dann will man ihn gern anwerfen. Aber erstens ist es dann mit der Stille vorbei, zweitens stinkt der Diesel fürchterlich, drittens kostet es Geld und viertens, ja viertens, ist ein Motor nicht ehrlich. These, Antithese, Synthese. Oder Prothese, wie Klaas sagen würde. Und ein Außenborder ist die Prothese des Segelns. Er belastet die geistige Unabhängigkeit. Er macht einen fertig, er ist psychische Folter.

Am Steg baute ich meinen Außenborder aus, hievte ihn an Land, hängte ihm ein Schild um, »For sale«, setzte mich in die Sonne neben ihn und holte meinen Schlaf nach. Irgendwann, als die

Sonne sehr hoch stand, stupste mich ein Fuß an. Ein 2-Meter-Schwede, blonder Bart, blonde Haare. Er grinste und zeigte auf den Außenborder. »How much?«, fragte er. Ich zuckte mit den Schultern. Er bot mir 400 Kronen. Ich handelte noch ein Essen und zwei Spanplatten raus, mit denen ich das Loch zumachen konnte. Cooler Deal. Ich war zufrieden, war satt und noch ein wenig freier und segelte nachmittags wieder los.

Die zweite Unwahrheit reicht weiter zurück. Sie hat mich den Rest der letzten Nacht beschäftigt, der zweiten durchsegelten Nacht. Und so dachte ich an die erste, als ich mir am Windpark fast in die Hosen machte und schließlich den Radarreflektor ins Want hing und mich auf den Weg machte. Ich hab von Odysseus und Niemand geschrieben. Als der Tod konkret war, wollte ich nicht sterben. Ich konnte den Gedanken nicht aushalten. Was immer mir das sagen will, ich hatte die ganze Nacht Zeit, darüber nachzudenken, und es ist mir nicht eingefallen.

◆◆◆

Mit zwei Hosentaschen voller polnischem Geld in Tschechien zu sein, ist wenig hilfreich. Ole hat sein Wechselgeld beim Aussteigen zu gleichen Teilen an seine dicke Nachbarin und den Mann mit den Kaninchen verschenkt. Dann waren wir in Prag und sind einen Tag lang an allem vorbeigelaufen, was man sehen muss: Brücken und Kafka, jüdischer Friedhof und Hradschin. Und ich hab darauf verzichtet, zu filmen, weil das alle taten. Prag ist okay, aber das Stadtleben ist nichts für uns. Wir haben uns gefreut, als wir wieder am Bahnhof waren.«
Es dämmert. Der Himmel hat sich violett gefärbt, man sieht davor ein paar rote Signalleuchten. Ole kraxelt zwischen zwei Zügen. Er und Svenja sind jedoch nicht auf dem Güterbahnhof, sondern auf einem Rangiergleis für Personenzüge. Plötzlich duckt sich Ole und

auch Svenjas Kamera geht in die Knie. Svenja flüstert: »Wir haben uns gedacht, dass noch eine Nacht in solch einem Güterzug nicht durchzustehen ist. Deshalb werden wir auf Personenzüge umsteigen. 22:43 Uhr geht von Gleis 4 ein Nachtzug nach Verona. Das ist der links neben uns. Ole hat eben nachgesehen, ob die Wagen offen sind, sind sie aber nicht. Aber die Fenster lassen sich von außen runterziehen, wenn ich auf Oles Schultern klettere. Und so werden wir einsteigen. Jetzt ist der Schaffner vorbei.«
Das Bild erlischt.

Das Bild kommt wieder. Der violette Himmel ist verschwunden. Der Zug, ein riesiger, schwarzer Wurm. Ole hat unter ein Fenster eine Euro-Palette geschoben, auf die er jetzt wie auf eine Leiter klettert. Er legt seine flachen Hände auf das Glas, drückt und zieht die Scheibe hinunter. Er steckt den Kopf ins Abteil und sagt: »Guten Abend!« Niemand antwortet. Also springt er hoch, zieht sich ins Fenster und klettert hinein. Svenja legt die Kamera auf den Boden, das Gehäuse schürft über Steine, das Bild wird schräg. Svenja geht durch das schräge Bild, bückt sich, reicht Ole einen Rucksack und dann den nächsten. Dann holt sie die Kamera, ihr Gesicht ist jetzt dicht vor dem Objektiv.
»Du fragst dich bestimmt, warum wir nicht einfach vom Bahnsteig aus einsteigen und uns verstecken. Du wirst es gleich sehen.«
Svenja hängt sich die Kamera, ohne sie auszumachen, um den Hals. Das Bild schlenkert, dass einem schlecht wird. Dann schmeißt sie die Euro-Palette weg, man hört sie aufschlagen. Baumelnd jetzt ihre Füße an der Zugwand. Man ahnt, dass Ole sie hochzieht. Dann steht sie im Abteil. Die Automatik der Kamera schaltet von allein auf schwarz-weiß um, ein Bild wie ein amerikanischer Thriller bei Nachtsicht. Ole kniet sich vor die Abteiltür und zieht eine kleine Schachtel aus seiner Hosentasche. Er hält sie hoch und öffnet sie.
»Sekundenkleber«, sagt er.
»Hat Ole vorhin geklaut«, sagt Svenja.

Ole drückt die halbe Tube in den Türriegel der Abteiltür, die andere Hälfte schmiert er in den Ritz der Inbusschraube. Er pustet sacht dagegen.
»Soll angeblich bis zu 10 Tonnen halten, sagt die Packung. Tja, von uns aus kann's losgehen.«

◆◆◆

Meine von Franziska Schulte zusammengestellte Literaturliste war alphabetisch geordnet. Sie begann mit Augustinus, das war so ein christlicher Oberpriester aus der Römerzeit, der garantiert gegen den Selbstmord war, vermutlich aber aus niederen Gründen, z. B. weil das Leben so schön, sinnvoll und geordnet ist. Ich steckte kleine Zettelchen in die Seiten, die ich kopieren wollte, und klappte Augustinus wieder zu. Unter B stand Walter Benjamin auf der Liste, ein deutscher Philosoph, der Selbstmord begangen hat, weil er vor den Nazis fliehen musste, die Spanier ihn aber nicht nach Spanien lassen wollten. Das war bedrückend und ehrlich. C war Albert Camus. Und Camus konnte ich nicht so schnell wieder zuklappen. Obwohl ich es eigentlich gar nicht wollte, begann ich zu lesen. Ich setzte mich an einen Tisch und hatte nicht das Gefühl, allein zu sein, so stark war der Text.
Einen Ausschnitt erkannte ich wieder. Den hatte uns Franziska-Baby schon mal als Kopie im Unterricht verteilt, nur dass ich damals keine Ahnung hatte, dass er von Camus war und wer Camus war. Aber der Tag, an dem wir darüber diskutierten, den hab ich präsent. Der Rest des Kurses döste mehr oder minder vor sich hin, als in meinem der Aufstand begann. Ich las und unterstrich in dem Text und dann meldete ich mich und warf dem Autor vor, keine Ahnung zu haben, wie absurd das Leben sein kann. Ich behauptete, das Leben sei so sinnlos, dass es keine Rechtfertigung für das Leben gebe. Schlagartig waren die anderen wach. Alle wussten, dass ich über Miriam redete. Und alle

wussten, dass ich eigentlich meinte, dass es keine Rechtfertigung gab, am Leben zu bleiben. Ich habe die vollen Lippen Franziska Schultes noch nie so schmal gesehen. Sie klang sehr leise, als sie antwortete, und sehr bestimmt.

»Wenn das richtig wäre, dann dürfte keiner mehr leben«, sagte sie.

Ich nickte, glaube ich.

»Das«, sagte sie an den Kurs gewandt, »nennt man einen naturalistischen Fehlschluss. Max folgert aus der Beschreibung eines Sachverhalts einen normativen Satz, einen Befehl. Ein Logikfehler, ein Anfängerfehler. Es ist so, als würde er sagen: ›Ich kenne eine Frau mit blonden Locken, die ist nett. Alle netten Frauen müssen deshalb blonde Locken haben …‹«

Sie hatte die Lacher auf ihrer Seite. Sie redete noch weiter. Sie führte mich vor. Sie vernichtete mich. Bis ich einfach aufstand und ging. Sie hat sich nie bei mir entschuldigt oder mich auf diese Stunde angesprochen.

Und jetzt wieder Camus. Ich las, als hätte ich Fieber. Die Tür zum Flur stand offen, die Sonne knallte durch die doppelt verglaste Scheibe. Hinter meinem Rücken spielte sich das bekannte Pausengewimmel ab, eine Aufsicht schaute herein und ging, wobei sie die Tür zuzog. Ich las weiter. Ich blätterte um. Und da flatterte ein Zettel vor mir auf den Fußboden. Es war ein Stück liniertes Papier, so weich, wie nur die Bögen für's Abitur sind und genauso groß. Ich hob es auf und drehte es um. Der Zettel war leer. Er war leer, aber er war auch ein Zeichen. Ich war mir sicher, dass Franziska Schulte ihn absichtlich in dem Camus-Band stecken gelassen hatte. Es konnte kein Zufall sein. Nur sie wusste, was ich lesen würde, und nur sie wusste, dass mir ein solcher Zettel etwas sagte und mir auffallen würde. Aber ich begriff nicht, was er bedeutete. Ich starrte ihn an und hatte plötzlich ein Déjà-vu. Ich konzentrierte mich auf den unsichtbaren Punkt unter der Tischplatte. Dann stand ich auf und ging zum Lehrerzimmer, wo kleine Fähnchen auf einem Stundenplan anzeigten, wie lange die Pauker arbeiten mussten. Franziska hatte heute nach der fünften Stunde frei.

Ich setzte mich auf mein Fahrrad und machte mich auf den Weg. Was sonst konnte dieser Zettel bedeuten, als dass ich sie aufsuchen sollte? Und hatte ich ihr nicht klar genug aufgeschrieben, dass ich sie nicht nur als Lehrerin gut fand? Schließlich war mir im Grunde völlig unklar, wie das Geschlechtsleben von Erwachsenen ablief. Für Ole und Svenja und vielleicht auch ein bisschen für mich war Liebe immer mit einer Idee verbunden, vielleicht am ehesten mit einer Idee von sich selbst. Man entwirft sich in einer Beziehung neu, würde Camus wohl sagen, und findet eine Rolle. Mal ist man der Sensible und Fragende, mal der Draufgängerische und Coole. Und wenn man geküsst wird, dann bedeutet das, dass der andere die Rolle teilen und mitspielen möchte. Aber bei Erwachsenen ist das vielleicht anders. Wenn sie sich in einer Rolle gefunden haben, wenn sie sicher sind, was sie wollen, wer sie sind und wie sie leben wollen, dann haben Liebe und Sex nichts Ideelles mehr, sondern nur noch etwas Technisches. Man kann Sex zum Vergnügen praktizieren, man bestätigt nicht einen Menschen, sondern nur einen Mittag, an dem es draußen heiß ist und an dem man am besten auf gestärkten, kühlen Laken liegt.

Franziska bewohnte eine Haushälfte in einer Neubausiedlung ein wenig außerhalb. Ich fuhr an Rapsfeldern vorbei, die schäbig und verblüht aussahen. Und obwohl in der Neubausiedlung verblühte Blüten sofort abgeschnitten wurden, fand ich sie auch irgendwie schäbig. Nur Franziskas Vorgarten war okay. Hier wuchs der Rasen ins Beet und zwischen den Steinen vor dem Hauseingang war Moos. Als ich ankam, war ich plötzlich total nervös. Ich dachte an Laken und technische Aspekte und drehte gleich noch eine Runde durch das Wohngebiet, bevor ich den Mut fand abzusteigen, mein Fahrrad in die Hecke zu lehnen – ich überlegte, ob ich es nicht lieber verstecken sollte, falls es die Nachbarn entdeckten – und zu klingeln. Es dauerte einen ziemlichen Moment. Erst, als ich gerade nochmals klingeln wollte, hörte ich hinter der Tür das Geräusch nackter Füße auf Fliesen. Ein Schlüssel wurde rumgedreht und in dem Moment fiel mir ein, dass ich mir nicht überlegt hatte, was ich sagen wollte. Die Tür stand schon offen und Franziska in einem Jeanshemd und einem Sommerrock vor mir, die Haare im Nacken zu einem Pferdeschwanz zusammengefasst, tatsächlich ohne Schuhe und Strümpfe.

»Hallo Max«, sagte sie. Ich hörte keine Zwischentöne in ihrer Stimme.

Ich kramte in meiner Hosentasche und zog den Zettel heraus und hielt ihn ihr hin. Sie nahm ihn und wendete ihn, betrachtete ihn fragend und gab ihn mir zurück. Ich hätte meinen Kopf gegen einen Pfosten schlagen können. Wie konnte ich nur glauben, dass sie diesen Zettel für mich versteckt hatte, einen gewöhnlichen Zettel. Sie musste mich für völlig bescheuert halten, oder schlimmer, für verliebt. Ich drehte mich um und murmelte etwas, das mit ein bisschen gutmütiger Interpretation »Entschuldigung« hätte heißen können.

»Du hast also Camus gelesen«, sagte sie und öffnete die Tür ein wenig weiter. Ein unglaublich fetter Kater plumpste hinter ihr die Treppe hinab.

Ich blieb stehen.

»Hey, komm rein. Ich wollte dich bloß ärgern.«

Ich ging in einen kühlen Flur, an dessen Wänden sich zwei Türme englischer Taschenbücher stapelten, dann folgte ich ihr ins Wohnzimmer und hinaus auf ihre Terrasse, wo auf einem Holztisch Klausuren lagen, daneben eine leere Kaffeetasse, eine Sonnenbrille und verschiedene Stifte.

Ich setzte mich auf den Stuhl, auf den sie zeigte. Sie setzte sich mir gegenüber, nahm die Sonnenbrille und fing an, sie um den

einen Bügel kreisen zu lassen, so als wäre sie verlegen und nicht ich.
»Hast du Camus zu Ende gelesen?«, fragte sie.
Ich schüttelte den Kopf.
»Aber was ich gelesen hab, war cool«, sagte ich.
Sie nickte.
»Das Ende ist nicht so cool«, sagte sie. »Er spricht sich klar gegen den Freitod aus. Und deshalb wollte ich mit dir reden. Ich weiß nicht genau, ob ich jetzt einen Fehler mache, aber ich würde den größeren Fehler machen, wenn ich nicht mit dir darüber reden würde.«
»Worüber?«, fragte ich.
»Über dich«, sagte sie, »und über den Selbstmord. Ich meine, ich kannte Miriam kaum und ich kenne dich nur ein bisschen. Ich möchte nur, dass du keine Dummheiten machst.«
Es fiel ihr sichtlich schwer, vorsichtig und zugleich bestimmt zu reden.
Ich stellte mich blöd. »Meinen Sie den Zettel in der Bio-Klausur?« Ich wusste natürlich genau, was sie meinte. Sie meinte die Philo-Stunde, aus der ich einfach abgehauen war.
»Ich meine, dass theoretische Überlegungen und das wirkliche Leben erst mal nichts miteinander zu tun haben. Und ich meine, dass man einen Gedanken immer zu Ende denken muss, bevor man ihn für sich annimmt.«
»Camus«, warf ich ein.
»Max, du überlegst nicht, dir das Leben zu nehmen, oder?«, sagte sie jetzt. Und was immer es war, das ich mir zwischen ihr und mir eingebildet hatte, plötzlich war es weg. Nicht dass sie wirklich je mit mir geflirtet hätte, aber es gab doch so etwas wie Neugier und auch so etwas wie ein bevorzugtes Interesse an mir. Da bin ich mir sicher. Wenn man es wahrnimmt, stimmt es auch. Vermutlich liegt das daran, dass man gemeinhin ein taubes Leben lebt und noch nicht mal die heftigsten Einschläge wahr-

nimmt, sodass nur die Wahrheit letztlich hartnäckig genug ist, sich Bahn zu brechen. Aber was immer diese Wahrheit zwischen meiner Lehrerin und mir war, plötzlich war sie lediglich eine dreißigjährige Frau, die sich in Sachen einmischte, die sie nichts angingen.

»Wieso kannten Sie Miriam?«, fragte ich. Sie hatte »kaum« gesagt, aber das bedeutete immerhin, dass sie sie kannte. Soweit ich wusste, hatte Miriam nie bei ihr Unterricht gehabt.

Sie hob die Augenbrauen.

»Siehst du, du weißt gar nicht alles über Miriam. Und was ich dir eigentlich nur sagen will, ist, dass du zu wenig über sie weißt um dir das Leben zu nehmen wie sie.«

Damit hatte sie mich da, wo sie mich haben wollte – auf der Palme. Ich meine, statt mich in ihr Bett zu ziehen, setzte sie mich hier in den Beichtstuhl und gab vor, mehr von Miriam zu wissen als ich.

»Sie haben mir doch Camus aufgebrummt. Woran soll man denn glauben, woran soll man sich halten, wenn alles, was man ins Auge fasst, vor einem zurückweicht und keinen Sinn macht? Was ist denn das Wertvolle am Leben? Eine Ausbildung zum Buchhalter und dann fünfzig Jahre Akten schieben? Ich weiß, was jetzt kommt: Liebe und andere Menschen. Aber diesen anderen Menschen gab es schon. Und sie ist tot.«

Ich hielt mich an der Tischkante fest. Erst als ich fertig war, bemerkte ich es. Ich ließ los und starrte sie an. Franziska Schulte war blass geworden. Mir war klar, dass ich gerade ein Geständnis für einen Mord abgelegt hatte. Dass ich das Opfer war, war ja nur zweitrangig. Sie musste jetzt etwas tun: meine Eltern anrufen, die Polizei, einen Psychotherapeuten. Sie konnte es nicht einfach so hinnehmen.

»Was ist mit mir?«, fragte sie.

Ich versuchte meine Muskeln zu lockern.

»Was soll mit Ihnen sein?«, fragte ich.

»Na, du wolltest doch mit mir ins Bett. Was wäre, wenn ich dir sage, dass ich es nicht ertragen würde, wenn du dir das Leben nimmst? Was wäre, wenn ich dich nicht als Lehrerin sondern als Frau bitten würde, es nicht zu tun? Was wäre, wenn ich dir sagen würde, dass ich dich liebe?«

Meine Muskeln wurden von einer Sekunde zur anderen so schlapp, dass ich fast vom Stuhl fiel. Ich wollte etwas sagen, aber mein Mund öffnete und schloss sich wieder, ohne dass ich ein Wort formen konnte.

»Max, wenn du am Ende des Sommers noch lebst, dann komm mich wieder besuchen. Wenn du dir aber das Leben nimmst, dann kannst du nicht mehr mit mir schlafen.«

Ich schluckte. Das war ein Versprechen.

»Das ist Erpressung«, sagte ich.

Plötzlich war alles wieder da. Franziska Schulte lachte auf, die Farbe schoss in ihr Gesicht zurück, die Luft über dem Tisch vibrierte und mit einem Mal war ich total verknallt. Aber da stand sie schon auf. Ich sah nur noch, dass ihr Rock hochgerutscht war, sah nur noch die Muskelrille, die ihre Wade durchzog, sah das irisierende Licht, das ihre Haare abstrahlten.

Sie brachte mich zur Tür. Ich trottete hinterher wie ihr fetter Kater.

»Bis morgen«, sagte sie. Dann schloss sie die Tür hinter mir.

Ich betrachtete den Hafen, die Schiffe, die Ostsee bis zum Horizont. Ich wusste nicht, ob MIRIAM noch der passende Name für mein Schiff war, lieber wollte ich es jetzt FRANZISKA nennen. Aber ich wusste, das würde ich mich nicht trauen. Tja, und so habe ich es MAX genannt.

Jetzt ist mir das plötzlich peinlich. Ich hole aus einer Bordluke Terpentinersatz und einen Lappen und scheuere den schwarzen Lack vom Hartplastik. Der Geruch des Lösers bringt meine Sinne zum Wirbeln. Als aller Lack weg ist und noch immer kein Fisch angebissen hat, tunke ich den Pinsel in das schwarze Farbdöschen und schreibe in so gleichmäßigen Buchstaben, wie es meine glücklich schwankende Hand zulässt, ISABEL auf das Boot. Als ich aufsehe, steht über dem Wald eine dünne Rauchsäule wie eine Fata Morgana. Ich denke nach, nehme mir nochmals die Karte vor und zähle die Schären ab, versuche die leichten Hügel mit den Höhenlinien abzugleichen. Dann bringe ich die Karte wieder unter Deck und packe sie in die Luke, an der Isabels Postkarte hängt. Ich löse die Postkarte, stecke sie in eine Plastiktüte, klebe die Plastiktüte mit Isolierband zu, stecke sie in die Hosentasche und springe ins Wasser. Ich habe nichts mehr zu essen, ich bin wie ein Verrückter gesegelt, ich bin einsam und kann nicht mehr einsam sein. Ich bin vor Nyköping. Und außerdem ist heute Mittsommer, das Fest des Lichts. Mädchen sammeln Blumen und binden sie zu Kränzen, unter denen sie von ihrem Liebsten träumen. Männer trinken Starkbier. Ich hoffe auf beides, Bier und Mädchen, die von mir träumen.

◆◆◆

Eine rasende Landschaft, Telegrafenmasten, rote Häuser, Weinberge, alles in hellem Licht, Autos, italienische Städte, Ampeln, Kirchen.

»Wir leben noch. Es hat tatsächlich geklappt. Der Zug fuhr an und wir legten uns auf die Betten und warteten und dann hielt er und Leute stiegen ein und rüttelten an unserer Tür, aber der tschechische Superkleber hielt. Sie gingen weg und holten den Schaffner, aber auch der konnte sie nicht öffnen. Keine Ahnung, wo die Leute jetzt geschlafen haben, vielleicht auf dem Klo. Das täte uns sehr Leid. Denn wir hatten es wunderbar. In jeder Beziehung, mein lieber Max. Schöne Zugbetten. Wir sehen uns in Verona wieder.«

Das nächste Bild zeigt nicht Verona, sondern Ole, einen Daumen erhoben, an einer Landstraße. Er steht in der prallen Sonne, Svenja sitzt im Schatten, wenn man der Kamera glaubt, die ein paar Probleme mit den Lichtverhältnissen hat.

»Verona ist die Stadt von Romeo und Julia, den Selbstmordkranken. Wir haben sie ausgelassen, das ist dein Geschäft. Wir fahren lieber nach Venedig weiter. Aber Verona, die Stadt der Selbstmörder, ist noch ganz nah und so will ich nun anfangen, dir von einem großen Irrtum zu erzählen, von deinem. Du dachtest immer, dass ich die beste Freundin deiner Schwester war, und hast nicht kapiert, dass ich eigentlich nur deine beste Freundin sein wollte. Aber wie sollte ich an dich rankommen? Du warst nicht greifbar, immer weg, immer ironisch, zwar nett, aber irgendwie auch immer beschissen. Und es war noch nicht die Zeit, in der Mädchen einfach Jungs ansprechen und sagen, dass sie verliebt sind. Ist es ja eigentlich immer noch nicht. Die Einzige, die das konnte, war Miriam. Und sie hat es gemacht. Vermutlich hast du es gar nicht bemerkt, hast gar nicht mitgekriegt, dass sie dir nicht mehr alles erzählte, dass sie froh war, wenn du zu Michael gefahren bist oder beim Fußball warst. Aber es war unzweifelhaft so, dass sie immer weniger deine Vertraute war. Und sie hatte einen Freund ... Scheiße. Hey!«

Die Kamera macht einen Salto, Svenja springt auf.

»Komm«, ruft Ole.

Dann ist die Kamera aus.

»Sorry, dass ich dich so abgewürgt hab, wir sind in Venedig. Ein Pick-Up hat uns über den Damm kutschiert. Heute ist der zweite Tag hier. Gestern habe ich nicht gefilmt. Eine unglaubliche Stadt.«

Blick auf den Markusplatz, Millionen von Tauben, tausende von Menschen, Kuppeln im Goldglanz, geflügelte Löwen.

»Wir haben einfach am Lido geschlafen, in unseren Schlafsäcken am Strand, während das Wasser kam und wieder ging. Und wir

waren nicht die Einzigen. Ein paar Hippies haben Feuer gemacht, geraucht, getrunken, gesungen, getanzt und uns an allem teilhaben lassen. Wir mussten gar nicht schnorren. Heute haben wir uns die Füße wund gelaufen. Klar, wir hätten auch schwarzfahren können, aber die Stadt ist die reinste Verlockung. Enge Gassen und Sackgassen und alles ist marode und verfallen. Es würde dir gefallen. Und du würdest sagen: ›Hey, so ist das Leben, kaputt und man geht immer im Kreis.‹ Jedenfalls hat Ole das gesagt. Überhaupt Ole, er ist so, wie ich ihn gar nicht kenne, anders, zärtlich, dabei hart. Grad ist er Essen holen. Ich frage ihn nicht, wie er das ohne Geld macht. Ich frage ihn überhaupt nicht viel. Aber er erzählt mir alles, auch von dir. Tja, ich weiß 'ne Menge schmutziger Witze, die du erzählt hast.«

◆◆◆

Hemd und Hose trockneten beim Gehen. Es fühlte sich an, als hätte ich mich angepinkelt, aber dafür verschonten mich die Mücken, solange ich nass war. Sommer in Schweden ist wie die Farben der Fahne. Die Luft ist blau vom vielen Wasser überall und der Rest der Welt ist gelb von der Sonne. Sie steht früh auf und geht spät schlafen und ansonsten überzieht sie das Land mit einer Intensität, die man im Norden nie vermutet hätte. Selbst Blätter, Straßen, Wiesen, alles ist hell wie Ikea-Fichtenregale. Kurzum, ich war nach zwanzig Minuten trocken, holte meine Postkarte aus ihrem Plastikschutz, küsste die Handschrift. Aber wo viel Wasser und viel Wärme ist, da sind auch viele Blutsauger. Das hohe »iii« der Mücken war wie ein Tinitus. Ich ging einen nach Badeschaum duftenden Waldweg entlang, einen Teppich aus braunen Nadeln unter meinen Füßen, begann zu schwitzen und schlug auf meinen Schweiß um Mücken, groß wie Maikäfer, zu erlegen. Man hätte sie braten können wie Afrikaner Heuschrecken. Aber so weit war ich noch nicht.

Vielleicht war ich sogar noch nicht einmal unzufrieden über die Blutsauger, denn sie lenkten mich von meiner Einsamkeit ab. Schweden an sich gibt einem ja schon das Gefühl allein zu sein. Seewärts an irgendeiner Küste zu landen und querbeet in einen Wald reinzumarschieren, lautlos sogar die eigenen Fußtritte – da kann die Einsamkeit sich wie eine Klammer schließen, da wird selbst die Sonne zum Nebel, in dem jeder für sich ist. Gott sei Dank hatte ich die Vampire und konnte mir mit Totschlagen und Kratzen die Zeit vertreiben. Ich begann zu laufen, es fühlte sich gut an, nach dem langen Rumgesitze wieder seine Lunge zu spüren. Sitzen ist für 'n Arsch, wie man in Stadien singt. So war ich schließlich schneller als die Mücken.
Ein anderes Tier, das ich hätte braten können, stand plötzlich vor mir und sah mich aus Augen, die ich gern Jana zugeschrieben hätte, an. Ein Ren, keine sieben Meter vor mir, neigte seinen Kopf und witterte in meine Richtung. Ich blieb stehen, und sofort waren die Mücken wieder da. Das war nun die Wildnis. Natürlich hatte ich in jedem Buch über Schweden gelesen, wie toll es ist, dass überall Elche rumlaufen und dass es Bären gibt, die sogar manchmal Schafe und Kühe fressen, und Dachse und Biber und Wölfe. Aber das alles war nicht halb so beeindruckend wie das kleine Ren, hier, vor meiner Nase. Ich atmete aus. Das Ren blinzelte, ruckte mit dem Hals, dann hüpfte es ins nächste Unterholz. Das war's schon, die ganze Begegnung hat vielleicht eine halbe Minute gedauert. Aber wenn ich zurückdenke, war es diese halbe Minute, die mich aufgebaut hat, die mir Kraft gegeben hat, weiterzugehen und nicht an das Handy meiner Eltern zu denken und daran, in den nächstbesten Zug zu steigen und umzudrehen.
Kurz darauf lichtete sich der Wald, der Weg verlor seine Nadeln, wurde fester und ich erkannte in dreißig Meter Entfernung ein Schild, das anzeigte, dass der Weg auf eine Straße mündete. Vor dem Schild stand ein kleines Holzhaus, gelb angemalt, die Giebel und Schalbretter weiß abgesetzt, mit einem verwilderten Garten,

eingefasst von einem niedrigen Zaun. Weiter weg hatten zwei Schweine die Erde gepflügt. Der Rauch, den ich gesehen hatte, kam nicht aus einem Schornstein, sondern aus einer Tonne, über der an einer Schnur die Fische hingen, die ich hatte fangen wollen. Ich pirschte näher heran. Es hatte etwas von einer Western-Szene, in der ein Cowboy aus der Sonne der Prärie kommt, eine Farm findet und das Haus mit gezogenem Colt betritt. Ich hatte keinen Colt, ich hatte höchstens einen eingezogenen Schwanz. Aber so musste es ja nicht bleiben. Wenn ich ganz ehrlich bin, war ich ziemlich überzeugt, dass sich im Wohnzimmer des Hauses eine Badewanne befand und darin drei nackte Schwedinnen. Diese Geschichte würde ich euch jetzt gern erzählen und seid versichert, es würde eine geile Geschichte werden. Aber man muss seiner Geschichte treu bleiben, alte Cowboy-Weisheit, das mit Jana wäre möglich gewesen, denn so war unsere Geschichte angelegt. Aber wer die Zeichen richtig liest, wird ausschließen, dass drei junge, nackte Schwedinnen Fische über einer ausrangierten Regentonne räuchern, und wird sich fragen: Was machen so hübsche Frauen mit zwei Schweinen und was machen so hübsche Frauen überhaupt hier? So war die Stimme, die mich ansprach, auch Oktaven tiefer und nikotingetränkter als erhofft. Und der kleine Mann, der aus der Motorhaube eines verbeulten Pick-ups kroch, war dicker als alle drei Schwedinnen zusammen genommen. Bei ihm würde niemand fragen, was er mit den Schweinen machte. Er grüßte mich mit einem Kopfnicken. Dann kroch er wieder in seine Haube zurück, wobei seine Beine zwei Handbreit in der Luft schwebten, und drehte an irgendetwas herum. Ich sah ihm derzeit auf seinen breiten Hintern, der in einer Latzhose steckte, und kratzte meine Mückenstiche. Unter der Latzhose war der Schwede offenbar nackt, denn er trug weder ein Hemd oder T-Shirt noch eine Unterhose. Durch ein fehlendes Dreieck im Stoff sah man seinen blanken, leicht behaarten Hintern.

Als er sich endlich aufrichtete, waren meine Gedanken von dem, was ich sagen wollte, über seine Körperfülle wieder zu meinem Körper zurückgekehrt. Ich hatte Hunger und dachte nur noch an die Fische (und ein bisschen an die Schweine).

»Hi«, sagte der Schwede noch einmal und streckte mir seine ölverschmierte Hand hin. Und dann sagte er auf Schwedisch, dass er Ole hieß. Ich musste grinsen. Komisch, was ein Name einem bedeutet und was er auslöst. In diesen Ole hätte der andere Ole dreimal reingepasst, trotzdem machte mir der Name den Mann vertraut. Ich glaub, ich hab darüber auch mal was unheimlich Schlaues bei Hegel gelesen, dass sich nämlich nicht die Bedeutung der Wörter nach ihren Inhalten richtet, sondern die Inhalte nach der Bedeutung. Es könnte also sein, dass ich mich gar nicht in ein Mädchen verliebe, weil es irgendwie besonders schön ist oder nett oder toll, sondern einfach, weil es einen Namen hat, der mir besonders sympathisch vorkommt. Jana, Svenja, Gesa, Franziska – alle haben sie ein A am Ende. Vielleicht liegt es an dem A? Andererseits gibt's ja noch 'ne Menge mehr Namen, wo immer das hinführt – jedenfalls macht es sich Franziska mit ihrem »naturalistischen Fehlschluss« zu einfach. Ole hieß jedenfalls Ole und ich zeigte auf mich und sagte »Max«. Wir schüttelten einander nochmals die Hände und dann zeigte Ole auf eine Regentonne neben der Regentonne, über der die Fische brutzelten, die ich hätte fangen sollen. Wir gingen hin und Ole zog an einem Bindfaden ein 6er-Pack Bierdosen aus dem Wasser. Er knipste eine aus der Plastikverschweißung und reichte sie mir. Gleichzeitig öffneten wir die Dosen. Kurz blitzte ein Gedanke an Gesa auf, was sie wohl sagen würde, wenn ich Bier aus Dosen trank. Auf Partys jedenfalls wurden die praktischen Einweggetränke auf Gesas Intervention hin, genauer gesagt, weil keiner Bock auf den Stress mit ihr hatte, verbannt. Aber hier, in der schwedischen Savanne, war es supergeil, eine kalte Dose an die Lippen zu setzen. Nachdem wir sie jeweils halb leergetrunken hatten und ich merkte, wie mir der Alkohol durch meine verwaisten Magenwände direkt in die Blutbahn drang, fragte mich Ole in perfektem Englisch, wo ich herkomme, ob ich Deutscher sei und wo ich hin wolle. Ich erzählte ihm von meiner Überfahrt, von meinem Plan nach Finnland zu segeln, und sagte rundheraus, dass ich kein Geld, dafür aber Hunger habe. Ole trank sein Bier aus. Er zeigte auf die Fische.

»In einer halben Stunde gibt es Essen«, sagte er.

»Kann ich was helfen?«, fragte ich dumm, denn natürlich sah ich, dass die Fische von alleine räucherten und man nur noch ein Bier trinken konnte. Ole deutete auf eine Ecke, in der eine langstielige Axt lehnte.

»Bitte«, sagte er, »hinter dem Haus liegt Holz.«

Dann holte er sich die nächste Dose. Ich zögerte, weil ich mir nicht einfach selbst noch eine Dose nehmen wollte. Aber ich war offensichtlich nicht mehr eingeladen. Ich sollte Holz hacken. Also stand ich auf und ging schwankend, wie nach langer Zeit auf See, zu der Axt. Sie hatte ein schmales, dafür aber sehr dickes Blatt und der Stiel war offensichtlich selbst gedrechselt. Mit der Axt als Krücke ging es besser. Ich ging hinter das Haus und wiederholte immerzu: »Jetzt nicht ins Bein hacken, jetzt nicht ins Bein hacken.« Dann stellte ich einen Birkenkloben auf den Haublock, machte die Beine breit, hob die Spaltaxt über den Kopf und ließ sie nach vorne fallen. Der Birkenklotz flog zweigeteilt auseinander. Eine Welle aus Stolz durchschoss mich. Ich fühlte mich wie ein keulenschwingender Wikinger, stark und grausam. Zack, zerhieb ich den nächsten Klotz, und Krach, den nächsten. Ich vergaß meinen Hunger, ich schwitzte den Alkohol aus, ich spürte, wie meine Hände Schwielen bekamen und wie die Schwielen aufgingen. Aber es war egal, es war wunderbar, Dinge zu spalten.

Bei fettigem Aal und mit steifem Rücken fragte ich Ole, ob er das Städtchen Nyköping kenne. Ole klatschte mir auf die Schulter und lobte mich zum dritten oder vierten Mal, wie toll ich Holz gehackt hätte. Er schenkte mir einen Schnaps ein. »Du kannst gern noch ein bisschen bleiben, räumst den Hof auf und so, und ich koche und du kannst umsonst essen. Es ist doch Mittsommer. Wir machen ein Fest.«

Zum ersten Mal fragte ich mich, ob Ole vielleicht schwul sei und sich irgendwelche Hoffnungen machte. Nicht, dass er mir nachher einen Blumenkranz unter das Kopfkissen legte und dachte, er müsse mich jetzt heiraten.

Hof aufräumen, Schweine ausmisten, Fenster putzen – dafür war ich jedenfalls nicht losgesegelt.

»Und wie weit ist Nyköping?«, beharrte ich.

Ole hob die Hand, die vor Fischfett glänzte, und deutete auf die Kreuzung.

»Vierzehn Kilometer die Straße runter. Aber das ist nicht die Richtung nach Finnland«, gluckste er.

Ich trank den Schnaps, stolz, dass meine Navigationskenntnisse ausreichten um mitten im Meer genau die Bucht zu finden, hinter der Isabel wohnte.

Ich biss dem Aal den Kopf ab. Ole aß seinen mit. Die Gräten knirschten beim Zerbeißen.

»Nee, nicht nach Finnland, aber morgen geh ich mal hin«, sagte ich.

»Skål, Mittsommer!«, sagte Ole und schenkte nach.

Es war jetzt acht Uhr abends, und die Sonne stand noch hoch am Himmel. Der erneute Alkohol, das ölige Essen, das Licht machten mich müde und nahmen mir die Kraft zu widersprechen, als Ole anbot, ich könne doch heute Nacht hier schlafen.

Immerhin war Mittsommer.

◆◆◆

Ole lehnt im Schneidersitz an einer Plakatwand. Sein Gesicht ist tiefbraun, seine Augen scheinen tiefergelegt zu sein, er hat ein T-Shirt mit deutlichen Schmutzspuren an. Hinter ihm, auf dem Plakat, marschieren italienische Soldaten. Jemand hat in ihre Gewehrläufe Knoten gebogen. Vor ihm kniet Svenja. Man sieht nur ihren gebeugten Rücken. Neben ihnen liegen die beiden Rucksäcke.

Svenja dreht sich um, lächelt in die Kamera. Auch sie hat eine Hautfarbe, die mit kokosnussfarben richtig beschrieben wäre. Sie hat ein Feuerzeug in der Hand, macht es an, erhitzt über der Flamme eine dicke Nähnadel. Dann dreht sie sich zu Ole.

»Alles klar?«, hört man ihre Stimme. Ole nickt. Svenja kniet sich neben ihn. Dann fasst sie mit der linken Hand hinter sein Ohrläppchen und setzt die Nadel an. Sie sticht zu. Und obwohl sie kräftig und energisch zusticht, dringt die Nadel nicht durch das Ohrläppchen. Ole schreit.

»Ah, Scheiße, Scheiße.«

»Bleib sitzen, halt still!« Svenja bohrt die Nadel weiter. Ihre Hand macht einen Ruck, die Nadel schießt auf der anderen Seite heraus und in Oles Kopfhaut. Ole sitzt mit aufgerissenem Mund da, aber sein Schrei bleibt erstickt und stumm. Er hat ein sehr rotes Gesicht. Svenja gibt ihm einen Kuss auf den Mund. Dann zieht sie die Nadel heraus. Blut quillt hinterher und tropft auf Oles T-Shirt. Svenja zieht eine kleine Schachtel aus ihrer Hosentasche und öffnet sie. Darin liegt ein kleiner Gegenstand. Es ist ein Ohrstecker, ein goldener Stift. Sie hält ihn in die Kamera. Grinst frech. Dann drückt sie den Stecker in Oles Ohrläppchen. Ole knirscht mir den Zähnen, schließt die Augen. Jetzt öffnet er sie wieder. Der Ohrstecker blitzt in der Sonne. Svenja zieht einen Flachmann aus dem Kopffach ihres Rucksacks, dreht den Schraubverschluss mit dem Mund auf und gießt Ole einen Schluck über die Wunde. Jetzt heult Ole laut auf. Er greift die Flasche und trinkt zwei tiefe Schlucke. Dann ist sie leer und er wirft sie hinter sich gegen die Soldaten.

Svenja dicht vor der Kamera: »Mein tapferer Cowboy!«

◆◆◆

Ich muss Hegel widersprechen. Das mit dem Namen ist eine falsche Fährte. Die Bedeutung richtet sich nicht nach dem Klang oder Schriftbild. Es kann durchaus sein, dass zwei Menschen Ole heißen, aber einer steht auf Frauen und einer steht auf, na ja, Max.

Ich hatte so einen vagen Gedanken, dass ich lieber auf meiner ISABEL schlafen sollte, weiß auch nicht genau, wieso. Vielleicht weil Ole, der alte Schwede, unter seinem Blaumann nackt war, vielleicht, weil er mir beim Holzhacken zugeschaut hatte, vielleicht, weil ich einfach alte, dicke Männer grundsätzlich für Kinderschänder halte. Immerhin besuchen ein Drittel aller Männer Prostituierte. Ich hab letzten Winter gesehen, als ich abends vom Kino zu meinem Fahrrad gegangen bin, wie sich einer im Auto einen hat blasen lassen. Und oben auf dem Dach lag ein Tannenbaum auf dem Gepäckträger. Und wer kauft Tannenbäume? Richtig, Papa. Nach dem Blowjob also ab zu Muttern in die Küche und mit den Kindern noch die Brio-Holzeisenbahn aufgebaut. So gesehen hätte ich misstrauischer sein bzw. meinem Misstrauen mehr Aufmerksamkeit schenken müssen. Aber da war der Schnaps und der ölige Fisch und Ole, der laut lachte und, als es endlich dunkel wurde, das heißt, als der Himmel nicht mehr ganz so hellblau war, ein Feuer mit dem Holz anzündete, das ich am Nachmittag gehackt hatte. Ich streckte mich auf den Steinen aus, die den Sommertag ausatmeten, verschränkte die Hände hinter dem Kopf und schaute in den Sternschnuppenhimmel. Keine Ahnung, ob es Sternschnuppen gab, die Sterne, die ich sah, schwankten allesamt und taumelten durch die Nacht. Aber seit jener Nacht, in der Miriam starb, waren alle Sterne für mich Schnuppen. Und dann schlief ich ein.

Es war einfach nichts anderes zu tun, als der Bleischwere des Körpers und der Müdigkeit infolge des Alkohols nachzugeben. Ich brauchte nur die Augen zuzumachen und der Schlaf zog über meine Lider wie ein Regenschauer.
Je kühler die Steine wurden, desto mehr spürte ich die Glut, sogar im Schlaf. Es war wie in der Sonne liegen. Man ist nicht mehr von dieser Welt, aber man spürt immer noch hinter dem Rot seiner Lider, dass man in ihrem Dunstkreis liegt. Wohlig zog die Wärme des Holzes, das durch meine Energie zerhackt worden war, bis zu den Knien, bis zu den Oberschenkeln, bis zu den Hüften. Es war wie ein Streicheln. Und dann erreichte es meine Hose, meinen Hosenstall. Das Streicheln wurde plötzlich fester, so fest konnte keine Glut zupacken. Ich schrak auf, als hätte man mich beim Abschreiben erwischt. Ich konnte meine Beine nicht bewegen. Ole saß darauf und zerrte am Gürtel meiner Hose, bzw. hielt den Gürtel jetzt fest und lächelte mich an, als ich mich aufsetzte.
»Scheiße, Alter, Scheiße«, stieß ich aus.
Ole lächelte nur noch mehr, aber er ließ meinen Gürtel nicht los.
»Hey, hast du schön geschlafen?« fragte er mich auf Englisch.
Ich sagte »fuck off«.
Er grinste. Mir fiel auf, dass »fuck off« vielleicht unpassend war in diesem Moment. Das schreib ich jetzt so locker, wo Isabel in T-Shirt und Slip vorne auf dem Boot rumturnt, aber in dieser Nacht, in diesem Augenblick, war mein erster Gedanke, dass Ole mich nun vergewaltigen, dass er mich danach umbringen, und an seine Schweine verfütterten würde. Und das war nicht nur mein erster, es war auch mein einziger Gedanke. Er fuhr mir in den Kopf wie ein Schmerz und bohrte dort und machte sich breit, lähmte mich, wie meine Beine durch Oles Gewicht gelähmt waren.
»Es sah wenigstens sehr schön aus«, sagte er. Ich brauchte eine Weile um den Anschluss an seine Frage herzustellen.

»Lass mich los, geh runter!«
Ich merke erleichtert, dass ich keine Spur erregt war. Ich muss an dieser Stelle sagen, dass ich überhaupt nichts gegen Schwule habe. Ich hab auch nichts gegen Prostituierte, falls vorhin dieser Eindruck entstanden sein sollte, ich hab nur etwas gegen die Männer, die mit Tannenbaum auf dem Auto sich einen runterholen lassen und gegen dicke Schweden, die sich im Schlaf auf einen werfen.
»Warst du schon einmal mit einem Mann zusammen?«, fragte Ole. »Vielleicht gefällt es dir?«
Bildete ich es mir ein oder hob Ole seinen fetten Hintern etwas an? Vielleicht verlagerte er nur das Gewicht, aber mich beruhigte es ein klein wenig. Wenn jemand so mit dir redet, glaubst du eigentlich nicht mehr, dass er dich vergewaltigen will. Tatsächlich merkte ich, wie ich mein Bein lösen konnte. Das Blut floss kribbelnd in die gepressten Adern zurück. Ich zog das Bein ein wenig an, winkelte es und sammelte Kraft. Wenn Ole sich noch ein bisschen bewegen würde, könnte ich ihn dahin treten, wo Männer sich eigentlich nicht hintreten sollten.
»Ich bin nicht schwul«, keuchte ich. Plötzlich fiel mir ein, dass ich Michael bei seiner Party auf den Mund geküsst hatte.
»Woher willst du das wissen, wenn du es noch nie probiert hast?«, fragte er.
Kein schlechter Einwand, fand ich. Außerdem einer, der meiner Grundphilosophie für den letzten Sommer meines Lebens irgendwie nahe kam. Alles mitnehmen, was am Wegrand lag. Aber so, wie die Dinge aussahen, war ich es, der hier am Wegrand liegt. Und deshalb lehnte ich dankend ab. Ich hob mein Bein und stieß es nach vorn. Aber der Tritt ging ins Leere. Ole hatte sich neben mich gesetzt, was mir überhaupt erst die Freiheit gegeben hatte, zuzutreten. Er hatte meine Attacke noch nicht mal bemerkt, sondern offenbar nur als Ausschlenkern meiner gestauchten Knochen gedeutet.

»Sorry«, sagte er, die Knie vor seinem Bauch angezogen, neben mir sitzend, »ich wollte nichts Blödes tun.«
Das kam mir bekannt vor. Ich weiß nicht genau, ich kann, glaube ich, beschwören, dass ich mich nie so über schlafende Mädchen hergemacht habe. Aber vorstellbar und vorgestellt ist es gewesen, jemanden so im Schlaf verführen. So richtig gefährlich schien auch ein schwuler Ole nicht zu sein.
Ich nickte und brummte etwas, das »kann jedem passieren« hätte heißen können. Jetzt merkte ich, wie mein Kopf vibrierte vor Schmerz. Ich hatte das Gefühl, gleich kotzen zu müssen.
»Willst du 'n Kaffe?«, fragte Ole.
Ich atmete tief ein, hielt die Luft und atmete wieder aus.
»Wie spät ist es?«, fragte ich.
»Gleich drei«, gab Ole zurück.
Bald würde es wieder hell werden. Einer der großen, unglaublichen Momente auf See ist, dass man der Letzte ist, der die Sonne abends am Horizont versinken und der Erste, der sie im Osten wieder aufgehen sieht – orange, breitgezogen, riesengroß in der Spiegelung der morgenkühlen Luft. Ich wusste, dass sie schon fast ihre kleine Runde auf der anderen Erdhälfte absolviert hatte und nun bald wieder aufging.
»Nein, ich bin weg«, sagte ich und versuchte aufzustehen, indem ich mich erst auf die Knie stemmte und dann hinhockte.
Ole rückte ein Stückchen zu mir um mir unter die Arme zu greifen, aber ich schob ihn weg, nein, nicht nochmal seine Nähe!
Und dann stand ich. Es ging mir jetzt besser. Ich musste pinkeln, aber die Übelkeit war verschwunden.
»Danke für den Fisch«, sagte ich, und dann drehte ich mich um und ließ Ole neben seinem Feuer zurück. Irgendwie tat er mir Leid.

◆◆◆

Ein grelles Licht, das alles überblendet. Es ist ein Bahnhof-Flutlicht. Die Geräusche von Rädern eines Zuges, der sich in Bewegung setzt. Das Bild ruckt kurz, findet wieder den Boden, die Blendung verschwindet.

»Lauf Ole!«

Es ist Svenjas Stimme. Die Kamera zoomt quer über drei Gleise. Endlich sieht man einen Menschen rennen. Er hat einen Rucksack auf, trägt kurze Hosen, Sandalen. Es muss Ole sein. Es ist schwer, ihn zu erkennen. Unmöglich kann er Svenjas Ruf in der Entfernung gehört haben. Die Kamera wackelt, Svenja winkt vermutlich. Langsam wird der Abstand zu Ole größer. Ole rennt mit herausgestreckter Zunge. Er springt über ein Gleis, stolpert, rappelt sich auf.

»Ole! Scheiße«, diesmal schreit Svenja nicht. Jetzt ist Ole auf dem richtigen Gleis und rennt hinter dem Zug her. Er scheint aufzuholen, aber der Zug nimmt jetzt Fahrt auf.

»Schmeiß den Rucksack weg!«, ruft Svenja, filmt aber unverändert weiter. Tatsächlich fällt Ole nun zurück.

»Schmeiß ihn weg!«, ruft Svenja noch einmal.

Ole streift im Lauf die Gurte vom Rucksack ab. Der Rucksack fällt auf das Gleis. Jetzt ist Ole schneller. Er rennt, immer drei Schwellen überspringend. Ein ausgreifendes Stakkatto. Er kommt näher. Svenja zoomt ihn wieder weg. Er ist jetzt schneller als der Zug. Svenja hält auf sein Gesicht. Schweiß perlt ihm auf die Wangen. Jetzt fängt Svenja noch einen letzten Blick auf den Rucksack ein. Dann legt sie die Kamera weg. Man sieht eine vorbeirauschende Industrielandschaft, beleuchtete Kräne, eine Brücke neben den Bahngleisen, alles seltsam schräg gestellt. Das Bild wackelt, der Zug fährt immer schneller. Svenja greift die Kamera, richtet sie auf einen schnaufenden Ole. Man sieht jetzt, dass sie auf einer Plattform hinter einem hohen Waggon sitzen.

»Warum bist du nicht runtergesprungen?«, fragt Ole. »In dem Rucksack war mein Schlafsack und meine Hosen und sogar mein Perso.« Er wirkt, als ob er zornig werden würde.

»Du brauchst eh keinen Perso. Wenn wir kontrolliert werden, haben sie uns gefunden«, sagt Svenja.
Wieder wackelt die Kamera.
»Hier, Brot und Käse.« Svenja stößt mit dem Fuß gegen eine Tüte. »Und hier ...« Sie tritt mit dem Fuß gegen die Waggonwand. Man erkennt nicht gleich, was passiert, hört aber ein leises Klirren, als würde Glas aneinander reiben. Die Kamera braucht ein wenig um sich an die Lichtverhältnisse zu gewöhnen. Dann sieht man, dass der Waggon vollgestapelt ist mit Rotwein-Kisten. Und zwischen den Rotwein-Kisten liegt ausgerollt eine Isomatte und ausgebreitet ein Schlafsack. Die Isomatte liegt auf einer dreifachen Lage Weinkartons, sodass das Schlagen der Räder kaum noch hörbar ist.
Neben dem Schlafsack brennt eine Kerze. Die Kamera schwenkt hoch. Über dem bereiteten Bett ist ein Tuch aufgespannt, als wäre es ein Himmelbett.
»Deshalb konnte ich nicht abspringen. Dann hätten wir meinen Schlafsack und meinen Perso verloren«, sagt Svenja.
Und dann entsteht eine lange Pause. Die Kamera bleibt auf dem Bett ruhen. Die Tür wird zugezogen. Man hört – jetzt, wo der Lärm auch ausgesperrt ist – raschelnde Geräusche, so, als würde Stoff über Haut gezogen, so, als würde Haut auf Haut gerieben, so, als würde ein Junge ein Mädchen in den Nacken küssen. Und dann ist die Kamera plötzlich aus.

Licht. Licht über dem Meer. Das Meer tief unter den Schienen. Auch das Meer schwimmt im Licht, ein helles Blau, getupftes Weiß. Die Kamera wird gedreht und fängt nun Svenjas Gesicht ein. Das Gesicht wird scharf. Es guckt ernst. Dann lächelt es. Obwohl nichts passiert, wird das Bild nicht langweilig.
»So sehe ich aus«, sagt sie, »so sehe ich aus. Ich frage mich, ob ich mich immer an diesen Morgen erinnern werde, ob er so bleibt, oder ob er verblasst. Ob ich mich immer so fühlen werde, wie ich

mich jetzt fühle. Wie fühle ich mich? Frei schwebend über einem Abgrund, aber ohne Angst, zu fallen. Das ist genau richtig.«
Kurz streift die Kamera über das Tal und das Meer.
»Und so sieht Ole aus, am Morgen, nachdem er das erste Mal mit einem Mädchen geschlafen hat.«
Ole sieht total fertig aus. Er liegt auf den nackten Weinkartons, die Isomatte ist von den Kisten gerutscht, der Schlafsack hängt ihm um die Füße, sein Po hat eine rote Druckstelle, seine Haare sind verstrubbelt. Eine leere Flasche rollt durch das Abteil.
»Ole«, ruft Svenja. »Ole.«
Ole hebt den Kopf, lässt ihn aber gleich wieder fallen. Er brummt etwas Unverständliches.
»So viel zu ›frei‹ und ›über dem Abgrund schweben‹. Ich weiß nicht, wie Ole diesen Morgen erinnern wird. Oder ob er ihn je erinnern wird. Ich weiß auch nicht, wie Ole die letzte Nacht erinnern wird. Ob er die Zärtlichkeit wahrgenommen hat wie ich? Ob meine Zärtlichkeit gleich seiner war? Ob er ängstlich war oder meine Angst gespürt hat? Oder war er mutig oder war er entschlossen mutig zu sein? Wir reden so viel, aber wissen tu ich nicht besonders viel.
Ich frage mich, ob Ole der Mann ist, mit dem ich mir vorstellen kann, noch in dreißig Jahren zusammen sein. Nein, das ist er nicht. Er ist ein guter Freund, er ist tiefgründig und leichtsinnig. Er ist viel, aber er ist nicht mein Leben. Die nächste Frage ist, ob er es werden könnte. Könnte er der Mann werden? Vermutlich ist die Antwort Ja. Vielleicht ist es sogar die beste und einzig ehrliche Antwort. Dass man nicht die Gegenwart liebt, sondern die Möglichkeit. Und die Möglichkeit, dass ich Ole in dreißig Jahren toll, vielleicht noch toll, vielleicht wieder toll finde, die ist da. Möglichkeit. Das ist alles!«

◆◆◆

Ich verließ Oles Schweinehof und stand auf der Asphaltstraße, in die der Feldweg mündete. Ich schlug mich nicht Richtung Wasser, sondern nach rechts. Zum einen stand der Wald schwarz und schweigend vor dem Nachthimmel. Und wo ein Ren war, da konnten auch Bär, Wolf und Elch sein. Zum anderen gab es einen Grund, warum ich gerade hier gelandet war. Und dieser Grund steckte in meiner Hosentasche in Form einer nicht abgeschickten Postkarte. Ich lief durch den stillen Morgen und plötzlich war der Morgen gar nicht still. Man musste nur genau hinhören:

ganz ohr sein
nicht sprechen –
querfeldein

das licht weht wind,
büsche tuscheln,
ich träume blind

hast du töne? einfach hören
einfach hin –
ich werd nie schwören!

still halte ich dagegen,
was ich habe,
überlegen

Ich erreichte die Kreuzung. Oles Haus, Oles Schweine und Oles Liebe lagen hinter mir, aber zwischen mir und meinem Boot. Aber zunächst wollte ich nicht zurück, ich wollte nur vorwärts und weg. Als ich die Schrift des Schildes erkennen konnte, hörte ich auf zu rennen. Da stand es: Nyköping, 13 Kilometer. Isabeltown. Wer sagte noch, es muss doch möglich sein, den falschen Weg konsequent zu gehen und trotzdem ans Ziel zu kommen?

Es war drei Uhr morgens und ich war allein in Schweden. Ich glaube, das mit dem falschen Weg, das war ich.

◆◆◆

Eine Zeltplane zwischen Felsen. Ole mit nacktem, weißem Hintern ohne rote Druckstelle.
»Hey, Bacardi-Rum!«, ruft Svenja.
Ole dreht sich um und winkt. Er hat eine Melone unter dem Arm, nimmt sie jetzt und schlägt sie auf einen Stein. Das Fruchtfleisch spritzt ihm ins Gesicht. Ole leckt sich die Finger.
»Was macht dein Ohrloch?«
»Aua, aua«, sagt Ole und winkt. »Aber nicht Max sagen.«
»Sag ich ihm nicht.«
Svenja filmt die Bucht. Ein Mini-Strand an der Côte d'Azur. Vorgelagerte Felsen haben eine kleines Dreieck weißen Sand abgeschirmt.
»Hier leben wir! Wir haben es vom Zug aus gesehen und sind abgesprungen und zurückgekraxelt, einen unglaublich steilen Geröllhang hinab, und ich bin ausgerutscht und voll abgeschmiert und hab mir den linken Oberschenkel aufgerissen. Ole ist in einen Dornenbusch gefallen. Aber hier findet uns niemand. Hier brauchen wir keine Hosen. Hier ist unser Zuhause. Wenn wir etwas zu essen brauchen, schwimmen wir entlang der Küste. Hinter der dritten Felsnase kommt ein kleiner Ort. Kleiner Ort heißt: sieben Hotels, Sonnenschirme, fette Deutsche. Wir halten uns an unsere Verabredung, Max, wir geben kein Geld aus. Ole hat in einem Geschäft Bermuda-Shorts anprobiert und ist einfach damit aus dem Laden spaziert. Wein haben wir noch aus dem Zug im Rucksack und ich hab gestern Brot gebacken.«
Die Kamera zeigt eine kleine Anhäufung von Steinen, die schwarz und verkohlt sind.
»Ich wollte aber was anderes sagen. Ich wollte dir sagen, dass es

auch das erste Mal für Ole war. Das erste Mal, dass er mit einem Mädchen geschlafen hat, meine ich. Und, hm, Scheiße ist das schwer, also, was ich sagen will, ist, dass Miriam auch nie mit einem Jungen geschlafen hat. Ich hab dir davon erzählt. Wollte ich jedenfalls. Ist schon ein paar Tage her. Wie das klingt, als ob Zeit nicht egal ist, wenn der Raum so beliebig ist. Ich weiß auch gar nicht, wann du diesen Film sehen wirst und ob du ihn dann in einem Rutsch guckst oder in Etappen, jeden Tag eine kleine Sequenz. Also, ich weiß jedenfalls, dass du es gemerkt haben musst. Ich weiß nicht, ob Miriam sich verändert hat, aber du warst anders, du warst zornig, in dich gekehrt, aufbrausend, eifersüchtig. Ich glaub, du wolltest vor allen Dingen eines nicht – dass Miriam mit einem Jungen schläft. Keine Ahnung, was bis dahin zwischen Jana und dir war, aber ich glaub, Miriam hätte dann vor dir Sex gehabt. Und das war es, wenn du mich fragst, was du nicht wolltest. Es gab da dieses komische Konkurrenzding zwischen euch. Wenn du gut in Englisch warst, hat sie Französisch gewählt, wenn du feiern wolltest, wollte sie zu Hause bleiben, wenn sie Eis bestellte, dann hast du Hunger auf Pizza gehabt. Ich weiß nicht wieso, ich weiß nur, dass ihr beide immer zusammen wart, und dann war es vorbei. Vielleicht geht es uns allen so. Vielleicht ist das der Grund für dieses merkwürdige Schweben, dieses Sich-selbst-Ideale-Suchen. Jedenfalls, um es mal klar zu sagen, warst du echt anstrengend damals und irgendwie auch echt bedrohlich. Irgendwie hatte ich Angst vor dir. Ich fühlte mich nicht mehr wohl in deiner Nähe und ich glaub, Miriam ging es genauso. Sie wollte nicht mehr, dass du alles wusstest. Und das hat es noch schlimmer gemacht.
Ich glaub, ich hör jetzt lieber auf. Ich weiß nicht, wohin das sonst führt.«

Ole steht vor einem kleinen Feuer. Er hat mehrere Fische auf einen angespitzen Stock gesteckt. Den hält er in die Kamera.

»Na, Alter. Svenja badet gerade. Sie weiß nicht, dass ich mich jetzt filme. Ich grille eigentlich Sprotten. Gestern hat uns ein Fischer entdeckt und ist ans Ufer gekommen. War der Bürgermeister des Ortes nebenan. Svenja konnte endlich Französisch reden. Dabei ist sie richtig aufgeblüht und er blieb gleich zum Abendbrot und hat uns eine Menge Fisch dagelassen. Er hat gemeint, dass es okay ist, hier zu bleiben. Aber so ganz wohl ist uns nicht mehr, seitdem wir entdeckt sind. Der Ort hat einen kleinen Bahnhof. Morgen machen wir uns auf. Svenja will nicht. Aber ich finde, es wird Zeit, dass wir nach Norden kommen.

Wollte nur Vollzug melden. Ich meine, du wirst das wissen, aber nun noch mal von mir: Wir schlafen jeden Tag miteinander und manchmal auch öfter, und wenn ich Svenja sehe, kann ich eigentlich nichts anderes mehr denken. Es ist obergeil, mein Lieber. Als wir die Zigarre nach der Vorklausur geraucht haben – damals lag ich falsch. Das ist alles genau richtig. Ich mache jedenfalls nicht freiwillig Schluss.«

◆◆◆

Nyköping begann mit einer Telefonzelle. Bei uns und wohl in allen zivilisierten Staaten der Welt sind die Telefonzellen in der Dorfmitte, hier war sie vor dem Ort. Die ersten Autos hatten mich bereits überholt, es war bereits Tag. Nyköping lag etwas höher als die Wälder, durch die ich gekommen war, inmitten einer Wiesenlandschaft, in die bärenstarke Wikinger riesige Felsbrocken gestreut hatten.

Ich betrat die Telefonzelle. Auf dem Display, das sichtbar wurde, als ich den Hörer abnahm, blinkte es: 5:47 Uhr. Ich spielte mit dem Gedanken, zu Hause anzurufen. Mir war danach. Aber wenn ich um diese Zeit anrief, würden sie bestimmt denken, irgendetwas sei nicht in Ordnung, ich sei von einem Schwulen angefallen worden oder so. Aber auch wenn es stimmte, man

musste es seinen Eltern ja nicht auf die Nase binden. Stattdessen zog ich die Postkarte aus meiner Hose. Da stand in Isabels gerader Handschrift die Adresse. Ich hatte keine Ahnung, wie ich die finden sollte oder was das werden sollte. Ich stellte mir vor, ich würde klingeln: Isabel ist zwei Meter hoch und vier Meter breit, hat gelbe Zähne und Mundgeruch und versteht weder Deutsch noch Englisch. Dafür aber packt sie mich, zerrt mich in ihr Zimmer und setzt sich auf meine Beine. Auszuschließen war das nicht. Vielleicht sollte ich lieber nicht klingeln, sondern erst mal die Umgebung abchecken, erst mal ausspähen, was das für eine ist. Es konnte ja auch schön werden. Ich stellte mir vor, Isabel würde morgens joggen gehen. Ich würde eine Weile hinter ihr herlaufen, und dann würde ich sie einholen und »Hi« sagen und ihr ihre Postkarte geben. Sie bleibt erstaunt stehen, wischt sich den Schweiß mit ihren langen Fingern von der Stirn und fällt mir um den Hals. Während ich ihr Parfüm einatme, bedankt sie sich, drückt mir einen Kuss auf den Mund und fragt mich, nein misch, ob isch nisch ein wenig bei ihr bleiben wolle, in ihrem großen, schwedischen Haus, dessen Besitzer gerade lange und weit weg sind. Und jeden Tag würden wir gemeinsam laufen und gemeinsam duschen. Naja, was man sich halt so vorstellt.
Plötzlich und ohne Vorwarnung befand ich mich zwischen Häusern. Nyköping fing so schnell an, eben noch Birken, dann eine Villa Kunterbunt neben der nächsten. Vor jeder zweiten ein schwedischer Wimpel. Ich erreichte die Ortsmitte: eine Bushaltestelle neben einem See, ein Supermarkt mit Riesenparkplatz, eine Bäckerei, ein Teppich- und Tapetenhandel, über allem ein riesiger Maibaum, unter dem noch zerdrückte Bierdosen und Pappbecher lagen. Ich überquerte den Riesenparkplatz und aus der Backstube schlug mir der Geruch von frischem, goldbraunem Hefeteig entgegen, dass mir die Knie weich wurden. Während ich taumelte, spielte das elektronische Glockenspiel über der Tür das *Lied vom Tod.*

»Hi«, schallte mir die freundliche Stimme einer Frau entgegen, die so blond und stupsnäsig war, wie nur Schwedinnen es sein können. Erst da fiel mir ein, dass ich kein Geld hatte. Ich rappelte mich auf, suchte Halt, zeigte auf meinen Bauch und sagte »I'm so hungry, but I have no money«. Und die Schwedin lächelte, verschwand hinter einem bunt gestreiften Plastik-Vorhang, wie man ihn in jeder Küchentür hatte, als ich Kind war, und kam mit einer Hand voll frischer Brötchen zurück, die sie mir in den Schoß warf. »Kaffee?«, fragte sie mich, und ich nickte und warf ihr eine Kusshand zu. Die Verkäuferin war nicht viel älter als ich, wenn überhaupt, und sie war, was ich im ersten Moment nicht gesehen hatte, ziemlich schön. Ziemlich schön, schreibe ich, weil ich nicht genau weiß, ob sie in diesem Moment nicht potthässlich hätte sein können und sie mir trotzdem schön vorgekommen wäre.
Sie hatte Mehlstaub auf dem Nasenrücken. Mit vollem Mund fragte ich sie nach der Adresse auf der Postkarte. Sie schob mir eine Tasse Kaffee über den Tresen. »Why don't you have any money?«, fragte sie mich. Ich winkte ab. Was sollte ich ihr von meinen Selbstversuchen erzählen. Aber sie wollte eine Antwort und sagte, dass ich ihr etwas schuldig sei, weil sie mich eingeladen habe, und das sei eine Geschichte, meine Geschichte, so sei es üblich in Schweden. Da erzählte ich ihr doch von mir. Sie holte sich selbst einen Kaffee, setzte sich neben mich auf einen Hocker, und ich redete und schielte ihr dabei in die Bäckerbluse und sah, dass sie einen schwarzen BH trug. Erst, als ich erklären musste, warum ich hierher gekommen war, ging es mit meiner Geschichte nicht richtig weiter. Ich merkte, dass ich ihr nicht von Isabel erzählen wollte. Ihr könnt mich schlagen, aber ich hatte mich wohl ein bisschen in die Bäckerin verliebt und wollte auf keinen Fall, dass sie dachte, ich sei wegen einer anderen Frau hier. Also sagte ich, ich wolle einen Freund besuchen.
»Die gibt es hier nicht«, sagte sie.

Mir fiel auf, dass die Sommersprossen auf ihrem Nasenrücken dem Sternbild des Großen Bären glichen.
»Kann nicht sein«, gab ich zurück.
»Du musst es ja wissen, du kennst dich ja hier aus«, sagte sie. Man muss einfach mal festhalten, dass es nichts Besseres gibt, als Schwedinnen mit dem leicht vermehlten Sternbild des Großen Bären auf dem Nasenrücken, die Englisch sprechen. Ich zog die Postkarte aus meiner Hosentasche. Meine Bäckerin überflog sie. Keine Ahnung, wie es sich anhört, wenn Schwedinnen Französisch lesen.
»Dein Freund heißt Isabel?«, fragte sie.
Ich schlug mir im Geist gegen die Stirn.
»Jedenfalls bist du hier falsch. Die Straße gibt es hier nicht und die Postleitzahl ist nicht die von Nyköping.«
»Wie, nicht von Nyköping.«
Die Bäckerin blinzelte mit sehr langen Wimpern.
»Es heißt nicht Nyköping. Da steht Nörrköping. Das ist auch die richtige Postleitzahl.«
Ich starrte auf die gerade Handschrift. Tatsächlich sah ich, als wäre es ein Vexierbild, wie sich das »y« plötzlich teilte und zu »rr« wurde. Französinnen haben diese komische Handschrift.
»Macht nichts, passiert andauernd«, sagte sie. »Nörrköping ist fünfzig Kilometer weiter landeinwärts.«
»Fünfzig Kilometer«, echote ich. Fünfzig Kilometer weg von meinem Boot. Zwei Tagesmärsche. Nein, das konnte ich nicht machen.
»Nur schade, dass dein Freund jetzt umsonst auf dich wartet.«
Ich wusste nicht, wie viel sie kapiert hatte. Sie hatte eine Art, die irgendwie allwissend war. Damit war sie mir gegenüber klar im Vorteil. Ich hatte keinen Schimmer, wie es nun weitergehen sollte. Nein, das stimmt nicht. Ich wusste, dass ich nicht laufen musste, ich hätte trampen können. Ole und Svenja kommen so durch

halb Europa. Aber ich wollte es nicht. Die Jagd war zu Ende. Ich war nicht Isabel gefolgt, sondern mir. Ich musste mir nicht weiter hinterherrennen. Vielleicht war ich auch einfach nur enttäuscht und zu müde.
Langsam stand ich auf. Draußen vor der Bäckerei parkte ein Auto und zwei Männer stiegen aus.
»Danke für den Kaffee und die Brötchen«, sagte ich.
Sie nickte nur und sah mir nach, als ich nach draußen ging. Im Rausgehen zerknüllte ich Isabels Postkarte und warf sie in den Papierkorb neben dem Eingang. Ich setzte mich auf den Bordstein, mit dem Gesicht genau in die Morgensonne, schloss die Augen, legte mich auf den Rasen und spürte, wie das Licht mir durch alle Poren drang.
Wach wurde ich erst wieder, als ich im Schatten lag. Jetzt war der große Parkplatz voller Autos und Menschen: Kinder, die Ferien hatten, Eis aßen und ihre Mutter um noch mehr Eis anquengelten.
»Wolltest du Isabel abholen? Wolltest du, dass sie mit dir segelt?«
Ich setzte mich auf, drehte mich um. Hinter mir auf dem Rasen saß die Bäckerin, nun in einem roten Sommerkleid und mit offenen Haaren.
Mein Herz, das kurz voll Abschied war – nein, das kann ich nicht schreiben, wie klingt denn das –, jedenfalls war ich kurz ratlos. Und jetzt saß da dieses schwedische Mädchen im roten Kleid. Und mal ehrlich, welches Mädchen setzt sich neben dich und wartet, bis du wach wirst, wenn nicht ein Mädchen, das dich mindestens so spannend findet, wie du es selbst?
Die ehrliche Antwort wäre gewesen, dass ich mich mit Isabel in das Bett ihrer Eltern verkrümeln wollte und duschen und so. Sie mitzunehmen, daran hatte ich nicht unbedingt gedacht. Mein Boot war mein Boot und irgendwie für Frauen tabu.
»Wenn du mich fragst, dann segle ich an ihrer Stelle mit«, sagte

die Bäckerin. Sie lächelte, nicht aufdringlich, nicht verführerisch, einfach nur nett und ehrlich. »Ich heiße Elisabeth«, sagte sie.
Tja, was sollte ich sagen?
»Musst du nicht arbeiten?«, fragte ich. Ziemlich dämlich, ziemlich merkwürdig, wie selbstverständlich das so ging. Ich meine, so ein Gespräch, das hätte in der Generation unserer Eltern noch nicht mal Oles Vater in Woodstock führen können. So eine Ehrlichkeit, die hätten sie nicht hingekriegt. Und die war es vielleicht, die alles möglich machte. Vielleicht ist es gar nicht die Fantasterei, die das Geheimnis für Revolutionen und Liebe birgt, sondern die Ehrlichkeit, Dinge einfach anzusprechen und beim Namen zu nennen.
»Ich hab eigentlich Ferien. Mein Vater ist der Bäcker, und da meine Eltern nicht weg können, hab ich einfach bei ihnen ausgeholfen. Ein bisschen Geld hab ich verdient. Aber ich kann jederzeit weg.«
Ob es wohl ein Regelverstoß war, wenn man selbst zwar kein Geld hatte, aber einen Passagier aufnahm, der für alles, Bier und Hafengebühren, bezahlte?
»Und was sagen deine Eltern dazu, wenn du einfach mit einem fremden Jungen mitsegelst?«, fragte ich.
»Och, die freuen sich bestimmt«, sagte Elisabeth. »Und fremd, fremd bist du ja eigentlich gar nicht mehr.« Damit beugte sie sich vor und gab mir einen Kuss auf den Mund. Keinen flüchtigen Begrüßungskuss oder so was, einfach einen richtigen Kuss mit halboffenen Lippen und so, dass unsere Schneidezähne gegeneinander stießen. Und damit war es entschieden, wenn es das nicht schon von Anfang an gewesen war.

◆◆◆

Die Kamera fängt ein Flusstal in der Dämmerung ein. Zypressen werfen letzte Schatten. Aus den Häusern wehen Lichtvorhänge.

Manchmal ist das Geräusch eines Autos zu hören. Man sieht den Mond blass über dem Bergrücken.
»Zugtrampen ist zur Routine geworden. Wir sind unseren Berg wieder raufgekraxelt, auf allen vieren, Ole mit meinem Rucksack. Dann drehten wir uns um, standen auf der Kuppe, hielten uns an den Händen und wussten, dass es so schön nicht wieder wird. Das war ein Moment, der gerne länger hätte andauern können. Alles schien uns zuzuwinken. Unten lag unser Ofen und streckte uns eine verrußte Hand entgegen. Unten lagen unsere Erinnerungen: das Gefühl von warmem Sand am Rücken, wenn der Körper das doppelte Gewicht trägt, der Geschmack der Steine in den Tomaten, nachdem sie darauf nachgereift waren. So viel Intimität, so eng zusammen zu sein. Vielleicht ist dies der Grund, warum wir aufbrechen.«
Die Kamera schwenkt. Man sieht, dass Svenja aus einem Auto heraus filmt. Rückspiegel und Sonnenblenden klappen ins Bild.
»Gestern haben wir uns gestritten. Ich wollte es dir beim Filmen eigentlich sagen, aber dann war die Einstellung vorbei und ich hatte nicht den Mut. Komisch, nicht? Aber so komisch dann doch nicht. Immerhin redest du ja auch nicht darüber, was eigentlich los ist. Ich wollte dir schon immer sagen, dass ich es echt scheiße finde, wie du Gesa anbaggerst. Und noch schlimmer ist, dass du Franziska Schulte anmachst. Das hat nichts Cooles, das ist pervers. Sie ist die Domina, sie ist die, die dich beurteilt. Bei Gesa hast du keine Chance. Aber bei Frau Schulte – es ist einfach beschissen.
Gut, so war es gestern jedenfalls. Wir saßen nebeneinander, so wie zu Hause am Strand, vielleicht so wie wir saßen, in der Nacht, als Miriam starb. Nur gab es da mehr Drogen. Weißt du eigentlich, wie besoffen du an jenem Abend gewesen bist? Und als du ihr dann nachgeschwommen bist, hatte ich echt Angst, dass du untergehst, dass du den Weg zurück nicht mehr findest. Na ja, wir hatten jedenfalls keine Drogen und auch keine Drogen nötig um uns zu streiten. Ich weiß gar nicht, wie alles kam. Ich war so glücklich

und sagte, dass ich gern für immer ... Scheiße, es fällt mir richtig schwer, jetzt darüber zu reden. Als hätte das was bei Ole geweckt, sprang er auf und sagte Nein. Und dann erinnerte er mich an eure Abmachung und daran, dass wir eigentlich nur hier waren, weil wir nicht in der Lage gewesen waren, die Beipackzettel auf den Waggons zu lesen. Und dass wir eine andere Route fahren wollten und ich sagte, er sei doch der, der immer sagt, dass es egal ist. Und dann wurde es plötzlich grundsätzlich und Ole fragte mich, ob ich vergessen hätte, was er vor der Reise zu mir gesagt hat. Er meint, dass eine Liebe ihren Zenit nicht überleben darf. Aber wer bestimmt eigentlich, wann das Glück am größten ist? Ist das nicht willkürlich? Und bin ich es in diesem Fall nicht selbst gewesen? Hätte ich das Gespräch nicht auf uns gebracht, hätte er vielleicht gar nicht gemerkt, wie glücklich wir waren.
So stand er auf und ging schwimmen. Als ob alle Männer immer schwimmen gehen, wenn sie sich ärgern! Und ich blieb zurück und malte die Karte Europas in den Sand. Und dann standen wir heute Morgen auf der Klippe und blickten hinab, als hätten wir unser Leben verlassen. Wir gingen die Bahnschienen entlang, fast wortlos, die Sonne von vorn. Wenn ein Zug kam, hörten wir ihn Minuten im Voraus am Singen der Gleise. Schließlich erreichten wir eine Schrankenkreuzung. Wir wechselten auf die Straße, trampten, und schon das zweite Auto hielt. Wir setzten uns auf die Ladefläche eines Pick-ups und fuhren nach Nizza. Und in Nizza – isst man Pizza. Wir schlenderten an Nobelkarossen vorbei, und ich ging in die teuersten Hotels und pinkelte in vergoldete Kloschüsseln. Abends suchten wir unsere Züge auf, die verschlafenen Riesen, die verschoben werden sollten. Es war ganz einfach. Wir fanden einen Zug mit Renaults, die nach Frankfurt gebracht werden sollten. Tja, sie waren nicht verschlossen. Wir stiegen einfach ein. Rückenlehne zurück, schlafen. Es ist Morgen. Wir werden gleich die deutsche Grenze passieren. Ole ist mitten in der Nacht in ein Auto hinter uns gegangen. Er meint, ich schnarche. Das ist

der Nachteil mit Autos – sie vereinzeln. Ein Zug hält einen zusammen. Er scheint das romantischere Verkehrsmittel zu sein.
Mir geht es schlechter, als es den Anschein hat.«

◆◆◆

Elisabeth« klingt ein bisschen wie »Isabel«, und als wir lossegelten und ihre Eltern am Ufer blieben und winkten, da sagte ich zu ihr: »Kannst du das Ruder halten, Isabel?« Sie sah auf und streckte mir ihre rosa Zunge raus. Aber seitdem ist es dabei geblieben, und Elisabeth hieß Isabel.
Ihre Eltern machten tatsächlich einigermaßen wenig Theater. Vielleicht klingt für Schweden Segeln weniger gefährlich als für uns, wegen Wikingervergangenheit und so. Ich schlief eine Nacht bei ihnen, einen Tag brauchte Isabel um zu packen. Ich hing mit ihrer Mutter rum und mähte den Rasen, trank mit ihrem Vater ein Bier und erzählte von Deutschland. Und ab und an ging Isabel an mir vorbei, wischte mir mit dem Handrücken über den Po oder grinste mich aus einem Sprossenfenster an.
Dann fuhren ihre Eltern uns mit einem alten Volvo an den Strand, vorbei an Oles Fischräucherei. Sie hatten ein kleines Schlauchboot im Kofferraum, und als es aufgeblasen war, ruderte ich Isabel zu meinem Boot, das schon ihren Namen trug. Dann das Boot zurückgebracht und wieder hingeschwommen und Leinen los und ab und weg. Winkend blieben ihre Eltern am Strand zurück und wurden kleiner.
Ihr habt es vielleicht schon gemerkt, als ich kurz erzählte, wie meine Eltern mit Miriams Tod klarkamen – dies ist kein Elternbuch. Aus ihrer Sicht ist das vielleicht alles fürchterlich und traurig oder unverständlich, aber »das«, das sind nun mal wir, »das«, das bin ich und seit neustem »Isabel und ich«, und von uns will ich erzählen, nicht, was andere von uns denken und was wir ihnen für Sorgen machen.

Und Sorgen musste sich erst einmal keiner um uns machen. Mit Isabel war es cool. Miriams heimlicher Schwarm war Robbie Williams gewesen. Sag ich jedenfalls. Sie hätte das nie gesagt, sie hätte nie Worte wie »Der ist so süß« oder »ein Knuddelbär« in den Mund genommen, aber ich weiß, sie fand ihn cool. Vielleicht hätte sie ihm auch ihren BH auf die Bühne geschmissen, aber niemals einen Plüschbären. 2003 gab Robbie ein Livekonzert in Knebworth. Und ziemlich am Anfang und doch schon irgendwie mittendrin zieht er ein Mädchen aus dem Publikum um mit ihr zu tanzen. Und sie tanzen. Und sie fasst ihm auf den Hintern und Robbie ihr auf den Busen, und er tut so, als ob er sie küsst, und sie erwidert sein »Ich tu so, als ob ich dich küsse«, und beide küssen sich. Küssen sich richtig und lange, und nur ab und zu nimmt Robbie seinen Mund von ihrem um zu singen. Und so war es mit Isabel. Das Unerhörte war wie selbstverständlich. Sie saß am Ruder und sah mir zu, wie ich die Leinen zusammenrollte und das Segel setzte. Und wenn ich sie anblickte, blitzen zwischen ihren hellen Lippen unglaublich weiße und große Zähne. Und ich krabbelte nach hinten und hockte mich vor sie und dann tat ich nichts. Das war das Beste. Ich muss gestehen, ich hätte vielleicht nicht nichts getan, wenn wir nicht auf einem Boot gewesen wären. Auf einer Party, wo es andere Jungs gegeben hätte und eine Tanzfläche und tausend Möglichkeiten der Ablenkung, da hätte ich nicht die Nerven bewahrt. Aber hier und jetzt konnte niemand kommen, hier gab es kein Entkommen. Raum war weg und Zeit war egal, und also wartete ich und sah das Lächeln immer breiter werden und ihren Mund langsam immer näher kommen. Ich musste mich auf meinen Mund konzentrieren und auf meine Hände. Und auf ihre, die schon unter meinem T-Shirt waren. Weiß jemand, warum Zahnschmelz Zahnschmelz heißt? Weil durch die Berührung des Zahnes alle Gedanken schmelzen. Ich folgte Isabels Beispiel, schob meine Hände unter ihr T-Shirt und führte sie hoch bis zum Ansatz ihres BHs. Ich spürte am Stoff, dass es ein Bikini-Oberteil war, und schob meinen Finger die Nähte entlang und den Träger hoch, während Isabel ihre Hand nach unten führte, an meiner Gürtellinie vorbei und in meine abgerissene Jeans, unter der ich seit Langeland keine Badehose mehr trug. Das schien sie zu erfreuen, denn ich merkte beim Küssen, dass sie wieder lächelte. Unter meinen Händen rutschte ihr Bikini-Oberteil nach oben und dann zog ich Isabel T-Shirt und Oberteil in einer großen Bewegung über den Kopf. Ihr Busen war nahtlos braun. Und ich sah zu, dass ich meine Hand wieder an die Stelle legte, wo zuvor die Naht des Bikini-Oberteils verlief. Das, der Übergang vom Busen zu den Rippen, ist nach meinem Dafürhalten die schönste Schwingung der Welt.

Als ich aus meiner Hose stieg, musste ich diese Stelle aber aufgeben, und als sie aus ihrer Hose stieg, hielt sie sich mit beiden Händen an meiner Hüfte fest. Und das Verrückte war, das Warten, der Moment, in dem nichts passiert, wiederholte sich. Wie standen nackt voreinander und staunten über die Selbstverständlichkeit, mit der wir uns verführten. Na ja, jedenfalls ich staunte. Und ich hoffe jedenfalls, dass Isabel über mich staunte, denn so fürchterlich vielen Frauen hab ich noch nicht den BH über den Kopf gezogen. Und nichts ist peinlicher, als wenn sich die Haare im Verschluss verheddern oder die Kondompackung sich nicht aufreißen lässt. Bis jetzt aber ging alles glatt. Und zum Staunen war Isabel tatsächlich. Als ich die Spannung kaum mehr aushielt, bückte sie sich, nahm sich eine Leine, fasste mich an der Hand und sprang über Bord. Alles ging so schnell, dass ich eher fiel, als dass ich mitsprang. Ich schürfte mir meinen Fuß dabei auf und machte außerdem einen Bauchklatscher. Aber für Schmerzen hatte ich keine Zeit. Die Kälte war wie ein Schock, die Ostsee war schwarz und tief, das wusste ich. Aber ich war bereit zu ertrinken. Unter Wasser öffnete ich die Augen, und als wäre der Sprung oder Sturz nie passiert, sah ich dicht vor mir Isabels

Gesicht und näher kommend ihren Körper, wie irre flirrend unter Wasser. Ich zog ihn an mich heran, sie zog mich zu sich und schlang, während sich unsere Münder trafen, das Seil um uns beide und band uns fest zusammen. Dann stießen wir nach oben, durch die Oberfläche des Wassers an die Luft, an die Lust. Wir atmeten ineinander, lösten unseren Kuss nicht. Das Boot riss uns fort, ich fiel auf den Rücken. Isabel hielt mich, indem sie ihre Beine um meine Hüfte klammerte. Ich hielt sie am Rücken, am Becken. Die Leine riss in meine Haut, aber ich wollte Isabel nicht verlieren. Und so schliefen wir – na, das ist ja nun wirklich das falsche Wort –, schwammen wir miteinander.

◆◆◆

Aus dem Off: »Nach Norden. Nach Norden heißt, zurück in die Wirklichkeit. Und nach Norden heißt auch, in deine Wirklichkeit, Max. Ole schlägt vor, den Weg nach Finnland so zu legen, dass wir zu Hause vorbeikommen. Er stellt sich das so vor: Wir schleichen uns nachts in die Häuser unserer Eltern und füllen den Proviant nach. Er stibitzt sich den Rucksack seines Vaters und den Schlafsack seiner Mutter, und er klaut eine Packung Zigarren für dich. Ole feixt bei dem Gedanken, bei sich zu Hause einzubrechen, durch ein bekanntes, aber verbotenes Haus zu schleichen, während seine Eltern in den Schlafzimmern liegen und schlafen. Er sagt, er weiß, welche Dielen knarren. Er sagt, er weiß, wie er die Kühlschranktür öffnen muss, ohne dass sie quietscht. Aber ich will das nicht. Das Zuhause anzulaufen, das bedeutet auch, dem Gefühl nachzugeben, dass alles zu Ende ist. Ich gebe zu, der Gedanke ›Heimat‹ hat etwas Verlockendes, etwas Anziehendes. Aber es ist die Attraktion des Todes. Des Todes der Liebe jedenfalls.«

Man hört ein heiseres Schreien, ganz nah. Es ist ein Möwenschrei. »Durch die alten Straßen laufen, wieder an der Schule vorbei, wie-

der Klaas treffen und Franziska Schulte. Ich weiß, wir würden nicht wieder aufbrechen. Ich habe Nein gesagt, ich habe dreimal Nein gesagt. Es muss einen anderen Weg geben, nach Finnland zu kommen. Ich habe Polen vorgeschlagen, aber Ole hat gesagt, das polnische Geld haben wir schon verschenkt. Und dann ist uns etwas eingefallen: das hier!«

Der Deckel wird von der Kamera genommen. Das Bild zeigt einen Hafen, einen Kai, eine große, weiße Fähre vertäut am Ufer. Eine lange Schlange LKWs. Nein, ein ganzer Parkplatz voller Brummis. Jetzt sieht man die Möwe auch und ihre Schwestern ebenso. In einer dichten Wolke stieben sie um einen Laster, auf dessen Plane Lachse gemalt sind.

»Hoek van Holland. Wir schiffen uns ein nach England und werden über Harwich nach Esbjerg reisen. Ole geht gerade rum und sucht uns einen Laster, der uns mit an Bord nimmt. Ist ganz legal. Man zahlt für das Fahrzeug, nicht für die Passagiere. Dennoch, Max. Ich habe Angst. Ich habe Angst, wieder in die Peripherie deiner Gedanken zu kommen. Ole hat alles vergessen. Ole hat nicht mehr über den Sinn des Lebens und der Liebe nachgedacht. Er hat einfach alles passieren lassen. Jetzt, wo wir unseren Strand verlassen haben, unser Stück weißes Glück im Licht, fängt er wieder an zu denken. Das ist schlecht. Es ist schlecht, dass er Fragen stellt. Ich hatte gehofft, dass er diese Stärke, die er hatte, mitnimmt. Aber ich glaube daran nicht mehr so recht. Die letzten zwei Wochen haben wir uns treiben lassen, jetzt reisen wir wieder.«

Svenja steht auf und geht mit der Kamera zwischen zwei Brummis her. Die Planen der Verdecke sind hoch wie Mauern. Das Bild ist beengt und dunkel. Dann wird es plötzlich weit, Svenja steht am Kai. Sie hält die Kamera auf das Wasser, das schwarz und träge wie Öl in seinem Becken dümpelt. Vor dem Bug des Schiffes schillert es regenbogenfarben.

»Wir sind mit dem TGV nach Paris gefahren. Schwarz, versteht sich. Einfach rein, und als der Schaffner kam, haben wir uns auf

dem Klo eingeschlossen. Das war alles. Ich war erstaunt, dass ich keine Angst mehr vor der Kontrolle hatte. Illegalität härtet ab, offensichtlich. In Paris sind wir umgestiegen. Das heißt, wir sind einen Tag durch die fette, heiße Stadt gelaufen. Nicht der beste Tag. Ole wollte unbedingt zum Eiffelturm, zur Kirche Sacré Cœur, am Louvre vorbei und bei vollem Verkehr einmal quer über die Straße zum Arc de Triomphe. Ich hab alles mitgemacht. Ich habe ihn sich austoben lassen in seinem touristischen Wahn. Paris hat Ole angemacht. Er hat Äpfel und Apfelsinen geklaut, wir haben einen Kaffee getrunken und sind ohne bezahlen aufgestanden und abgehauen, wir sind über die Absperrungen bei der Metro geklettert. Ich hab alles mitgemacht. Und Ole wurde dir immer ähnlicher. Immer mehr zu einem Jungen, der sich zwingt Grenzen zu überschreiten. Und als wir dann abends mit den Füßen in dem Springbrunnenbassin vor dem Eiffelturm plantschten, musste ich ihn nur noch fragen, ob er echt nach Hause will. Da war die Sache klar. Er wollte es nicht. Nicht mehr. Ganz ehrlich, ich habe ihn reingelegt. Aber der Preis war auch hoch. Ich habe die Fremde und das Weiterreisen gegen Oles neues Ego getauscht. Ein Ego, das er von dir hat.«

Das Meer. Wellen mit Schaumkronen. Die Kamera schwenkt, kein Land. Die Farbe ist schwer zu definieren. Es ist nicht mehr grau und noch nicht blau. Das Stampfen des Motors und das Rauschen des Windes gibt Svenjas Worten etwas Geheimnisvolles.

»Heute Nacht, als ich mit Ole geschlafen habe, habe ich an dich gedacht. Ich wollte es nicht und ich habe versucht, es zu verhindern. Aber es ging nicht. Ob es daran liegt, dass wir auf dem Meer sind? Ob es daran liegt, dass Ole mich seit Paris immer an dich erinnert? Damit einhergeht, dass er heftiger zupackt, dass er mich greift, dass er mich nimmt, wie man so sagt. Gestern Abend fanden wir eine offene Kabine. Sie hatte keine Fenster. Wir schlossen die

Tür und warteten, während die Schiffsmotoren warmliefen, ob jemand kommen würde, der die Kabine gebucht hatte. Aber noch während wir warteten, fasste Ole mich an. Er schob mir nicht seine Hand zärtlich unter das T-Shirt, sondern fasste mir auf die Brust. Ich merkte an seinen Küssen, dass es anders war, dass er anderes wollte. Und dann war es nicht mehr Ole, der mich auszog, den ich auszog. Ich versuchte, mich auf ihn zu konzentrieren, aber ich war nur bei mir selbst. Und dann begann der Motor zu schlagen und wir legten ab. Ich hörte auf, mir weiter Gedanken zu machen. Eine halbe Stunde später lag ich, die Jeans noch um die Fußknöchel, nackt auf dem Bett und merkte, wie der Schweiß auf meinem Bauch trocknete. Oles Hand lag auf meinem Oberschenkel. Und da fiel mir auf, dass ich beim Sex an dich gedacht habe.«

Jetzt sieht man ganz schwach einen Streifen Orange in dem Graublau, wie ein Schnitt durch Papier. Noch während man unsicher ist, ob man richtig sieht, nimmt das Meer Farbe an.

»Es ist mir nicht peinlich, das zu erzählen. Ich habe dir gesagt, dass ich in dich verliebt war. Ich war in dich verliebt, bis Miriam starb. Ich glaube, ich möchte mit Ole nicht darüber reden, aber falls du es ihm erzählen solltest, dann wäre es kein Problem. Ich glaube, er ahnt, was in der Nacht passiert ist. Und er weiß sogar ein paar Dinge mehr als du. Da war ich stehen geblieben. Ich wollte dir erzählen, dass Ole der Freund war, nach dem du gesucht hast. Ole war mit Miriam zusammen. Aber sie haben nicht miteinander geschlafen. Auch wenn du das annimmst. Ole war der, von dem du befürchtetest, dass er dir deine Schwester wegnimmt. Und Ole war der, der Miriam versprechen musste, nicht mit dir darüber zu reden. Ich weiß nicht, ob sie dir misstraut hat oder ob sie dich einfach schonen wollte. Ich weiß auch nicht, ob du das alles vergessen hast. Es gab jedenfalls eine Nacht, wo du das alles wusstest. Aber was ich weiß, ist, dass Ole nicht eifersüchtig sein wird, wenn er erfahren sollte, dass ich an dich gedacht hab, während er mit mir Sex hatte. Er hat ja selbst an Miriam gedacht.«

Jetzt ist die Sonne da. Ein glühender Feuerball, halb über dem Meer. Man denkt, dass das Wasser zischt, aber es ist das Licht, das ausatmet.

◆◆◆

Wir schwammen jeden Tag miteinander. Ein Leben begann, das diesen Namen verdiente. Ein Leben jenseits der Einsamkeit des Segelns. Wir teilten die wenigen Meter Planken, und das kann man nicht mit jedem. Wir verzichteten ab dem zweiten Tag darauf, uns anzuziehen, um, wann immer wir es wollten, miteinander schwimmen zu können. Isabel saß nackt auf der Reling und angelte, was erklärte, wieso sie keine Bikinistriche hatte. Schwedens Küste ist lang und leer, und nur ganz selten, vielleicht einmal am Tag, kamen wir so nah an einen Segler, dass er unsere Blöße erkennen konnte. Anfangs kletterten wir dann schnell in die Kajüte, aber irgendwie war es auch egal. Es war egal, gesehen zu werden, wenn man sich nie wieder sah. Ich lag nackt unter dem Segel und starrte in einen schamlos blauen Himmel, gestreichelt von einem leichten Wind, und war glücklich. Ein großes Wort, ich weiß, aber mehr eins konnte man mit seinem Leben nicht sein. Ich weiß noch, dass ich mir das erste Mal in meinem Leben versuchte vorzustellen, wie es wäre, Kinder zu haben. Ich weiß nicht, was solch ein Gedanke bedeutet, vielleicht irgendwie angekommen und angenommen zu sein. Mit Isabel und drei kleinen blonden Schwedenhäppchen würde ich um die Welt segeln, immer gutes Wetter, begleitet von Walen und dem Mond und wenn sie nicht gestorben sind ... Mit diesem halben Gedanken endete meine Traumreise. Etwas Klares, Glattes, Zappelndes lag zwischen meinen Beinen, da, wo man es gern schön warm hat. Ha! Isabel hatte einen Fisch gefangen, ihn vom Haken genommen und lautlos zwischen meine Beine gleiten lassen. Getötet hatte sie ihn nicht. Alter Schwede! Wer hat schon mal einen zappelnden Fisch auf seinem Geschlecht gehabt? Ich sprang auf und der Fisch flutschte weg. Aber er war ja unser Abendessen, und so rutschte ich hinter ihm her und erwischte ihn gerade noch an der Schwanzspitze. Ich drehte mich um, und Isabel sah mich ernst an und sagte auf Schwedisch: »Ich kann ihn nicht töten.« Ich verstand, was sie meinte. Es ist schwer, einen Fisch zu töten. Es ist schwer, Leben zu nehmen. Man muss es missachten. Man muss einem Fisch so hart auf den Kopf schlagen, als hätte man ihn gar nicht in der Hand. Man muss tun, als sei da kein Leben. Man darf nicht denken, man darf nicht die Augen sehen. Ich drehte mich um und schlug den Fisch mit dem Kopf hart auf die Reling. Er zuckte in meiner Hand, zuckte auch noch, als ich mir das Messer holte und ihm den Kopf abschnitt. Kreischend stürzten sich die Möwen achternaus in die See.

Ich wusste, dass Isabel mir zusah. Ich wusste nicht, was sie dachte, ob sie mich grausam fand oder ehrfürchtig staunte. Ich zerlegte den Fisch wie unter einem Brennglas. Schnitt ihn auf, filetierte ihn und steckte ihn dann in eine Plastiktüte, die ich zuschnürte und an eine Leine band. Blutig und mit dem Messer in der Hand stand ich vor Isabel. Sie sagte: »Geh baden.« Und ich ging baden. Als wir abends den Fisch auf Höhe von Holmsund, wo die Sonne schon fast nicht mehr untergeht, auf Stöcke gespießt hatten und über einem Feuer grillten, hatte sie noch immer nicht viel gesagt.

Hinter uns im Land liegt die Stadt Umeå, die einen Bahnhof hat. Wenn Ole und Svenja es tatsächlich bis nach Tornio schaffen, dann müssen sie da durch. Möglich, dass sie gerade jetzt nur wenige Kilometer hinter uns durchrauschen, möglich aber auch, dass sie irgendwo auf Sizilien hocken und ich ihnen Isabel niemals vorstellen werde. Das ist, muss ich leider zugeben, ein befreiender Gedanke. Ich gestehe mir ein, dass ich das Gefühl habe, von Ole und Svenja beurteilt zu werden, gerade was

Frauengeschichten angeht. Nein, es ist kein Gefühl, ich bin mir sicher.

Seit den Ålandinseln waren die Motorboote weniger geworden, waren die Häuser auf den Schären verschwunden, war die Ostsee süßer geworden. Man konnte mit dem Wasser Nudeln kochen, es hatte genau die richtige Menge Salz.
Man muss dazu sagen, dass diese Lagerfeuer in Schweden die am wenigsten romantischen Lagerfeuer sind, die man sich denken kann. Dicke Schwärme von langbeinigen und spitzrüssligen Mücken sorgen für die Hölle auf Erden. Und um der Hölle eins auszuwischen, begegneten wir ihr mit ihren eigenen Mitteln, legten Laub auf und setzten uns mitten in den Qualm. Wir versuchten die Fische aus dem Rauch rauszuhalten, aber das war nicht so einfach. Die Augen tränten und man sah die Flamme vor lauter Qualm nicht mehr.
Ich hatte Isabel von unserer Abmachung erzählt. Sie wusste, dass wir Ole und Svenja treffen würden, und sie wusste, dass es den Vorsatz gab, kein Geld auszugeben. Das hieß: keine Häfen, jedenfalls keine bei Nacht, keine Duschen, keine Abendpizzen in schwedischen Toskana-Restaurants. Pfiffigerweise hatte ich ihr davon schon zu Hause erzählt und der Berufsstand ihres Vaters und die Fürsorge ihrer Mutter waren dafür verantwortlich, dass wir bis Tornio nicht mehr hungern mussten. Einzig das Brot konnte hart werden und wir konnten einen Bootskoller kriegen. Aber noch war der nicht abzusehen, noch war jedes Wort spannend, das Isabel in schwedischem Englisch aussprach. Und ich hätte permanent die Zahnschmelzprobe machen können. Es war auch spannend, zu sehen, wie sie ihren Fisch langsam drehte und irgendwas überlegte.
»Eure Abmachung ist typisch deutsch«, sagte sie nach einer Weile.
Bei »typisch deutsch« zucke ich jedes Mal zusammen. Nicht so

sehr wegen deutsch, als vielmehr wegen typisch. Wenn es etwas gibt, das ich nicht will, dann typisiert zu werden, ein Muster, eine Probe von einer Spezies sein. Deshalb gab es ja die Abmachung. Typisch deutsch war der Bildungsurlaub mit Eltern nach Florenz oder Interrail oder Mallorca.
Isabel lächelte und zog ihren Fisch vom Spieß. Wir hatten das Fleisch mit Salz eingerieben, das war alles, aber es war herrlich lecker, nur noch zu heiß.
»Ja, das meine ich«, sagte sie. Ich blickte sie überrascht an. Unser Sex war alles andere als sauertöpfig, fand ich.
Man sah jetzt doch so etwas wie Dämmerung einsetzen.
»Vorhin, als du mir erklärt hast, wie man tötet, da war das so grundsätzlich.«
Ich legte meinen Fisch beiseite. Ich musste aufpassen. Zum ersten Mal redeten wir nicht im Einklang, redeten wir nicht aus Neugier aufeinander, sondern um selbst etwas mitzuteilen. Das macht doch den Unterschied zwischen Verliebtsein und Liebe aus, oder? Verliebtsein, das ist die Neugier auf das, was der andere dir mitzuteilen hat – wie er ist, wie er sich gibt, welches Leben er dir eröffnet. Liebe, das ist das Verlangen, sich dem anderen selbst darzustellen. Man muss seinen Entwurf preisgeben, das Spiel hört auf. Der Übergang von Verliebtsein zu Liebe ist deshalb meistens von Streit begleitet, manchmal von Enttäuschung. Während ich das schreibe, verstehe ich, glaube ich, besser, was Isabel gemeint hat. Sie meint genau solche Theorien, sie meint genau das ewige Hinterfragen und das grundsätzliche Rückführen von allem auf jedes. Sie meint Hegel.
»Na ja«, versuchte ich mich zu wehren. Aber ich hätte es besser wissen müssen, gegen Hegel kann man sich nicht wehren, gegen »typisch deutsch« auch nicht. »Tornio ist ziemlich finnisch und ohne Kohle durchzukommen, ist auch nicht megadeutsch.«
»Nein, aber warum ihr nach Tornio fahrt, das ist deutsch, und warum ihr ohne Geld lebt, das auch. Es ist zu verkopft.«

»Aha, und wohin reisen Schweden?«, fragte ich. »Die besetzen die Schären, kacheln mit 30 PS durch die Ålandinseln und besaufen sich jeden Abend.«

Ich wusste, dass sie Recht hatte, und war genervt davon. Vorsicht Liebe!

»Schweden reden nicht so viel über ihre Gründe, sie reden über den Moment. Wenn wir miteinander schlafen«, schwimmen, meinte sie, »dann freue ich mich über deinen Po und Bauch und den Rest, und du freust dich, dass ich mich freue, du freust dich über den Plan der Freude.«

Ich nahm meinen Fisch wieder auf. Auch kalt schmeckte er vorzüglich. Die Mücken waren weg und wir konnten uns in die Augen sehen. Die Flamme brannte jetzt klar in die noch immer fast helle Nacht. Plötzlich begann Isabel von ihrem Freund zu erzählen. Genauer gesagt war es ihr ehemaliger Freund, aber während sie von ihm sprach, klang es wie ihr Freund. Er hatte alles richtig gemacht. Als sie sich nicht mehr gut fanden, hatte er das gesagt und war gegangen. Es hatte sie stolz gemacht, dass sie keine Theorie über das Wie und das Was und das Wesen der Liebe entwickelt hatten, sagte sie. Es war einfach ehrlich, und Ehrlichkeit braucht keinen Plan. Den Rest spare ich mir hier jetzt. Noch unerfreulicher, als über Eltern zu schreiben, ist es, über den Freund der Frau zu schreiben, die man liebt. Vielleicht ist das der Grund, warum ich überhaupt wieder schreibe. Ich hatte mit diesem Buch ja im Regen in Dänemark begonnen und dann kam Schweden und die Einsamkeit, und ich konnte mich schreibend einholen. Die Tage mit Isabel verliefen unprotokolliert, weil es keine höhere Warte gab, weil es kein Warten gab. Erst als sie anfing über uns zu reden, schrieb ich. Schreibe ich jetzt. Isabel liegt neben mir in der Koje, sie atmet tief und ruhig und gleichmäßig, aber ich weiß nicht, ob sie schläft. Sie riecht nach Rauch und Fisch, obwohl wir nach dem Feuer noch schwimmen waren, diesmal aber jeder für sich. Auf unserer Haut wird die Salzschicht mit jedem Baden immer dicker. Den Abend als verunglückt zu beschreiben, wäre falsch. Etwas passiert und etwas wird in Frage gestellt.

◆◆◆

Ein gleißender Himmel, weißer Strand. Das Meer, hellblau wie eine Postkarte. Strandhafer zwischen den Dünen. Auch das Gras ist hell. Das Licht macht die Konturen hart. Die Schatten sind scharf, die Halme des Hafers deutlich geschnitten. Die Kamera schwenkt und fängt vier riesige Statuen ein, weiße Kolosse, sitzend, ein steingewordener Blick aufs Meer.
Svenjas Stimme: »Ole sagt, das sind Kreidesitzer. Also Leute, die ihr ganzes Leben in der Schule hocken. Ich sollte sie dir zeigen.«
Die Kamera fährt auf ein Gesicht der Figuren.
»Das ist Ole.«
Die Steinaugen der Figur blicken in die Ferne, sie sind leer, aber scharf, sie sind erwartend, das Gesicht ist offen, es spricht einen nicht an, es wartet darauf, dass man ihm etwas sagt.
»Das bin ich«, sagt Svenja.
Sie zeigt das Gesicht der nächsten Figur. Obwohl es dem ersten gleicht, ist es doch verschieden, wie zwei Handarbeiten unterschiedlich ausfallen. Wind, Sonne und Regen haben es zusätzlich modelliert. Es ist schärfer und grader als das erste Gesicht. Es ist auch ausdrucksstärker. Es hat einen Zug um die Mundwinkel, den man als Unverständnis beschreiben würde. Es wirkt ein wenig trotzig, aber nicht böse, sondern eher fragend, vielleicht weiterfragend.
»Ich mit kurzen Haaren, klar. Und das bist also du.«
Das dritte Gesicht ist nicht gleich zu erkennen. Die Sonne steht schräg hinter ihm, die Kamera braucht eine Weile um es deutlich zu fassen. Dann sieht man Augen, die direkt in die Linse zu schauen scheinen. Was bei Svenjas Gesicht Trotz gewesen sein könnte, ist hier offener Protest. Aber als die Kamera immer länger auf dem

Gesicht verweilt, sieht man, dass der Protest durch Unernsthaftigkeit gebrochen ist. Ein Grinsen umspielt die Mundwinkel. Dann dreht die Kamera in die Sonne. Sie hält voll in das Licht. Man muss die Augen schließen. Wenn man sie wieder öffnet, ist das Bild schwarz. Dann senkt sich die Kamera mit einem Ruck wieder auf die Figuren. Es folgt die vierte Figur. Ihr Gesicht schwimmt in der Umstellung der Kamera von der Sonne zum Licht, das von den Dingen der Welt abgestrahlt wird. Auch die Distanz kann die Kamera nicht gleich abmessen. Sie zoomt an das Gesicht heran, aber die Nähe ist zu groß, die Konturen werden unscharf. Wie ferngesteuert entfernt sie sich wieder. Die Konturen verschwimmen. Erst beim dritten Anlauf scheint sich das Objektiv an seine Sicht zu gewöhnen und fängt an, seine Pixel zu ordnen. Jetzt sieht man, man meint zu sehen, dass das Gesicht vor allen Dingen eines ist, dass …
Aber in dem Moment erlischt das Bild.

Als hätte ich es heraufbeschworen, begann der nächste Tag mit Regen. Isabel kroch mit Strohhaar, durch das der Wind gefegt zu sein schien, aus der Koje. Sie lauschte dem leisen Klopfen des Regens auf Deck, drehte sich zu mir um, strich mir über die Wange und zog sich aus. Dann nahm sie die Shampooflasche aus der Luke, goss sich etwas davon in die Hand und ging an Deck. Ich sah ihre Fußknöchel vor meiner Klüse. Dann sah ich weißen Seifenschaum am Bein entlangrinnen und stand auf. Isabel stand mit einshampoonierten Haaren im Regen wie unter einer Dusche, und das Wasser lief an ihrem Körper entlang. Der Regen war warm, aber auf den schlafwarmen Körpern nicht angenehm. Ich ging zu ihr, massierte ihr die Haare und holte mir zwei Hände voll Schaum von ihrem Kopf. Damit wusch ich mich. Danach rasierte ich mich, was ich inzwischen auch ohne Spiegel konnte. Sauber und frisiert und zum ersten Mal nach langer Zeit eingecremt und angezogen, frühstückten wir in

der Kajüte, jeder auf seinem Bett, den Kopf eingezogen, die Waden x-beinig um den Klapptisch geschwungen. Etwas Ungesagtes stand zwischen uns. Etwas war hängen geblieben, das Duschen hatte es nicht abspülen können. Vielleicht die Ahnung, dass diese Reise nur ein Ausschnitt war und keine Dauer haben würde. Und vielleicht machte das die Zeit so besonders. Denn besonders blieb sie, war sie, vielleicht verstört, aber dadurch nur umso spannender. Isabel fragte mich jetzt öfter nach Ole und Svenja. Wir segelten mit Kapuze und Ölzeug durch dichte, graue Vorhänge aus Wasser. Ich erzählte von Oles Vater und dass Svenja eigentlich die beste Freundin meiner Schwester war. Und das hätte ich nicht tun sollen. Natürlich wollte Isabel wissen, wie alt meine Schwester ist und wie sie heißt, und ich hatte nicht die Kraft, ihr eine Geschichte zu erzählen. Also berichtete ich ihr von Miriams Selbstmord. Jetzt war ich dran, von mir zu erzählen. Links lag Schweden, lang und grün und felszerklüftet, und ich spähte, ob nicht irgendwo ein Elch aus dem Unterholz treten wollte, und erzählte dabei von Miriam. Erzählte, dass wir die ersten Jahre alles gemeinsam gemacht hatten: Kindergarten, Handball, Fernsehen. Dass ich vielleicht ein bisschen enttäuscht war, als sie an unserem zwölften Geburtstag ihr Geschenk annahm und in ein eigenes Zimmer zog. Und dass ich nicht verstehen konnte, wieso sie in der Oberstufe nicht die gleichen Kurse belegen wollte wie ich. Es war sogar so, dass ich vorsorglich meine Kurse gar nicht nach meinem Geschmack aussuchte, sondern mich für die entschied, von denen ich wusste, dass Miriam sie wählen würde. Tat sie dann aber nicht – nur weil ich sie genommen hatte. Zwei Leute nehmen nicht die Kurse, die sie eigentlich belegen wollen, so schwachsinnig kann es mit Geschwistern sein.
Isabel zeigt ans Ufer, kein Elch, aber ein Rentier. Ich rede weiter, ein Rentier hatte ich schon dichter. Etwas löst sich durch Isabels Zuhören. Mir fallen Dinge ein, die ich gar nicht mehr wusste, z.B.

dass Miriam sich die Haare geschnitten hatte. Sie hatte dichte Locken und immer lange Haare. So habe ich sie in Erinnerung. Aber zu Beginn dieses letzten Sommers hat sie sich die Haare ganz kurz geschnitten, und die Locken, die zuvor weich fielen, legten sich jetzt wie Krallen eng um den ganzen Kopf. Und mir fiel ein, dass sie manchmal abends nicht nach Hause kam und immer sagte, sie würde noch bei Svenja bleiben, dass ich aber Svenja einmal zusammen mit Gesa in der Eisdiele getroffen hatte, ohne Miriam. Und dass ich die beiden Mädchen gefragt hatte, wo meine Schwester sei. Und die nur so doof gelacht haben, wie doofe Mädchen lachen, wenn es um Jungs geht. Mir fiel ein, dass ich sicher gewesen war, dass Miriam einen Freund hatte, und dass ich tierisch eifersüchtig war. Ich bin ihr nach der Schule nachgefahren, ich hab die anderen aus der Klasse ausgefragt, ich habe sie sogar auf dem Gepäckträger nach Hause gefahren. Komisch, wie man so etwas vergessen kann.

»Und warum bist du nicht mit Svenja zusammen?«, fragt Isabel mich. Sie hat Nerven.

»Na ja, weil es doch ihre beste Freundin war. Das wäre so, als wäre ich mit Miriam zusammen.«

Isabel blickt mich scharf an. Ich kann damit nichts anfangen.

»Und Ole?«

»Ole ist der Meinung, dass man Freiheit und Liebe irgendwie zusammenbringen muss. Er will mit ihr schlafen und dann Schluss machen.«

Isabel lacht auf. Als sie sieht, dass ich es ernst meine, schüttelt sie den Kopf.

»Wieso, was?«, sage ich, »das ist doch genau das, was du willst. Nicht lang fackeln, lieben, trennen, ehrlich.« Ich wusste, dass sie mich in der Falle hatte. Sie brauchte nicht zu sagen, dass es das Gegenteil war.

Den Tag über segelten wir schweigend. Wir wechselten uns am Ruder ab und ich gestand mir ein, wie gut und wie viel besser

Isabel all das konnte, was ich mir einbildete gut zu können. Sie fing Fische, sie hielt den Kurs, sie konnte das Wetter lesen, sie wurde beim Stehen nicht müde oder gab es nicht zu, sie war zäh und hart und hatte es nicht nötig, darüber zu reden.
Wir folgten dem Kurs, den die Küste der Ostsee vorgab, und segelten vor einem seitlichen Wind, der mein Boot auf die Seite legte. Die Sandstranddichte war schon seit Dänemark dünner geworden, hier mündet das Meer direkt an die eurasische Erdplatte. Und wie ein Kontinent stehen die letzten 24 Stunden zwischen mir und Isabel. Und während ich die Segel nachzog, zog auch die Verstörung nach. Hatte ich mich richtig erinnert? Was war das für ein Argwohn, mit dem ich Miriam begegnet war? Hatte sie einen Freund? War ich eifersüchtig?
In dem aufbrisenden Wind hört man eine Melodie. Isabel singt. Selbstversunken, nur für sich. Kein englisches Lied, ob ein schwedisches, kann ich im Zischen des Bugs nicht raushören. Aber es hat einen Refrain, der mich an ein Lied erinnert, an U2. Oder ist es meine Erinnerung, die Isabels Lied so klingen lässt?
Ich schließe die Augen, halte mich an der Reling fest. Es gab eine Party. Ich sah, wie ich mich übergeben musste. Ich hätte schwören können, es war die Party, auf der Svenja und Ole zusammenkamen.
»Max!«, rief eine Stimme. Ich schrak auf. Die Welle krachte über den Bug, riss mir die Beine weg. »Bist du wahnsinnig?!«
Ich drehe mich zu Isabel. Ich weiß nicht, bin ich wahnsinnig?
Ich hob einen Papierkorb hoch und die Kotze lief durch das Weidengeflecht und ich sah auf und ich sah – Ole und ein Mädchen, das er küsste.
Habe ich etwas verwechselt? Etwas verdrängt? Ich hatte zu viel Hegel und Freud und Jung und so 'nen Scheiß gelesen. Theoretisch wusste ich genau, was das Unterbewusstsein anrichten kann. Aber bei mir?
Oles Stirn, die Augen geschlossen, die Hände in ihren Haaren

und ihr Bein zwischen seinem Schritt. Ich kannte die Haare, die sonst immer so lang gewesen waren und jetzt kurz, noch immer neu. Ich sah Miriam.
Die nächste Welle. Sie spülte über das ganze Boot.
Ole blickte auf, Miriam blickte auf. Aus den Boxen kam U2 und ich schmiss meinen Mülleimer ins Rosenbeet. Miriam war an diesem Abend schon ein Jahr tot.
»Hol die Segel runter!« Isabel ist der Kapitän, sie zieht das Ruder rum und der Baum kommt rüber. Ich ducke mich, schüttele den Kopf, klettere wieder nach vorn und gebe das Segel frei. Der Wind fasst hinein, hebt das Boot, treibt es über die nächste Welle. Für einen Moment scheinen wir zu fliegen. Dann knallen wir in das Tal dahinter. Ich klettere zu Isabel.
»Das ist nicht richtig!«, ruft sie. Sie meint nicht meine Erinnerung.
Als ich ihr das Ruder aus der Hand nehmen will, hält sie es fest. Ich stelle mich neben sie, wir wissen beide, wie viel wir riskieren. Wir riskieren alles. Der Unterschied ist, dass es mir egal ist und ich dennoch Angst habe. Aber ich glaub, ich habe Angst vor dem, woran ich mich eben erinnert habe. Isabel aber ist es nicht egal. Sie will am Leben bleiben, und deshalb hat sie keine Angst, sondern ist entschlossen. Ich sehe es an ihrem Gesicht, ihre Finger halten das Ruder eisern, man sieht die Knöchel unter der Haut weiß werden. Wie anders es ist, so neben ihr zu stehen. Anders als in jener Nacht, in der ich allein über die Faxebucht schipperte. Wie viel Zutrauen sie ausstrahlt. Und ich klammere mich daran.
War Ole Miriams Freund gewesen? Wieso hat er mit mir nie darüber gesprochen?
Ich glaub, ich würde an diesem Tag das Boot zerlegen, wenn Isabel nicht da wär. Ich halte mich an ihrem Willen fest. Wir jagen über die Wellen, wir surfen die Küste entlang. An diesem Tag fahren wir weit in den Norden und ich reise in meinem Kopf

in einen Teil des Gedächtnisses, das selbst hinter dichten Regenschwaden verborgen liegt.
Natürlich muss es auch damals im Sommer eine Party gegeben haben. Ich starre auf meine gelbe Ölhose und plötzlich fällt mir ein, dass ich einmal eine weiße Jeans gehabt hatte. Ich hatte sie an, auf dieser Party, und ich hatte sie an am Strand, als Miriam sich das Leben nahm. Das wusste ich. Konnte es sein, dass wir von der Party zum Strand gegangen waren? Wo war Ole gewesen? War Ole auch am Strand?
Isabel bleibt auch die sechste Stunde im Sturm noch achtsam, korrigiert mit minimalem Rucken das Ruder. Wir überqueren den 64. Breitengrad, fahren 11 Seemeilen, wenn ich unsere Position richtig bestimme. Doch plötzlich, als das Wagnis schon fast zur Routine geworden ist, knallt uns eine Welle voll seitwärts gegen die Reling. Das Boot geht bedenklich auf die Seite.
»Was ist?«, rufe ich. Solche Unachtsamkeit ist ihr zuvor nicht passiert. Isabel ruckt am Ruder, es lässt sich nicht bewegen. Ich springe ihr zu Hilfe. Die nächste Welle.
»Die Segel«, brüllt sie. Sie hat Recht. Die nächste Sturmböe wird uns umwerfen. Ich springe nach vorn. Das Boot dreht sich quer zum Wind, der Mast kommt rüber.
»Achtung!«, brüllt sie. Ich ducke mich. Ich reiße das Segel runter und knülle es unter ein paar Schnüre. Dann haste ich zurück zu Isabel. Das Ruder lässt sich immer noch nicht bewegen.
»Was ist das?«, fragt sie.
Ich beuge mich über das Heck, hänge mich hinaus, als wäre ich der Außenborder, den wir jetzt nicht mehr haben. Dann sehe ich es. Ein grellblaues Fischernetz treibt hinter unserem Boot und verfolgt es. Es muss sich im Ruder verhakt haben.
Ich rufe es Isabel ins Ohr.
»Was jetzt?«
Ich bin schon auf dem Weg unter Deck und reiße das Paddel aus seiner Verankerung. Ich werfe mich über die Reling und versu-

che mit dem Paddel das Boot aus dem Wind zu lenken. Ich schaffe es nicht. Isabel liegt plötzlich neben mir, hält meinen Arm, dann greift auch sie ins Ruder. Ganz langsam ziehen wir den Bug rum. Die Welle kommt jetzt von vorn und schlägt uns die Luft aus den Lungen.
»Rüber!«, rufe ich und wir wechseln die Seiten. Vier Schläge mit dem Paddel, dann wieder auf die andere Seite, als das Boot überholt.
»Halt das«, brülle ich und springe wieder unter Deck. Im Boot hört sich der Sturm schlimmer an als auf Deck. Die Bretter knarren und der Wind pfeift. Mit dem zweiten Ruder bin ich wieder oben. Und dann steuern wir das Boot in stabiler Seitenlage Meter um Meter weg vom offenen Meer.
Fast unbemerkt taucht das Ufer aus dem Regen auf. Wir laufen auf einen überhängenden Baum zu, setzen das Boot mit dem Bug direkt in sein freigespültes Wurzelwerk. Isabel ist mit einer Leine zur Hand. Dann liegt das Boot fest.
Wir leben. Ich lebe. Aber ich bin mir nicht sicher, ob ich mich darüber freuen soll.

»Wir sind nicht allein gewesen, die letzten drei Tage. Deshalb habe ich nicht gefilmt. Es ist nicht leicht zu sagen, wieso. Eigentlich ist so eine Kamera ja nur eine Apparatur zur Speicherung von Erinnerung. Aber genau das ist es wohl. Für mich ist das Filmen intim geworden. Dies ist mein Tagebuch. Und ein Tagebuch schreibt man nicht, wenn ein Fremder zuschaut.«
Durch das Zugfenster, aus dem Svenja filmt, sieht man eine steinige Hochgebirgslandschaft. Schneepfützen liegen zwischen den Steinen. An den Südseiten wächst Moos, an den Nordseiten gar nichts. Im Hintergrund ragt ein Berg über die Ebene.
»Hardangervidda, unser Rückzugsgebiet.«
Svenja filmt Ole. Ole hat zwei Pullover übereinander an. Beide in norwegischem Strickmuster.

»Tja, sehr schick, nicht wahr?«
Ole grinst.
»Gab's geschenkt«, sagt Ole.
»Als wir abends in Esbjerg am Güterbahnhof die Züge checkten, fanden wir einen Waggon mit dem Aufdruck ›Trondhjem‹. Den konnten wir öffnen. Und siehe da, er war randvoll mit Norwegerpullovern. Man sollte glauben, Norwegerpullover werden in Norwegen hergestellt mit echter Wolle norwegischer Elche, aber so ist es nicht. Sie kommen aus Thailand oder Polen oder Aserbaidschan und werden nach Norwegen verkauft. Na, Hauptsache, die Menschen sind glücklich in einem Leben der Illusionen.«
»Schön warm sind sie jedenfalls«, sagt Ole.
»Ja, warm. Aber auch geklaut. Und genau das war das Problem. Der Waggon ließ sich überraschend leicht öffnen. Denn er war schon geöffnet. Darin saß ein Mann, vielleicht nicht wirklich ein Mann, kaum älter als wir vielleicht, aber mit einem langen Bart und langen Haaren und Hosen, die seit einem Jahr nicht gewaschen worden waren. Steve. Steve aus Galway in Irland. Er tourt seit letztem Sommer durch Europa und ist sogar mit dem Zug über den Bosporus bis in den Iran gefahren. Alles bargeldlos. Steve war erst mal okay. Ich glaube, Ole und ich hatten Angst, als wir ihn da sitzen sahen. Aber als er uns ansprach, war seine Stimme ganz hell, und dann teilten wir unser Essen und sein Bier und wir bauten uns ein Lager aus Pullovern. Steve erzählte viel, erzählte von Zügen in der Türkei und dass er in Georgien beim Zugtrampen erwischt worden war und zwei Wochen in einem georgischen Knast saß. Aber obwohl das alles noch eine Nummer gefährlicher und wilder und bärtiger war, hat es uns nicht wirklich beeindruckt. Wenn man Mut hat und ein paar Tricks, dann weiß man, dass man in jedem Zug fahren kann, überallhin. Und an Tricks und Technik waren wir ihm scheinbar ebenbürtig. Wir jedenfalls würden nie in offenen Viehtransportern fahren und riskieren, dass wir taub werden. Als Steve sich hinlegte, fiel mir auf, wie sehr Ole

drauf bedacht war, dass er zwischen uns lag und dass er Steve von mir abschirmte. Dafür war ich ihm schon in dieser Nacht dankbar. Ich ließ eine Kerze brennen, die letzte, die wir hatten. Ole hatte sie in einer Kirche in Venedig geklaut.«

Svenja steht auf. Man sieht jetzt, dass sie in einem leeren Abteilwagen ist.

»Ach so, dies ist übrigens ein Waggon, dessen Türen abgeschlossen sind. In den Bahnhöfen müssen wir uns auf den Boden legen, aber sonst ist die Fahrt sehr komfortabel.«

Sie filmt aus den Fenstern zur anderen Seite. Der Berg ist näher gekommen. Ein Wasserfall stürzt sich aus seiner offenen Flanke. Eine Korona aus Nebel umgibt ihn, neben dem Wasser ist der Berg grün.

»Unser Norweger-Waggon brachte uns direkt nach Hirtshals. Wieder eine Fährfahrt, diesmal blieben wir im Waggon. Wir hatten keine Kerze mehr. Und als wäre diese Kerze tatsächlich ein Schutz, ist uns die Dunkelheit, die totale Finsternis, fast zum Verhängnis geworden. Wieder legte sich Ole zwischen Steve und mich. Langsam gingen uns Steves Geschichten auf die Nerven. Es ist gut, wenn einer mal nicht angibt. Ich erinnere mich, dass ich von Spannungen zwischen uns gesprochen habe, als wir uns überlegten, nach Hause zu fahren. Aber man vergisst, wenn man immer nur sich hat, wie gut der andere ausgesucht ist. Steve hat uns da voll dran erinnert. Und in dieser Nacht hat er versucht seiner sexuellen Notdurft nachzugeben. Vielleicht haben wir damit gerechnet. Aber nicht ich hatte mitten in der Nacht seine Hand auf dem Geschlecht, sondern Ole. Ich wurde wach, weil Ole laut fluchte. Steve hatte ihm seine Hand in die Hose gesteckt. Ich hörte ihn ›Come on‹ flüstern und Ole ›Fuck off‹ sagen. Dann hörte ich einen Schlag und ein Stöhnen. Wir waren ja noch immer in der Fähre. So konnte ich die Tür leicht öffnen um wenigstens ein wenig grünes Notbeleuchtungslicht einzulassen. Steve kniete vor Ole und hielt sich das Kinn. Und dann hatte er plötzlich ein Messer in der Hand.

›Your Money‹, sagte er. Ich sah mich nach einer Waffe um. Aber mit Pullovern kann man keinen messerstechenden Iren niederschlagen.
›Fuck off‹, wiederholte Ole. Aber diesmal grinste Steve nur blöd und griff nach unserem Rucksack, setzte das Messer an und war im Begriff, ihn aufzuschneiden. Ich rief ›okay‹ und zog meinen Bauchgurt unter dem T-Shirt hervor und warf ihn Steve hin. Er nahm ihn, griff sich seine Tasche und sprang aus dem Waggon. Und dann war er weg. Wir hätten ihm vielleicht nachlaufen können, aber Ole und ich sahen uns an und waren froh, dass wir noch lebten.«
»Die dumme Sau hätte mich fast vergewaltigt«, hört man Ole von hinten rufen. »Max, Männer sind echte Arschlöcher!«
Landschaft, Landschaft, Landschaft. Der Zug ruckt und bremst. Svenja geht in die Knie. Man sieht, dass auch Ole sich auf den Bauch legt.
»Nach einer Weile schien es uns zu unsicher, in diesem Waggon zu bleiben. Und so sind wir aus unserem Versteck gekrochen und haben diesen Waggon gefunden. Wir hatten Zeit, einzubrechen. Steve war wohl an Deck gegangen. Den Waggon kann man jedenfalls glänzend verteidigen. In meinem Bauchgurt war unser gesamtes Restgeld: 12 Euro.«

»Trondhjem« steht auf einem Ortsschild mit roter Schrift, dahinter ein Plakat, das das Kaipanorama zeigt. Svenja und Ole sind auf einer Berghöhe über der Stadt. Unter ihnen liegt der Fjord, um den sich wie ein Pilzbesatz die Stadt ausgebreitet hat. Ole hockt vor einem kleinen Feuer. Neben ihm stehen zwei Konservendosen. Eine dritte probiert er mit einem Taschenmesser aufzuschneiden. Der Himmel ist wolkenverhangen, die Stimmung düster.
»In Trondheim kann man nicht klauen. Außerdem will man es nicht. Die Norweger sind breitschädlig und freundlich. So haben wir uns einfach vor einen Supermarkt gesetzt und auf den

Schmerz in unserem Bauch gehört. Irgendwie wussten wir nicht, was wir machen sollten. Die Kirchen und die alten Häuser, die können wir uns ja auch noch anschauen, wenn wir 40 sind. Das Wetter ist mies, siehst du ja. Es ist kalt und die Welt hat sich mit ihrem ganzen Gewicht über uns zusammengezogen. Die Luft ist raus, vielleicht auch, weil die Anspannung, doch noch Steve zu begegnen, länger angehalten hat, als wir uns eingestehen wollten. Als sie dann nachließ, waren wir beide wie ausgepumpt.«
Ole flucht. Er hält den rechten Zeigefinger in die Höhe, aus dem Blut läuft. Man hört das Sch...-Wort, nicht laut, aber auch nicht zu sich selbst gesprochen. Eher als würde es eine umfassende Beschreibung der Lage geben.
»Jetzt bin ich es, die darauf drängt, nach Tornio zu kommen. Ob du schon da bist oder nicht, ist fast egal. Ich habe sehr das Gefühl, dass wir uns sehen müssen. Etwas geht zu Ende, aber ich weiß nicht, was dafür anfängt. Und vielleicht brauchen wir dich um das zu verstehen. Irgendwie bist du die letzten Tage mitgereist. Und deshalb will ich auch schnell noch erzählen, was noch zu sagen ist, damit die Reise nicht abschließt, ohne dass ich fertig geworden bin.«
»Na also«, ruft Ole und stellt die Dose auf das Feuer. Das Etikett fängt sofort an zu brennen, grüne Farbflammen lecken an der Dose entlang, aber schon sind die Gespenster wieder verschwunden. Ole nimmt sich die nächste. Er setzt das Taschenmesser mit der Spitze auf den Deckel und schlägt es mit der freien Hand hinein. Während er Eisen schneidet, spricht Svenja.
»Als Ole vorletzte Nacht von Steve angegrabbelt wurde, da musste ich an den Abend vor Miriams Tod denken. Erinnerst du dich? Die Party. Du hast dich übergeben. Und Ole hat neben dir gestanden und zugeschaut. Erinnerst du dich, dass ihr euch gestritten habt? Ich weiß nicht, wie es angefangen hat. Aber plötzlich hast du ihn geschlagen. Einfach so. Ich hab Ole später gefragt, wie es dazu gekommen ist, aber er hat nicht geantwortet. Ich habe ihn gefragt,

ob du rausgefunden hattest, dass er mit Miriam zusammen war. Und er hat gesagt, dass er sein Wort Miriam gegenüber niemals brechen würde. Er hat es dir also nicht gesagt. Aber er hat erzählt, dass er mit Miriam auf der Terrasse war, dass er sie geküsst hat und dass sie ihre Arme um seinen Hals geschlungen hatte. Es ist nicht leicht, das von dem Jungen zu hören, in den man selbst verliebt ist. Aber ich war ja nicht wichtig und im Grunde spiele ich auch jetzt keine Rolle.«

Ole hat die zweite Suppendose auf.

»Ich erinnere mich nur, dass du Ole mit der Faust ins Gesicht geschlagen hast. Und dass er zurückgeschlagen hat und dass ihr beide euch richtig geschlagen habt, schwer und hart und heftig. Mit Tritten und mit Fäusten, die auf den Rücken trommeln. Mitten auf der Tanzfläche. Alle hörten auf und sahen euch zu, aber die Musik ging weiter. Michael johlte, aber Klaas schubste ihn weg. Und als Miriam euch trennen wollte, hielt er sie fest. Dann sahen wir alle schweigend zu, wie ihr euch geprügelt habt.

Ich glaube, du bist stärker als Ole. Ich weiß es nicht, vielleicht hast du es nur geschafft, den Eindruck zu erwecken, dass du stärker bist als Ole. Aber in dieser Nacht warst du zu besoffen oder bekifft oder was weiß ich. Ole hat dir ein Knie in den Bauch gerammt und du bist zusammengebrochen. Und als du wieder aufgestanden bist, hast du nach dem Mülleimer gelangt und hineingekotzt. Und Klaas hat dich geschnappt und durch die Tür geschoben und vor dem Rosenbeet abgesetzt. Und du hast gekotzt und Ole stand daneben und hat sich das Blut weggewischt. Und Miriam stand neben mir. Sie war total ratlos. Ich glaub, sie wollte dich trösten, aber sie wollte auch Ole trösten. Ich glaub, sie hat sich schuldig gefühlt. Später, am Strand, hat sie geweint. Sie hat geweint, wie man sonst lacht, hysterisch, und konnte gar nicht wieder aufhören. Und Ole ist gegangen. Er hat dich einfach vor der Kotze stehen lassen. Das war vielleicht sein Fehler. Das war vielleicht sein Teil der Schuld. Er sagt, er hat Miriam angesehen und gewartet, ob sie etwas zu ihm sagt, aber sie hat nichts gesagt. Und da ist er gegangen. Er hätte zu ihr gehen müssen, er hätte sie trösten müssen, er hätte vielleicht dich und sie zusammenbringen müssen. Aber Ole ist gegangen. Und ich bin geblieben. Und ich, Scheiße, ich bin zu dir gegangen und habe gesagt, dass ich mit Miriam an den Strand fahre und ob du mitkommen willst. Und das ist mein Teil der Schuld. Ich war verliebt in dich, ich habe eine Situation gesehen, die mich dir nahe brachte. Ich habe Miriam benutzt um an dich ranzukommen. Auch das war schwach. Aber du, du warst zu barsch, du warst so ein verdammtes Arschloch, dass man nicht mir dir reden konnte. Du warst so fies. Und ich wollte dich nicht aufgeben.«

»Mittag!«, ruft Ole.

»Ja, Mittag. Die Dosen hat uns der Supermarktbesitzer geschenkt. Hühnersuppe. Ich weiß gar nicht, ob wir Löffel haben.«

»Was uns nicht so klar war, Trondheim ist eine Kreuzung. Da kann man so viel Hühnersuppe essen, wie man will, man muss die Entscheidung zwischen schwierig und schwierig treffen. Wir sind den falschen Weg gefahren, weil ich den Weg zurück nach Hause nicht nehmen wollte. Auf meine Kappe. An der Küste Norwegens führt die Bahn hoch bis Fauske, dann aber muss man mit einem Bus durch die Finnmark fahren, erst ab Narvik geht die Reise per Bahn weiter nach Luleå an die Ostsee. Oder man muss jetzt quer rüber nach Schweden. Aber das ist eine Bummelstrecke, und alle Züge fahren immer bis Stockholm. Weder Ole noch ich wollen zurück nach Süden, und eine große Stadt können wir uns jetzt auch nicht vorstellen. Also entscheiden wir uns für den graden, kürzesten Weg. Aber es ist mehr als unsicher, ob der kürzeste Weg immer am schnellsten zum Ziel führt.«

Die Kamera streift, während Svenja dies sagt, über einen verlassenen Güterbahnhof. Nur wenige Züge stehen hier. Es sieht nicht so aus, als ob es hier irgendwie weitergeht.

Abends, voll mit Nudeln und heißem Tee, schlafen wir miteinander. Ich sehe die ganze Zeit das Sternbild auf Isabels Nase. Wir brauchen beide maximale Wärme und einen Körper, der einem zeigt, dass die Gefahr vorbei ist. Während wir bei Teelichtern Schokolade essen, um das Glück noch ein bisschen süßer zu machen, erzählt Isabel von der Nacht, in der die Estonia gesunken ist. Von Hubschraubern, die über ihr Dorf bretterten, und einem wilden Sturm, der den Fensterladen vor ihrem Zimmer abgerissen hatte. Isabel besteht darauf, dass sie die Hubschrauber schon drei Stunden vor dem Zeitpunkt, auf den das Unglück später datiert wurde, gehört hatte. Ich kenne natürlich all die Theorien, dass die Estonia vom russischen Geheimdienst gesprengt wurde, weil sie militärisches Gerät nach Estland schmuggelte. Aber als ich danach in meiner Koje liege und mir einbilde, dass der Regen schwächer wird, beunruhigt mich nicht, dass Geheimdienste morden. Mich beunruhigt, dass Isabels Erinnerung den Zeitpunkt des Unglücks vordatiert, so, als würde man ahnen, dass etwas passiert. So war es auch mit Miriams Todesnacht. Es gab Ereignisse, die dem Unglück vorausgingen, aber ich war mir nicht sicher, was sie bedeuteten.
Am nächsten Morgen liegt die Ostseeküste in einem nebligen Licht. Isabel weckt mich mit einem riesigen Müsli, das sie mit selbstgepflückten Blaubeeren veredelt hat. Ich bedanke mich, gehe zum Wasserabschlagen nach draußen und sehe die Sonne langsam durch den Nebel schmelzen.
Ich esse und sie sieht mir zu.
»Warum hast du mich geküsst«, frage ich sie, »damals, in Nyköping?«
Sie sieht mich ernst an. »Ich habe dich nicht geküsst, du hast mich geküsst.«
Nee, nee, so ging das Spiel nicht. Es reicht mir schon, dass ich in meiner Erinnerung eine Rolle erhalte, die ich nicht kenne und nicht haben will.

»Und du musstest mich ja küssen«, sagt Isabel, »ich habe ja von dir geträumt in der Mittsommernacht. Du warst mein Blumenkranz.«
Blumenkranz. Ich muss kurz an Ole denken, den dicken schwulen Schweden. Auch dessen Blumenkranz bin ich gewesen.
»Willst du sagen, dass ich dir vorherbestimmt bin?«, fragte ich.
»Ich will sagen, dass man aus seiner Vorsehung machen kann, was man will. Und ich finde, wir machen es ganz gut«, sagt sie.
Ich weiß, wenn ich jetzt weiterrede, wird sie mir wieder sagen, ich sei typisch deutsch. Deshalb suche ich mir das Fahrtenmesser, gehe hinaus, stecke es mir zwischen die Zähne und springe ins Wasser, tauche und beginne, das Ruder freizuschneiden. Stück für Stück säbele ich das Fischernetz aus dem Ruder, tauche auf, hole Luft und tauche wieder. Als ich das letzte Seilstück gelöst habe, blute ich aus drei Schnitten in der Hand, aber ich fühle mich als Pirat und Herr der Sieben Meere. Isabel spricht mich nicht drauf an. Und das ist ein Glück. In wortlosem Einvernehmen, dass jeder mit seinen Gedanken allein gelassen werden will, segeln wir weiter. Am Abend passieren wir Skellefteå und ankern in der Nähe um am nächsten Morgen noch einen Hafenstop einzulegen. Wir sind nur noch fünf Tagestörns von Tornio entfernt.

◆◆◆

Man sieht Büsche, dann eine Hecke aus Buchen und Birken. Sie thront auf einer gemauerten Anhöhe, etwa drei Meter über der Straße. Hinter den Büschen sieht man einen Menschen, der sich bückt.
»Gut getarnt, nicht wahr?«
Ein Auto fährt mit hoher Geschwindigkeit vorbei. Svenja muss direkt an der Straße stehen.

»Wir sind, als wir in Narvik ankamen, einfach aus der Stadt gewandert und haben uns dann hier in die Büsche geschlagen.«
Svenja dreht sich um. Sie steht tatsächlich neben einer Ausfallstraße. Ein Laster nähert sich, dröhnt heran und vorbei.
»Wir wussten natürlich, dass es riskant ist. War es aber nicht. So kalt das Wetter in Norwegen ist, so cool sind die Menschen. Heute Morgen klopft es an unsere Zelttür und zwei Polizisten wünschen uns einen schönen Morgen und sagen, dass unten in der Stadt ein öffentliches Duschhäuschen ist, wo man sich umsonst waschen kann. Kein Geschrei, kein Strafmandat. Und Duschen ist nötig.«
Oben auf der Mauer fällt das Zelt zusammen.
»Aber über eines mach ich mir ernsthaft Sorgen. Bist du die ganze Zeit bei diesem Scheißwetter gesegelt? Ist das der Norden? Nebel und Temperaturen von fünf Grad? Ich würde gern etwas über die Mitternachtssonne sagen, ich würde gern erzählen, wie sehr wir die Reise genießen, aber tatsächlich ist es grad anstrengend und frustrierend. Noch nicht mal einen illegalen Bus haben wir gefunden, als wir nach langen Mühen dann doch einen elenden Güterwaggon nach Fauske fanden. Halb taub und die Hühnersuppe war auch längst verdaut und für Sex war der Waggon zu eklig. Und dann hab ich auch noch meine Tage bekommen.«
Mit einem Rums fällt der Rucksack die Mauer hinunter.
»In Fauske haben wir versucht zu trampen, aber keiner hat uns mitgenommen. Fast vier Stunden nicht. Und dann hielt der Bus nach Narvik. Der Fahrer bot uns an einzusteigen. Er würde doch sowieso fahren. Und da der Bus leer war, würde es auch keiner mitkriegen. So passierte es. Herrlich bequem, aber fast schon nicht mehr die Reise, die wir wollten. Hätten wir nicht vorher in dem Schweinewaggon so gelitten, ich weiß nicht, ob ich Ole da rein gekriegt hätte.«
»Auf geht's, duschen!«, ruft Ole und springt seinem Rucksack hinterher.

Über das Bild fliegt eine Landschaft im Sonnenlicht. Fjäll hinter Fjäll, rostrotes Gras, Moos, Flechten, alles gedämpfte Farben, doch intensiv.
»Ein Elch!«
Svenja zieht die Kamera herum. Oles Arm zeigt auf einen Punkt, der schnell kleiner wird und dann gar nicht mehr da ist.
»Na, ich weiß nicht!«
»Doch klar, hab ich gesehen!«
»Dann sind wir in Schweden.«
»Klar sind wir in Schweden. Merkst du nicht, wie es bergab geht?«
Ole hat eine Sonnenbrille auf. In ihren Gläsern spiegeln sich die flachen Bergkuppen.
»Und das Wetter ist auch besser. Es ist sogar sehr viel besser. Es ist Sommer.«
»Ja, wir sausen an Kiruna vorbei!«
Svenjas Kamera erhascht ein Schild, auf dem vielleicht »Kiruna« gestanden hat.
»Und was machen wir jetzt?«, fragt Ole.
»Habe ich noch nie mit Max drüber gesprochen. Das Schwierigste am Zugfahren ist das Machen. Schlafen ist gut, miteinander schlafen ist auch gut. Lesen ist okay, aber unsere Bücher sind ja weg. Aber etwas machen geht gar nicht.«
»Witze erzählen!«
»O nein, die kenn ich schon alle.«
»Neue Witze.«
»Welchen?«
Sie filmt Ole. Er legt das Gesicht in Falten und kratzt sich am Kopf.
»Einen schmutzigen von Max?«
»Einen schmutzigen von Max.«
»Wohin fliegt ein schwuler Adler?«
»Keine Ahnung!«
Ole fängt an zu lachen. Sein Lachen ist ansteckend. Auch Svenja lacht, die Kamera wackelt.

»Scheiße, wohin?«
»Zu seinem Horst!« Ole bricht fast zusammen, er wirft sich auf den Boden und krümmt sich vor Albernheit.

Bis in den Himmel Baumstämme. Wie überdimensionale Zahnstocher. Im Hintergrund eine Fabrik, aus deren Schornstein es weiß qualmt. Auf dem Fluss, auf den Svenja nun schwenkt und neben dem die Bahnlinie ein Stück verläuft, werden Baumstämme geflößt. Auf der Straße, die neben der Bahnlinie verläuft, werden Baumstämme gefahren.
»Hier wird Materie zu Papier. Hier wird Natur zum Rohstoff. Gut, dass Gesa das nicht sieht.« Svenjas Stimme.
»Ich hab gelesen, dass Schweden eine vorbildliche Aufforstung betreibt. Es sieht schlimmer aus, als es ist.« Oles Stimme.
Die Kamera ruht, aber der Zug zieht das Bild an dem abgeschnittenen Wachstum vorbei. Svenja sagt nichts. Dann doch: »Ich will, dass wir auf einem Holzzug fahren. Das wäre doch ein würdiger Abschluss.«
»Warum das denn?« Ole klingt echt verblüfft. Und er sieht auch so aus, als Svenja ihn nun filmt. Sein Haar hängt ihm struppig in die Augen. Er hätte in Narvik nicht duschen sollen. Jetzt, wo das Fett und der Dreck aus seinen Haaren gewaschen sind, sieht er irgendwie geföntaus.
»Du hast es doch selbst gesagt«, sagt Svenja.
»Was denn?«
»Dass es schlimmer aussieht, als es ist«, antwortet Svenja.
»Und?« Ole kapiert nicht.
»Und das gilt doch eigentlich auch für uns.« Svenja weigert sich, deutlicher zu werden.
»Versteh kein Wort«, murmelt Ole vor sich hin.
»Lass uns einfach versuchen einen Holzzug nach Finnland zu finden.«

Der Holzzug. Die Kamera verliert sich an seiner Länge. Einige hundert Meter, dreißig Waggons bestimmt. Dahinter ein hellblauer Himmel, so blau, wie im Norden die Nacht ist.
»Ole sagt, dieser Zug fährt zum Sägewerk nach Tornio – unserem Ziel, der Grenzstadt zwischen Finnland und Schweden. Dem Ende des europäischen Gleisnetzes. Dem Ende der germanischen Sprachen. Und Max' Ziel. Max' Endbahnhof. Er wird sicherlich schon auf uns warten. Ich habe mit Ole nicht mehr über unsere Zukunft geredet. Ich traue mich nicht. Aber ich merke auch, dass wir es nicht länger verschweigen können.«
Man merkt an der Kamera, dass Svenja auf den Zug steigt. Das Bild wackelt, der Blick fällt auf das Gras zwischen den Schienen.
»Ole holt Wasser für die Fahrt. Es wird unsere romantischste. Wir reisen im Cabrio.«
Die Kamera ist wieder ruhig, Svenja zeigt eine Einbuchtung in den Stämmen. Weil sechs oder sieben Stämme kürzer sind, hat die Beladung eine Lücke. Breit wie ein Bett und etwa einen Meter tief.
»Ob es kalt wird oder die Luft über uns wegzieht, keine Ahnung. Vielleicht erfrieren wir, vielleicht fliegen wir weg, vielleicht landen wir im Sägewerk.«
Die Kamera schwenkt jetzt von oben über den Zug.
»Warum die Schweden Holz nach Finnland schiffen, ist mir nicht klar. Die haben doch selbst genug. Aber okay. Mir ist im Grunde auch nicht klar, warum wir nicht einfach zufrieden sein können, eigentlich sind wir uns doch auch selbst genug.«
Ole kommt angelaufen, ein kleiner Junge vor dem großen Holz, mit drei Plastikflaschen unter dem Arm. Er winkt.
»Was immer kommen wird, es liegt jetzt direkt vor uns.«

Der Zug fährt, rumpelt, schlägt. Die Kamera ist in den Himmel gerichtet. Nur wenige Sterne sind zu sehen, die Nacht ist zu hell. Ein gebrochenes Licht, ein Schimmern in grünstichigem Blau. Lange filmt Svenja den Himmel. Man hat den Eindruck, ihr Blick will zwischen den Sternen hindurch. In die Tiefe. Dann endlich filmt sie Ole. Ole liegt in dem Holzbett, den Kopf auf den Armen, die Augen offen. Svenja filmt sein Gesicht, lange, als wäre es der Himmel. Ole nickt, sagt aber nichts. Svenja schweigt ebenfalls.

◆◆◆

Ein letzter großer Schlag über den Versterbotten, ein, zwei Tagestörns von Luleå quer rüber über den Nippel des Meerbusens, dann sind wir da. Ich freue mich nicht, Ole und Svenja zu sehen. Ich kann im Grunde nicht fassen, wie viel hinter uns liegt. Von der ersten verspleenten Idee, im Sommer ohne Geld aufzubrechen, bis hierhin, bis zu Isabel und all den Momenten voll gelbem Licht und rotem Glück. Heute segelten wir unterhalb eines Adlers, als würde er zeigen wollen, dass es besser nicht mehr werden kann. Und das ist richtig. So war es gedacht. So sollte ein Leben enden. Aber ist es mein Stolz über die gesegelte Strecke oder ist es der Strich, den meine Erinnerung mir quer durch die Gedanken macht? Mir scheint das Sterben nicht mehr so dringlich. Ich kann mir weder vorstellen, einfach nicht mehr da zu sein, noch kann ich mir denken, dass jemand sich aus Glück das Leben nimmt. Ich müsste jetzt im Grunde so weit sein. Aber wenn ich es nicht bin, konnte Miriam es denn gewesen sein? Das, zusammen mit der Ahnung, dass ich nicht alles von dem Abend weiß, macht mir Angst. Das Dumme ist, ich kann nicht mit Isabel darüber reden. Sie ist dafür viel zu schwedisch, blöde Kuh!

III.

Aus einer hellblauen Nacht segeln wir in den aufziehenden Morgen. Wir sehen die finnische Küste und der Tag hat uns überrundet. Die Sonne ist links von uns untergegangen um jetzt rechts von uns wie eine riesige Apfelsine aufzuerstehen. Erst fängt der Horizont Flammen, dann zerrinnt das Grün der Nacht im Licht, das der rote Ball wirft.
Reden kann man nicht. Man staunt über die Macht, die Farben haben. Wir schauen direkt in die Sonne, bis die Augen schmerzen.
Und als wir unsere Hände von den Augen nehmen, sehe ich am Strand vor uns ein Zelt. Das ist nicht ganz richtig. Zuerst sehe ich die Silhouette einer finnischen Kleinstadt vor dem Nordlicht dieses Morgens. Das sind vor allen Dingen Mietskasernen und Plattenbauten, als sei der Nachbar Russland schon ganz nah. Dazwischen der spitze Turm einer Kirche. Und vor diesem Hintergrund die niedrige Kuppel eines windschiefen Zeltes. Aber nicht das Zelt ist das Denkwürdige an diesem Morgen. Es ist die aalglatte Stille. Tornio war noch nicht erwacht, nur ein paar wenige Autogeräusche, die die Stille unterstreichen, statt sie zu nehmen. Die Ostsee liegt ruhig wie ein Karpfenteich, als gäbe sie sich endgültig geschlagen. Unter mir liegt die schönste Frau Schwedens, schlafend, mit blondem Kopf auf braunem Unterarm, vor mir sind tatsächlich meine Freunde da. Alles ist erwartet und bereitet und ich stehe am Ruder und lasse das Boot in einem graden Kurs auf den Strand zulaufen. Was hinter mir liegt,

die Einsamkeit und die Nächte auf See, die Wanderung durch die Wälder und der Morgen in der Backstube bei Isabel, gibt mir ein fast weihnachtliches Gefühl. Hegel sagt, dass das Nachdenken und das Urteilen und Beurteilen der Grund allen Übels ist, weil es den Menschen von seiner Handlung entzweit. Nur weil man sich fragen kann, ob das gut war, was man gemacht hat, oder ob man es das nächste Mal besser machen kann, grübelt man und lässt Handlungen nicht für sich gelten und stehen. Old Hegel is right. Warum denkt man, wenn man eine schöne Frau küsst, es gibt noch schönere? Warum glaubt man, wenn man die Ostsee durchsegelt hat, das nächste Mal die Nordsee? Ihr seht, worauf ich hinauswill. Dieser Morgen ist ungeteilt, unphilosophisch, ist einzig. Und einzig, ungeteilt, das sind doch die Attribute Gottes, nicht wahr? Dieser Morgen ist göttlich und ich, ich bin in seiner Mitte. Wenn jetzt ein Raumschiff käme und mich in dieser Szene einfrieren würde, eine Endlosschleife einsetzen würde, ich wäre immer der glücklichste Mensch der Welt. Aber das Raumschiff vor mir gleicht einer aufgeblasenen Badewanne. Und als ich so nah am Ufer bin, dass man das Rauschen meines Kielwassers auch am Strand hört, wühlt sich eine einem Marsbewohner nicht unähnliche Erscheinung aus dem Zelteingang.
Die Frage ist, wieso, wenn zwei glücklichste Menschen der Welt aufeinander treffen, Unglück entsteht.
Und die Antwort ist wahrscheinlich, weil es den Superlativ nicht zweimal geben kann. Und deshalb beginnt die scheiß Teilung, beginnt die Hegel'sche Fragekette.

Ole hat es also tatsächlich geschafft. Er ist vor mir gestrandet. Sein Haar gleicht dem Bob Marleys, er hat einen freien Oberkörper und als er die Hand vor die Augen hält, rutscht ihm seine Hose fast über die Hüften. Er sieht super aus. Hart und wild. Ich frage mich, wie ich aussehe. Ich fühle mich wie gespiegelt in Ole und hoffe, dass er ebenso beeindruckt von mir ist.

Ole geht ein paar Schritte auf das Meer zu. Ich recke mich über die Luke. Jetzt ist er sich ganz sicher, dass ich es bin. Aber statt zu winken, nimmt er die Hand vom Gesicht und sieht ruhig zu, wie ich die Segel einhole, den Anker werfe und das Boot sichere. Ich bin unsicher, was ich tun soll. Irgendwie traue ich mich fast nicht, zu Ole hin zu schwimmen. Ich habe plötzlich das Gefühl, es wäre besser, ich würde das Boot nicht verlassen. Trotzdem klettere ich langsam über die Reling und rutsche vorsichtig ins kalte Wasser. Als ich hineingleite, geht auch Ole ins Wasser. Ich schwimme aus dem tiefen Wasser heraus, er aus dem flachen in die Tiefe.

Wir treffen uns auf Bauchnabelhöhe.

Ole streckt mir seine Hand hin. »Moin.«

»Moin«, sage ich.

Plötzlich ziehen sich meine Mundwinkel hoch. Ich kann gar nicht anders, ich muss tierisch grinsen. Gern würde ich es sein lassen, gern wäre ich der einsame Mann aus dem Meer geblieben, aber irgendetwas zieht mir die Kiefer breit und ich muss dem nachgeben und den Mund öffnen und reden.

»Seid ihr schon lange da?«, frage ich.

»Immer in Bewegung und Zeit spielt keine Rolle!« Ole schlägt mir vor die Brust. Er redet locker, aber ich bilde mir ein, einen angespannten Unterton zu hören.

Ärgert er sich tatsächlich, dass er vor mir da war? Er muss mir nicht erzählen, dass das Reisen eine eigene Dynamik kriegt und wie man sich zur Langsamkeit irgendwann nicht mehr überwinden kann.

»Ich bin der Kapitän«, sage ich. »Und du bist eine Landratte.«

Wir waten aus dem Wasser. Da ist sie, die Konkurrenz, deutlich schon in den ersten Sekunden des Beisammenseins. Ole spritzt mir eine Hand voll Wasser ins Gesicht.

»Ja, aber wir sind die geilsten Landratten der nördlichen Hemisphäre.«

Ich spritze zurück. Hatte er »wir« gesagt?
»Du bist nicht allein?«, frage ich.
»Blödmann!« Er wirft sich jetzt auf mich, reißt mich um, drückt mich unter Wasser. Ich ziehe die Beine an, mache mich rund, stoße mich ab und schwimme weg. Ole taucht mir unter Wasser nach. Es ist kein Ernst, aber es ist auch kein Spiel.
Ich weiß natürlich, dass er es mit Svenja bis hierhin geschafft haben musste, aber ich will ihn auch vorbereiten, dass ich nicht alleine bin. Nein, nicht ihn. Wenn ich ehrlich bin, will ich über ihn Svenja warnen und es mir mit Svenja nicht verderben. Ich weiß, dass sie meine Frauengeschichten scheiße findet – ich wusste es, noch bevor ich ihr Video gesehen hatte. Ich tu zwar so, aber ich bin ja nicht doof.
Ole und ich kraulen ans Ufer – über die flachen Sandbänke, die letzten der Ostsee. Obwohl das Wasser nur knietief ist, kraulen wir, als gäbe es keinen Grund unter den Füßen.
Dann liegen wir in nassen Hosen in der Morgensonne, den Oberkörper leicht nach Osten gewendet, und blinzeln der Sonne zu.
»Wir sind vor vier Tagen angekommen«, sagt Ole.
Ich bemerke jetzt, dass er einen Ohrring hat, überlege, ob ich ihn darauf ansprechen soll, lasse es dann aber um ihn nicht unnötig stolz zu machen.
»Und die ganze Zeit im Schweinewaggon?«, frage ich.
Er lacht nicht und grinst nicht.
»Klingt jetzt schon so, als ob alles nicht wahr wäre. Wie soll das bloß werden, wenn wir fünfzig sind und unsere Kinder uns fragen, was wir gemacht haben, als wir jung waren? Die nehmen uns das doch nicht ab.«
»Ich hab dann keine Kinder«, sage ich. Weniger vielleicht, um über Kinder zu reden, sondern vielmehr, um Ole darauf hinzuweisen, dass ich zu einem bestimmten Zweck und Ziel hier hoch gekommen bin. Ole sieht mich an, als sei ich schon tot. »Alles zu seiner Zeit«, sage ich. Ich lasse es doppeldeutig ausklingen.

»Ja«, nickt Ole. »Ja. Auch wir hatten alles in unserer Zeit.« Er nickt mir zu. Ich verstehe sofort, worüber er redet. Was mir der Tod ist, ist ihm der Sex. Aber er signalisiert nicht gerade das, was man Begeisterung nennt, und dementsprechend fällt es mir schwer, ihn danach zu fragen. Ist aber auch gar nicht nötig. Er redet von alleine weiter. Erzählt von der ersten Zugnacht und davon, wie ihre Zärtlichkeit immer hungriger wurde.

Mich interessiert besonders, ob sie es geschafft haben, ein Leben ohne Geld zu führen, wie man es anstellt, sich auf verplombte Züge zu schmuggeln, und es hinkriegt, unerwischt wieder auszusteigen.

»Svenja hat einen Film für dich gedreht«, gibt Ole auf all meine Fragen zur Antwort.

»Hoffentlich sind auch ein paar Bettszenen dabei«, sage ich und weiß, ich hätte es nicht tun sollen. Bestimmte Dinge und Sätze sind tabu. Und mir war klar, als Ole von Südfrankreich und ihrer Bucht erzählte, dass es ihm ernst ist mit seiner Liebe und seinen Ansichten darüber. Und selbst wenn ich noch nicht ganz auf dem neusten Stand bin, was seinen Plan angeht, Svenja zu verlassen, so war doch offensichtlich, dass es auch eine ernste Angelegenheit sein würde, ihn nicht durchzuführen.

»Kein Porno. Aber auch nicht nur Doku-Soap«, antwortet er.

»Wo ist sie eigentlich?«

»Wer ist das denn?«, fragt Ole. Er blickt zum Boot hinüber.

◆◆◆

Isabel?«, fragt Ole. »Ist sie Französin?«

»Nein, ich nenne sie nur so, nach einer Postkarte.«

»Was'n für 'ne Postkarte?«

»Erzähl ich nachher. Is 'ne Frauengeschichte.«

»Noch eine?«

»Wie, noch eine?«

»Mann, Mann, Mann.«
»Guten Morgen«, sagt hinter mir Svenja. Ihre Haare sind fast weiß von der Sonne. Ihre Wangen und ihre Schlüsselbeine ragen hart unter der Haut hervor. Sie hat Sommersprossen auf dem Nasenrücken, trägt abgerissene Hosen, die Oles hätten sein können, so schlabbern sie um ihre Beine. Auch Svenja blickt zum Boot, auf dem Isabel steht. Ich bin überrascht von dem Gefühl, das ich habe, als ich sie sehe. Es fühlt sich an, wie nach Hause kommen. Es geht irgendwie eine Art Wärme von ihr aus.
»Hallo Svenja«, sage ich. Ich gehe auf sie zu und sie auf mich und wir drücken uns kurz. Ich kann ihre Rippen spüren, während ich sie fest in die Arme schließe. Und mit ihrem Körper in meinen Armen verpufft das warme Gefühl des Nachhausekommens. Es waren nicht mehr als drei oder vier Sekunden.
Vielleicht liegt es daran, dass Svenja nicht auf mich schaut, sondern auf Isabel, während wir uns umarmen. Isabel steigt nun selbst ins Wasser und schwimmt mit großen, ruhigen Zügen ans Ufer.
»Isabel«, sage ich, während sie näher kommt. »Meine Freundin. Wir haben uns in Nyköping kennen gelernt und sind die letzten 14 Tage zusammen gesegelt. Sie ist cool.«
Svenja sieht mich überrascht an.
»Na ja, macht halt alles mit ...«, sage ich.
Nun sieht mich Ole an, aber eher interessiert. Er scheint wissen zu wollen, was ich mit »macht alles mit« genau meine. Aber jetzt ist Isabel herangeschwommen, steht auf, und das Wasser läuft an ihrem Körper ab und macht ihr T-Shirt transparent. Ehrlich gesagt, so sicher bin ich mir nicht, dass ich so ein warmes Gefühl hatte, als ich Svenja gesehen habe. Jetzt habe ich ein warmes Gefühl.
Wir drei stehen wohl ziemlich doof da und schauen zu, wie Isabel auf uns zukommt, und wir gaffen. Es ist Svenja, die die Starre löst. Sie huscht zurück ins Zelt und kommt mit einem

nicht unbedingt sauberen, aber trockenen T-Shirt zurück, geht auf Isabel zu, gibt es ihr und heißt sie auf Englisch willkommen. Isabel lächelt. Mir ist sofort klar, dass mit dieser Geste eine neue Gemeinsamkeit gestiftet wurde, dass die beiden Mädchen ab jetzt Freundinnen sind.

»Elisabeth?«, fragt Svenja. »Ich dachte, du heißt Isabel!«

»So nennt Max mich. Er denkt, ich bin die Frau, in die er eigentlich verliebt ist.«

Jetzt sehen alle mich an und ich stehe da wie ein begossener Pudel. »Na ja«, sage ich.

Und dann lacht Isabel und umarmt mich und gibt mir vor den anderen einen Kuss.

»Ich hab Hunger«, sage ich. Und Ole und Svenja sagen »Kommt mit« und zeigen uns ihren Kühlschrank: eine Toastbrottüte (die seit zwei Tagen verfallen ist), zwei Pakete mit Fladenbroten (von einem türkischen Bäcker erbettelt), ein Glas Marmelade, Äpfel, ein Paket Scheibenkäse, Gewürzgurken (alles von Ole bei einem finnischen Aldi geklaut), Tee in einem kleinen Topf, die Beutel schwimmend darin. Wir finden es reichhaltig. Es wird ein richtiges, gemütliches Frühstück. Wir erzählen von unseren Reisen, fragen uns über uns aus. Bis Mittag sitzen wir so zusammen und besser scheint Freundschaft nicht sein zu können. Ich werde müde vom Lachen und merke, dass ich die letzte Nacht nicht geschlafen habe.

Isabel will wissen, wie weit es zur Grenze ist. Und sie fragt, wie das Hinterland wohl aussieht. Ole und Svenja schlagen ihr eine kleine Wanderung vor. Ich habe kein gutes Gefühl bei der Sache. Wenn deine Freundin mit den beiden Menschen loszieht, die dich am besten kennen und am meisten von dir wissen, dann sollten alle Alarmglocken läuten. Und das tun sie, laut und vernehmlich. Aber das Dumme ist, dass mich ihr Alarm nur noch müder macht und ich nicht anders kann, als die Augen zu schließen und mich hinzulegen und auf die Stimmen zu hören, die

leise sprechen, sich dann entfernen, immer leiser werden und schließlich verschwinden. Als es ganz still ist, schrecke ich auf. Es fühlt sich an, als wäre ich nur einmal tief weggesunken, als hätte ich nur einmal kurz die Augen zugemacht. Aber tatsächlich steht die Sonne nun genau über mir, brennend, wie ein Auge, und schaut auf mich herab. Mein Hemd klebt am Körper. Ich bin wie benommen, mir fehlt Wasser und Luft zum Atmen. Ich stütze mich auf alle viere und versuche mich aufzurichten, schaffe es aber nur auf die Knie. Ich sehe vor mir eine schwarze Tasche, unter der ein Zettel steckt. Ich greife danach, erwische ihn, obwohl er nur einen Meter vor mir liegt, nur mit Mühe und zerre ihn hervor.
»Eine Geschichte von dir«, steht darauf. Es ist Svenjas Handschrift. Ich hebe die Tasche an. Es ist ihre Kamera.

◆◆◆

Der Zug fährt, rumpelt, schlägt. Die Kamera ist in den Himmel gerichtet. Nur wenige Sterne sind zu sehen, die Nacht ist zu hell. Ein ganz gebrochenes Licht, ein Schimmern in grünstichigem Blau. Lange filmt Svenja den Himmel. Man hat den Eindruck, ihr Blick will zwischen den Sternen hindurch. In die Tiefe. Dann endlich filmt sie Ole. Ole liegt in dem Holzbett, den Kopf auf den Armen, die Augen offen. Svenja filmt sein Gesicht, lange, als wäre es der Himmel. Ole nickt, sagt aber nichts. Svenja schweigt ebenfalls.

Ich lege die Kamera aus der Hand. Das helle finnische Sommerlicht hat das Display geblendet und die Farben verblassen lassen, aber die Geschichte habe ich gesehen und ich habe auch meine Geschichte gesehen. Ole war Miriams Freund gewesen. Ich hatte es am Abend ihres Todes herausgefunden.
Ich schließe die Augen, ich knie mich hin, beuge mich vor und schlinge die Arme um die Knie.

Ich war eifersüchtig. So hätte ich es nicht genannt, aber ich erinnere mich an die Verstörung und die Unsicherheit, weil Miriam mir auswich, weil sie Geheimnisse vor mir hatte.
Hatte Svenja gesagt, dass Miriam Angst vor mir hatte? Was genau hatte Svenja gesagt? Woran hatte ich mich erinnert wie ein Déjà-vu? War ich nicht mit einer Ahnung angekommen, dass an dem Abend, bevor Miriam starb, mehr passiert war, als ich wusste? Besoffen oder nicht, war ich gefährlich oder böse?
Ich richte mich auf, stehe in Finnland unter der Nachmittagssonne und weiß nicht, was ich tun oder wo ich hin soll. Ich muss mich verstecken. Die anderen kommen jeden Moment zurück und ich muss zusehen, dass ich Zeit gewinne. Also wanke ich mehr, als dass ich zum Wasser gehe. Ich erinnere mich, dass es sich anfühlte, als würde das Wasser zischen, als ich meine Füße hineinsteckte.
War meine ganze Geschichte des letzten Jahres eine Täuschung, so wie auch dieser Text eine Täuschung wäre? Franziska Schultes Angebot zum Beischlaf, Svenjas Reise nach Frankreich, die Verabredung, uns hier oben zu treffen, alles kein Spiel, keine Geschichte über Rock 'n' Roll, über Love and Sex, sondern bitterer Ernst? Keine Komödie, sondern ein Drama, ein Drama mit tödlichem Ausgang, eine Tragödie?
Ich bin im Wasser. Ich schwimme. Ich bin auf halbem Weg zu meiner ISABEL. Meiner Insel, die eigentlich MIRIAM hätte heißen sollen. Ich höre auf zu schwimmen, drehe mich auf den Rücken, breite Arme und Beine aus und lasse mich als toter Mann treiben.
Bin ich schuld an Miriams Tod? Kann es so gewesen sein: Ich hatte auf der Party gesehen, wie sie Ole küsst, ich hatte mich mit Ole geschlagen, ich hatte mich übergeben und Ole war abgehauen und dann hatten mich die beiden Mädchen mit an den Strand genommen, um auf mich aufzupassen. Und ich hatte geschlafen, nicht glücklich und zufrieden, und die Sterne hatten auch nicht

besonders hell geleuchtet, sondern nervös und unruhig, und am Horizont hatten düstere Wolken gedroht. Und dann bin ich wach geworden und habe versucht Miriam zur Rede zu stellen, habe ihr Vorwürfe gemacht, sie angegriffen. Ich erinnere mich, dass ich ihren Namen gerufen habe. Vielleicht aber hatte ich nicht nach ihr gerufen, sondern sie angebrüllt. Ich hatte sie bedrängt, sie war vor mir ins Wasser ausgewichen, ich hatte sie hineingetrieben. Und als ich ins Wasser rannte, rannte ich ihr vielleicht nicht nach um sie zu retten, sondern um sie festzuhalten, gewaltsam bei mir zu behalten?
Ich wusste, ich war in Richtung Mond gekrault. Und ich wusste, als ich sie erreicht hatte, war sie nicht mehr da. Und als ich wieder am Ufer war, kam Svenja angelaufen. Und sie sagte, was sagte sie? Sie sagte: »Wir sagen den Bullen, dass sie Selbstmord begangen hat.« Das hatte Svenja gesagt. Sie hatte nicht gesagt, sie hat Selbstmord gemacht. Sie hat eine Antwort, vielleicht eine Ausrede erfunden, und sie war die Einzige, die wusste, was die Wahrheit war: Ich hatte Miriam ermordet. Ich hatte Miriam aus Eifersucht ins Meer getrieben.
Als ich so weit bin, kann ich nicht mehr schlucken. Ich bekomme keine Luft mehr, ich kann nicht mehr denken. Ich lasse einfach alles los. Meine Muskeln werden schlaff, mein Kopf sinkt unter Wasser. Kälte greift nach meinem Herzen. Ich wollte in den Norden segeln, wo das Licht ewig ist und die Tage ein halbes Jahr dauern, wo die Zeit ganz langsam vergeht und die Ewigkeit das Leben ist, um mit Miriam aufzuschließen. Ich wollte ihre Entscheidung teilen. Ich wollte sterben. Und jetzt sterbe ich. Eine tiefe Befriedigung geht von der Kälte aus. Zwar tut die Lunge weh, aber ich weiß, ich werde den Schmerz aushalten, ich werde meine Arme und Beine nicht bewegen, ich werde keinen Muskel spannen. Ich bin ein Mörder. Ich bin es nicht wert, mich zu retten. Ich könnte schreien!
Ich öffne die Augen. Über mir sehe ich das Licht vom Himmel

über der Ostsee. Um mich herum ist es dunkel. Ich sinke tiefer. Als ihr Mörder würde mich Miriam nicht haben wollen, so viel ist klar. Als der, der schuld an ihrem Tod ist, habe ich nicht das Recht, an ihrem Tod teilzuhaben. Wenn ihr Tod kein Freitod war, sondern verschuldet war, dann ... dann ... dann ...

Ich bäume mich auf. Meine Füße berühren den schlickigen Boden. Ich bin auf dem Grund der Ostsee. Mir wird schwindelig. Jetzt erreicht der Schmerz in den Lungen meinen Kopf. Die Dunkelheit um mich herum sinkt nun auch von innen über meine Augen. Ich habe nicht mehr die Kraft, mich abzustoßen, ich schwebe einfach wieder hoch. Und ich verhindere es nicht. Ich merke, dass das Wasser langsam wärmer wird. Ich habe keine Luft mehr. Ich gebe auf.

Mein Kopf durchschlägt die Oberfläche des Wassers. Luft. Luft schlägt mir gegen den Mund und ich kann nicht anders, als einfach zu atmen. Ich merke, wie meine Lungenflügel zitternd Volumen bekommen. Und davon werde ich getragen. Ich bin am Licht. Ich mache einen ersten vorsichtigen Schwimmzug. Wenn ihr Tod kein Freitod war, sondern ich daran schuld bin, dann habe ich kein Recht, mir das Leben zu nehmen. Dann hat er keine Reinheit mehr, ist kein Ideal, dann ist Selbstmord kein heroischer Akt, dann ist es eine Flucht, dann ist es ein Davonlaufen. Dann ist Selbstmord ein naturalistischer Fehlschluss. Scheiße.

◆◆◆

Ihr Tod hat mir das Recht genommen, mich umzubringen. Und er hat mir die Schuld gegeben. Ich sitze auf meinem Boot und werde langsam wieder warm. Ich habe es nicht geschafft, mir das Leben zu nehmen. Ich muss leben. Aber mit welcher Schuld und zu welchem Preis? Ich kann den Gedanken nicht aushalten, dass ich ein Mörder bin und Schuld habe an Miriams Tod. Hatten

sich nicht Menschen für weniger das Leben genommen? Für Hegel ist der Tod sozusagen der Motor, aus dem heraus Leben, bewusstes Leben, erst entsteht. Er denkt sich das so: Um zu wissen, wer man ist und was man will, kann man nicht einfach drauflosleben, sondern man muss sich erkennen. Das ist der Unterschied zu Tieren, die kein Selbstbewusstsein haben. Man erkennt sich, indem man sich von seinem unmittelbaren Leben entfremdet. So entsteht Freiheit. Freiheit entsteht durch Trennung von dem, was unmittelbar ist, also den Gefühlen – der Besoffenheit, dem Verliebtsein. Hegel ist klarerweise ein Arschloch. Aber ein schlaues. Denn wenn man sich von seinen Bedürfnissen getrennt hat, dann muss man sich nicht mehr mit diesen, sondern mit den anderen Menschen auseinander setzen, die sich von ihren Bedürfnissen getrennt haben. Und diese Auseinandersetzung, die dazu führt, dass man irgendwann selbstständig und souverän und vielleicht erwachsen ist, ist ein Kampf. Ein Kampf auf Leben und Tod. Man versucht, sich gegenüber dem anderen mit seinen Ansichten durchzusetzen, also ihn zu vernichten. So wie beim Abendmahl. Man isst mit der Oblate den Geist Christi und wird so zum Christ. Das ist das Modell. Menschen sind Kannibalen. Und der Tod des anderen ist der Motor, der uns antreibt.
Franziska Schulte würde sich einen Ast freuen, wenn ich ihr das so erklären würde. Aber hier, im Norden der Welt, wo die Schulen besser sind und alles Sinn macht, ist das Leben keine Schule. Was Hegel nahe legt, ist schlicht, dass ich durch Miriams Tod frei geworden bin. Dass ich, weil ich jetzt kein Zwilling mehr bin, endlich ein Ich bin, wenngleich ein trauriges, unglückliches, gescheitertes Ich. Und die Frage ist, soll ich Hegel Recht geben und weiterleben oder Hegel leugnen oder einfach einen Strich durch die Dialektik ziehen, auf Hegel scheißen und einfach, einfach aufhören, über mich nachzudenken. Es gibt sicher andere Möglichkeiten, das Jenseits zu suchen. Eine Bahnschiene, Auf-

hängen, Vergiften. Ich weiß nicht, ob ich den Mut dazu habe, ich weiß in diesem Moment gar nicht mehr, wie es weitergehen soll.

Stimmen. Erst sind es Stimmen, dann sieht man die drei: Ole, Svenja, Isabel. Ich glaube, ich habe mich noch nicht bewegt. Und auch als sie mich sehen und winken und rufen, bewege ich mich nicht. Ich beobachte Svenja, die mir ihre Kamera hingelegt hat, ob sie überrascht ist, dass ich noch lebe. Aber sie winkt wie die anderen. Wollte ich mich umbringen um dem Leben seinen letzten Sinn zu geben, hätte ich mir jetzt das Leben nehmen sollen, weil ich jemanden umgebracht habe. Aber dafür hat meine Kraft nicht gereicht.
Ich hebe den Arm und winke zurück. Müde. Aber vielleicht merken es die anderen nicht.
Sie stellen zwei Plastiktüten an den Strand und eine fällt um, aus der eine Melone kullert. Melone habe ich seit Wochen nicht gegessen. Und in Finnland, so habe ich gelesen, sind schon Gurken und Kartoffeln unerschwinglich.
»Hey, kommst du?«, ruft Ole.
Ich komme. Aber die Vorstellung, ins Wasser zu gehen und rüberzuschwimmen, kann ich nicht ertragen. Da ist die Tiefe, da ist der Sog nach ihr. Im Meer ist der Tod.
Ich ziehe mein Sweatshirt aus, stehe aber an der Reling, ohne den Schritt zu wagen.
»Max«, ruft Isabel, »warte mal.« Und dann zieht sie ihr Sweatshirt aus, geht bis zu den Hüften ins Wasser, taucht ein, schwimmt zu mir rüber. Ich beobachte, wie ihr bloßer Oberkörper langsam im Wasser sichtbar wird. Dann helfe ich ihr an Bord.
»Nett«, sagt sie, »deine Freunde sind sehr nett!«
Ich nicke. Was mochten sie ihr erzählt haben? Hielt sie mich für ein Monster und einen Mörder? Wieso war sie dann zurückgekommen?
»Wieso bist du gekommen?«, frage ich.

»Wir müssen packen.«
»Packen?« Jetzt sehe ich, dass Svenja und Ole dabei sind, das Zelt abzubauen.
»Wir haben ein Haus gefunden. Ein leeres Haus. Ein altes, leeres Haus.«
»Ja, und?«, frage ich. Isabel ist dabei, unsere Schlafsäcke in den großen Stausack aus LKW-Plane zu stopfen, dann räumt sie ihre Wäsche aus, dann meine.
»Wir ziehen dort ein. Vorne sind die Fenster vernagelt, aber die Hintertür ist offen.«
»Ich nicht«, sage ich. »Ich wohne auf meinem Boot.« Ich kann jetzt nicht ins Wasser und rüberschwimmen.
»Du bist überstimmt. Drei zu eins. Und außerdem musst du mir helfen, den Sack rüberzubringen.«
Es ist das erste Mal, dass Isabel mich um Hilfe bittet. Und es wird das letzte Mal bleiben. Im Grunde glaube ich, nicht ich helfe ihr, sondern sie mir. Ich würde sonst auf meinem Boot vermodern und verrotten. Aber der Sack ist die Rettung. An ihm kann ich mich festhalten. Er ist die Boje, an der ich mich der Illusion hingeben kann, noch an Land zu sein. Und so verlasse ich die ISABEL.
Ole und Svenja haben das Zelt bereits fertig verpackt.
»Habt ihr nur einen Rucksack?«, frage ich.
Svenja schaut mich an, arglos. Sie weicht meinem Blick weder aus, noch provoziert sie eine Reaktion. Sie ist einfach normal, scheint mir. Ich wundere mich über ihre Coolness.
»Oles wurde als Ballast über Bord geworfen«, sagt sie.
Und während wir gehen, erzählen sie von Steve und dass er versucht hat, Ole zu verführen. Und ich erzähle von Ole und der Nacht, bevor ich Isabel getroffen hatte. Ole will nicht glauben, dass mein dicker Schwede hieß wie er.
»Hör zu, in deinen Geschichten heißen doch alle gleich«, sagt er, »du nennst deine Freundinnen nach deinem Schiff und so.«

Wir gehen eine staubige Straße entlang, an der leere Bierdosen blühen wie Löwenzahn. Ich erzähle, Isabel lacht und korrigiert mich: »Nein, das stimmt nicht, ich hatte keinen Mehlstaub auf der Nase. Aber Max sah aus wie der Sohn der Trollfamilie aus meinem Lieblingsbilderbuch.«

»Wie sieht denn der Sohn der Trollfamilie aus?«, fragt Svenja.

»Dicke Nase, kurze Beine, Strubbelhaare.«

»Das ist er!«, ruft Ole.

Ich tue empört.

»Hier links«, sagt Svenja.

»Ja, gleich wirst du staunen«, sagt Isabel.

Und dann, als wir eine Hecke umrundet haben, liegt es vor uns, das Haus. Eine alte Holzvilla, wie ich sie aus Pippi-Langstrumpf-Filmen kenne. Vielleicht ist sie sogar einmal gelb gewesen, jetzt ist sie grau, und das Grau leuchtet matt in der tief stehenden Sonne. Die Fenster sind vernagelt. Das Gras ist braun und beinhoch, ein Birnbaum steht unbeschnitten mittendrin und eine Birke ist dem Haus über das Dach gewachsen. Es sieht wunderbar aus. Sofort kann ich die anderen verstehen. Wenn man daran denkt, sesshaft zu werden, dann in solch einem Haus. Wir fangen an zu rennen, wie Kinder, die aus Freude einen Wettlauf machen. Ole erreicht die Hintertür zuerst, aber es ist Isabel, die die engere Kurve nimmt und sie vor ihm aufreißt.

»Willkommen in Tornio-Slot«, sagt sie. So soll es heißen, »Slot«.

Wir stehen in einer Art Waschküche. Blau gekachelter Boden, kein Staub, aber Sand in der Ecke, den der Winterwind durch die Ritzen geweht und zusammengetrieben hat. In der anderen Ecke ist ein gemauertes Waschbecken. Ole dreht an dem Emaille-Hahn, Wasser läuft heraus.

»Geil«, sagt er.

»Kommt mit.« Wir folgen Svenja durch eine Wohnstube mit dicken Bohlen und hohen Wänden. Die Bretter vor den Fenstern sind von Innen nur zu ahnen, da rote Vorhänge davor hängen,

gehalten von dicken Spinnennetzen. Eine Treppe führt ins Obergeschoss. Unten gibt es drei weitere Türen, die alle offen stehen. Wir schauen nach. Zwei Schlafzimmer, in dem einen steht ein Sessel. Im dritten Raum ist ein Kamin. Und neben dem Kamin liegt ein Stapel Holz, grau wie die Wände des Hauses. Vor dem Kamin sieht man Fußspuren im Staub.
»Hier war einer«, sage ich.
»Das waren wir«, antwortet Ole. »Nur deshalb gibt es was zu essen.«
Ich verstehe nicht.
»Na, ich hab den Kamin gesehen und deshalb unseren Kocher verkauft. Für den Kocher hab ich nicht viel bekommen, aber auf den Spiritus war der Finne ganz wild. Er ist nicht versetzt. Vermutlich trinkt er ihn heute Abend als Schnaps.«
»Ja, heute Abend gibt es ein Fest«, sagt Isabel.
Mir ist nicht nach feiern zumute, obwohl das Haus mich ablenkt. Das muss ich zugeben.
Wir gehen die Treppe hinauf.
Ole hatte seinen Kocher verkauft. Ein deutlicheres Zeichen, dass die Reise zu Ende ist, gibt es nicht.
Das Obergeschoss hat vier Zimmer, die alle von einer großen Diele abgehen.
»Für jeden eins«, sagt Isabel und blickt die anderen an. Dann verliert sich ihre Ernsthaftigkeit zu einem Grinsen und wir – ich auch – prusten los. Einerseits, weil es einfach gut ist, in dieser Diele zu stehen, andererseits, weil niemand von uns davon ausgeht, in dieser Nacht alleine zu schlafen.
Und das tun wir auch nicht. Wir fegen das Kaminzimmer und Ole macht Feuer. Svenja hat einen Hefeteig gemacht und wir backen in der Glut Brot. Dann lassen wir das Feuer wieder auflodern und sitzen davor. Isabel hält mich an den Händen. Svenja liegt in Oles Schoß. Es gibt keinen Anlass, unglücklich zu sein, und es gibt keine Gelegenheit, Ole oder Svenja zu fragen, ob ich

Recht habe mit dem, was meiner Ansicht nach in der Nacht vor Miriams Tod passiert ist. Und als sich die Gelegenheit ergibt, kann ich sie nicht nutzen. Ole geht zum Pinkeln raus und ich folge ihm.

»Das machen sonst nur Mädchen«, ruft Svenja hinter uns her. Es ist erstaunlich, wie albern man ohne Drogen sein kann.

Dann stehen wir im hohen Gras und pinkeln gegen den Birnbaum.

»Geht's gut?«, frage ich Ole um einen Anfang zu finden.

»Du weißt, was ich vor der Reise gesagt hab«, antwortet Ole.

Ich weiß es natürlich. Er will Svenja in Tornio verlassen.

»Nicht mehr wirklich«, sage ich.

»Du hast es mir doch gesagt. Ich will mit Svenja kein Mittelmaß. Und das wird kommen.«

Ich wende mich zum Haus. Aus den vernagelten Fenstern fällt Licht, warmes, verheißungsvolles Licht.

»Ole, das war in der Schule. Was soll das jetzt?« Ich weiß, dass ich halbherzig klinge. Und ich merke, dass es mir gut tut, die Probleme anderer zu hören. Es ist wie Pinkeln aus einer vollen Blase. Es nimmt den Druck.

»Nicht für die Schule lernen wir ... «

»... sondern für die Katz«, vollende ich. »Ich weiß. Aber alles was man sieht und wie ihr euch gebt und wie ihr ausseht, das ist doch quatsch, jetzt die Beziehung kaputtzumachen.« Ich weiß, während ich rede, dass dies Ole nicht etwa aufhalten, sondern in seinem Vorsatz bestärken wird. Ich kämpfe nicht wirklich gegen ihn, ich kämpfe nicht für Svenja – nicht für Svenja und Ole jedenfalls. Und so antwortet er wie erwartet.

»Das war doch absehbar, Max. Es war doch klar, dass eine solche Reise uns zusammenbringt. Es war doch klar, dass wir miteinander schlafen würden. Die Romantik und die Sonne und das Hungern, all das war klar und absehbar. Aber was haben denn die letzten Wochen gezeigt? Sie haben gezeigt, dass das

Unabsehbare möglich ist. Dass man ausbrechen kann. Und jetzt sind wir so weit und wollen umdrehen? Ich nicht. Dies ist die Chance.«

Er greift meinen Arm. Fest, fast klammernd.

»Es ist vielleicht die einzige Chance meines Lebens. Jetzt bin ich weg. Ich muss nur weg bleiben. Wenn ich mit Svenja zurückfahre, dann mach ich im nächsten Jahr Abitur und Zivildienst und studiere und heirate. Und dann ist der Ofen aus. Jetzt oder nie.«

Ich löse meinen Arm. Der Griff macht zu deutlich, dass Ole etwas von mir erwartet, was ich ihm nicht geben kann. Einen Widerspruch, der ihn im Glück hält. Aber ich sage: »Kein Widerspruch.« Ich sage es langsam und überlegt. Ich sage es überzeugt. Er hat die Kraft, ich habe sie nicht.

»Wo willst du denn hin?«, frage ich, »ohne Geld.«

Wir schließen unsere Hosenställe. Aus dem Lichtritz unter den Brettern dringt nun eine Bewegung. Das Licht wirft Schatten.

»Wir sind in Finnland, Alter«, sagt er.

Ich blicke in den türkisen Himmel. Ja, wir sind in Finnland.

»Hier gibt's Handys.«

Ich blicke Ole fragend an.

»Hinten am Bahndamm steht ein Waggon mit Handys. Der ganze Waggon ist voll. Ich werde dem Typen, dem ich unseren Spiritus verkauft hab, ein paar bringen.«

Ich blicke Ole an. Ist er so verwegen? Okay, wir haben alle geklaut auf dieser Reise, das war Teil des Spiels, Teil des Abenteuers, Teil des Robin-Hood-Lebens. Aber dies wäre ein Diebstahl, der eine Grenze überschreitet. Dies wäre nicht Mundraub, es wäre im Grunde ein kapitalistisches Verbrechen, so als ob die Deutsche Bank sechstausend Menschen entlässt um zwanzig Nasen die Milliarden zu verdoppeln. Wenn Ole weg will, dann zu unseren Bedingungen, dann ehrlich.

»Wo willst du denn hin?«

»So wie du es mit Nyköping gemacht hast. Ich laufe einfach los und trampe. Wenn ich es bis nach Kemi schaffe, dann nehme ich ein Flugzeug. Und dann nach Süden.«

»Wann?«

»Sobald es geht. Je länger ich warte, desto schwieriger wird es werden.«

Wir gehen zum Haus zurück. Ich denke an meinen Selbstmord. Wenn man es nicht sofort tut, wird alles schwieriger.

»Und deine Eltern?«

Ole wirft mir einen schnellen Blick zu. Er hat Recht. Die Eltern spielen in unserer Geschichte keine Rolle.

»Gut, dass du da bist. Allein hätte ich es mich nicht getraut.«

Scheiße, denke ich. Jetzt halst er mir auch noch die Verantwortung auf. Ich sollte ihn jetzt nach der Nacht von Miriams Tod fragen. Ich weiß, dass es morgen vielleicht zu spät ist. Aber ich sage nichts. Vielleicht, weil ich mich nicht traue, vielleicht, weil ich hoffe, wenn Ole weggeht, würde sich das Thema erledigen. Wir gehen hinein, ohne dass ich es angesprochen habe.

Im Kaminzimmer tanzen die Mädchen zu unhörbarer Musik. Ihre Schatten verdoppeln und verdreifachen ihre Körper gegen die Wand. Sie tanzen eine pantomimische Verführung. Ole und ich müssen mit offenen Mündern zugeschaut haben, wie sich ihre Arme um eine unsichtbare Hüfte klammern, wie sich ihre Beine heben und senken, ihre Hände nach einer Person greifen, die wir sein könnten. Ich gehe auf Isabel zu und sie schwebt in meine Arme, springt auf meine Hüften, legt den Kopf an meinen Kopf. Ich drehe mich mit ihr um die eigene Achse und spüre ihre Zungenspitze an meinem Ohr, wende mich zu Ole und Svenja um, aber die sind verschwunden. Wo immer sie ihr Liebeslager aufgebaut haben, der Platz vor dem Feuer ist frei geworden. Ich lege Isabel neben mich und beginne, sie auszuziehen. Ihre Hände aber sind schneller, und erst bin ich nackt und dann sie. Irgendwo über uns knarrt das Haus. Als wir miteinander schlafen, passe ich auf, dass ich unten liege, auf den nackten

Dielen. Alles an Isabel scheint in dem Moment schützenswert und ich will nicht, dass sie ihre Haut auf den Bohlen aufreibt. Und so reiben wir uns aneinander auf und ich merke nicht, wie mir der Rücken verschrammt. Die Schmerzen tun nicht weh.

◆◆◆

Nackt liegen wir im Staub vor dem Kamin und die warme Luft der Glut ist unsere Decke. In der rauschenden Benommenheit, die alle Sinne zusammenschnürt und dann wie einen Fächer aufklappt, höre ich, wie das Knarren des Hauses über uns aufhört. Dann, später, leise Schritte auf der Treppe. Ich beuge mich in Isabels Wärme. Ich hoffe, die Schritte gehen an mir vorbei. Und sie gehen. Und sie sind weg und ich rappele mich auf und lege ein paar Scheite nach und hole unsere Schlafsäcke, decke Isabel zu und krieche zu ihr unter die Daunen. Vielleicht schlafe ich. Aber wenn ich schlafe, dann nicht tief. Vor Tiefen würde ich mich in Zukunft hüten. Ich versuche im Schlaf an Miriam zu denken. Ich sehe Bilder: Miriam lachend, Miriam Eis essend und Miriam mit blutigen Knien nach einem Sturz vom Kickboard. Aber die Schlafbilder trügen. Ich fasse einen Entschluss. Er fühlt sich mutig an. Aber als ich wach werde, habe ich ihn vergessen. Ich sehe direkt in Oles Gesicht. Er hat einen Finger auf seinen Mund gelegt und blickt mich an. Ich verstehe und krieche auf allen vieren unter Isabels Schlafsack hervor. Ole ist schon draußen, als ich mich aufrichte. Tau liegt auf dem Rasen, aber das Licht ist noch immer da, nur hat es jetzt die Himmelsseite gewechselt und steht im Osten.

»Ich hau ab«, sagt er und drückt mir ein Handy in die Hand.

»Scheiße«, sage ich. Ich gebe es ihm zurück.

»War ganz leicht. Hier.« Er hält mir ein Bündel Geldscheine hin.

»Wie viel?«

»Zweitausendfünfhundert.«
»Scheiße, Ole.«
»Hast du schon gesagt.«
»Hast du mit Svenja geredet?«
»Worüber?«
»Über dich. Über euch!«
»Will sie nicht. Sie weiß, glaube ich, was gerade passiert.«
»Was passiert denn grade?«
»Freiheit. Freiheit passiert grade.«
»Ole ...« Jetzt, jetzt war meine einzige Chance.
»Was?«
»Die Nacht von Miriams Tod ...«
Ole blickt mich mit zusammengekniffenen Augen an.
»Ja?«
»Haben wir uns geschlagen?«
»Was ist denn das für 'ne blöde Frage?«
Ja, aus seiner Sicht ist die Frage tatsächlich saublöd. Ich war ja dabei. Ich muss doch selbst wissen, was passiert ist. Aber ich weiß es nicht und also muss ich anders fragen.
»Wann haben wir uns wieder vertragen?«
Ole sieht mich an, sieht durch mich hindurch. Vielleicht ist bitter das richtige Wort für seinen Gesichtsausdruck.
»Ist wohl einfach so gekommen, schätze ich.« Also war es wahr. Wir haben uns geschlagen. Und es war nicht einfach eine Schlägerei wie mit Klaas, es war ernst und es ging – es ging um Miriam.
»Haben wir uns denn wieder vertragen?«
»Das frage ich mich auch. Manchmal. Ehrlich. Wenn ich es mir recht überlege, finde ich dich eigentlich total scheiße.« Der Anflug eines Grinsens zieht über sein Gesicht. Irgendetwas in ihm wehrte sich gegen die Ernsthaftigkeit. Dann verschwindet das Grinsen. Er redet weiter.
»Ich finde dich scheiße, aber irgendwie gehörst du dazu. Zu mir

und so. Dass wir uns hier treffen, dass wir zusammen los sind und dass wir damals die Zigarre von Schröder geraucht haben. Vielleicht, weil du ihr ähnlich bist. Was du sagst und wie du bist.« Jetzt ist »bitter« das falsche Wort. Ole stiert. Er meint Miriam.

»Verlässt du Svenja wegen Miriam?«

Ole steht stocksteif vor mir. Er schaut durch mich hindurch. Er reagiert nicht, als ich ihm die Hand auf den Arm lege. Ich sage »Ole«, aber er schaut nicht auf.

Wird eigene Schuld weniger, wenn wir anderen Schuldgefühle vermitteln? Ich wollte über mich reden, ich wollte Ole fragen, ob ich schuld an Miriams Tod bin. Und jetzt habe ich sein Zauberwort »Freiheit« in Frage gestellt. Scheiße!

»Tut mir Leid«, flüstere ich.

Da schreckt Ole auf.

»Nein, mir. Mir tut es Leid! Mir tut es Leid, dass ich dir nicht richtig auf die Fresse gehauen hab.«

Ich brauche eine Weile um wieder zu verstehen, wo er ist. Er redet vom Abend von Miriams Tod.

Ein Schatten schwebt vom Birnbaum herab, quer über die Wiese. Unwillkürlich ziehen wir die Köpfe ein.

»Was war das denn?«, fragt Ole.

»Eine Eule, glaube ich«, sage ich. Oder der Geist der Toten.

»Ich habe keine Ahnung, was an dem Abend passiert ist.« Meine Worte flattern hohl durch den nun fast schon frühen Morgen. Viel Zeit haben wir nicht mehr.

Ole steht, die Hände zu Fäusten geballt, vor mir.

»Ich hätte dich schlagen und bleiben sollen. Aber Scheiße, das bin ich nicht. Mir tut es Leid! Ich bin abgehauen, ich hatte keinen Bock auf schlagen. Ich hatte keinen Bock, von dir vor Miriam angemacht zu werden. Du hast keine Ahnung, was passiert ist? Alter, du hast alle Scheißworte, die du kennst, für mich und Miriam benutzt. Und statt sie dir ins Maul zurückzustopfen, bin ich gegangen. Darin bin ich nämlich gut, im Gehen, im Abhauen, wenn's ernst wird. Und das mache ich jetzt auch. Ich hätte es nur nicht sagen sollen!«

Jetzt bin ich es, der stiert, der Ole anstarrt, als wäre er nicht mehr von dieser Welt. Kann das sein? Habe ich richtig gehört? Glaubt Ole etwa, dass er Schuld an Miriams Tod hat?

»Hättest was nicht sagen sollen?«, frage ich.

»Dass ihr beide ... dass ihr beide ... dass du der Einzige bist, mit dem sie ins Bett geht.«

Nun brauche ich eine Weile.

»Und dann?«

»Scheiße, weißt du, wir waren schon ewig zusammen und nichts ...«

»Ja, ja. Schon gut. Und dann?«

»Nichts und dann. Sie hat geweint, glaub ich, du hast irgendwas gebrüllt. Ich bin nach Hause. Und am nächsten Morgen hat mich meine Mutter geweckt, total aufgelöst, und gesagt, Miriam hat sich das Leben genommen.«

Ole nimmt die Schuld auf sich. Ich schüttele den Kopf um die Gedanken wieder auf die Reihe zu kriegen. Ole beißt die Zähne aufeinander, seine Kiefer mahlen.

Irgendwie denke ich, ich sollte ihn eigentlich in den Arm nehmen, aber er sieht so zornig aus, dass ich es nicht tue. Zornig über sich selbst.

»Und jetzt?«, frage ich. »Gehen wir rein?«

Er tritt einen Schritt zurück. Er schüttelt den Kopf und streckt mir die Hand entgegen. Diesmal greife ich sie. Wir drücken uns die Hände. Lang und fest. Und wenn wir zehnmal keine Freunde sind, es ist okay. Und was immer wir an Schuld auf uns geladen haben, hiermit ist sie geteilt.

»Erklärst du es Svenja?«

Was, ist die Frage. Warum Ole wegging oder Miriams Tod. Aber ich nicke.

Es gibt noch jemanden, der sich die Schuld an Miriams Tod gibt. Aber anders als ich, der ich erst in den letzten 24 Stunden durch Svenjas Videofilm mit meiner Wahrheit konfrontiert wurde, lebte Ole schon lange mit seiner Schuld.

Ich renne an die Ausfahrt und rufe Ole hinterher.

Er ist nicht mehr zu sehen. Ich laufe in Richtung Tornio, vielleicht zehn Minuten, ohne ihn einzuholen. Dann renne ich zurück, will am Haus vorbei in die andere Richtung, Richtung Schweden. Aber als ich am Haus vorbeikomme, stehen Svenja und Isabel im Garten. Sie rufen meinen Namen und ich bleibe stehen.

Zwei junge Frauen in Slip und T-Shirt, barfuß auf taufeuchtem Rasen im aufziehenden Morgen des Nordens. Die Haare verstrubbelt, die Gesichter vom Schlaf noch rot. Was für ein Bild. Ich bleibe stehen. Verpuste mich.

»Spielt ihr Verstecken?«, fragt mich Isabel.

»Oder macht ihr Frühsport?«, ergänzt Svenja.

»Warum?«, japse ich. Ich bin außer Form. Falls ich Finnland überleben sollte, würde ich wieder anfangen zu laufen.

»Was rennst du durch den Garten und brüllst ›Ole‹?«, fragt Isabel. »Wo ist er eigentlich?«

»Weg«, sage ich. Und für einen Moment ist es mir egal, wie harsch und schroff es klingt. Ich fange zwei Blicke auf. Der erste ist hart wie Stein und stechend wie eine Klinge. Er sieht aus wie »typisch deutsch«, »verkopft« und ist eine harte Ablehnung des Grundsätzlichen. Er sieht aus, wie es sich anfühlt, wenn man einen Fisch tötet. Der zweite Blick sieht nach gar nichts aus, ist ohne Verständnis. Dabei weiß Svenja genau, was ich meine. Oles Ansage ist ja klar gewesen und ihr Film handelt neben meiner Schuld eigentlich nur von Oles und ihrer Vertrautheit, die erst wuchs, dann zusammenwuchs und dann in einer gespannten Erwartung endete. Aber jetzt weiß sie nicht, was sie sagen soll. Isabel legt Svenja den Arm um die Schulter. Auch sie hat verstanden.

»Er wird sich wieder bei dir melden«, sage ich, obwohl ich nicht so sicher bin, dass das stimmt.
»Max, halt das Maul!«, zischt Isabel mich an. Sie drehte sich auf dem Absatz um und zieht Svenja hinter sich an der Hand ins Haus.

Hegels Antwort auf die Frage, warum man gut und richtig handeln und nicht böse oder gemein sein soll, ist, dass der Geist höchsten Genuss in der Selbstbefriedigung erfährt. Anständig zu sein, ist ihm keine Last oder lästige Pflicht, sondern individuelle Überzeugung. Wird die moralische Pflicht erfüllt, ist in ihr alle Individualität des Menschen zu sich selbst gekommen. Bullshit! Hirnwichse! Niemand hier trägt den Zweck in sich. Ole nicht und Svenja nicht und ich schon gar nicht. Und die letzte Nacht hat gezeigt, dass Selbstzwecke nicht reichen. Selbstzwecke führen zu Selbstzerfleischung. Wie soll man da gut sein? Es ist ganz einfach: Wer an sich denkt, haut ab oder bringt sich um. Wer an andere denkt, bleibt und versucht sie glücklich zu machen. Das war jetzt meine Aufgabe.

Ich liege auf dem Rasen vor unserem Haus, wo ich umgefallen bin. Das Gras juckt an meinen Beinen, ein Schmetterling flattert einen nervösen Tanz vor meiner Nase. Fliegen, Käfer, eine Ameise auf meinem Bein. Die Luft schwirrt vor Fruchtbarkeit. In der Sonne verbrennt die Sicht.
Plötzlich steht Isabel vor mir. Die Hände in die Hüften gestemmt. Sie sagt nichts. Sie blickt auf mich herab.
»Wo ist Svenja?«, frage ich.
Da platzt es aus ihr heraus. »Das ist typisch! Das ist unglaublich! Wo sie ist, ist doch egal. Wie es ihr geht, solltest du fragen.«
Isabel ist vielleicht die einzige und letzte Hegelianerin. Sie trägt ihr selbstbefriedigtes Bewusstsein vor sich her.
»Wie geht es ihr?«

»Wie es ihr geht, fragst du?«
Sollte ich das nicht? Was war bloß los? Ich stütze mich auf die Ellenbogen.
»Sie ist zu traurig zum Weinen.«
Ich nicke. »Ja, Ole ist ein Arsch!«, sage ich.
»Was?«
Isabel starrt mich an. Ich hab keine Ahnung, was ich nun wieder falsch gemacht habe. Aber ich habe das ungute Gefühl, dass ich, egal was ich jetzt sage, einen schlimmen Fehler begehe. Also sage ich gar nichts. Ich sehe Isabel in ihrem Zorn und plötzlich finde ich sie wahnsinnig sexy, wie sie da vor mir steht, herausfordernd, angespannt. Ich stehe auf, stelle mich vor sie. Sie bewegt sich nicht. Ich nehme das als Aufforderung und Friedensangebot. Ich lächle, ich beuge mich vor um sie zu küssen. Da schlägt sie mich, schlägt mich hart, mit der flachen Hand auf meinen Mund. Da ich den schon halb geöffnet hatte, zerschlägt sie meine Lippe über den Schneidezähnen. Ich schmecke Blut. Aber sie zeigt kein Mitleid. Sie dreht sich um und geht zum Haus. Sie rennt nicht, sie bewegt sich ganz langsam. Ich laufe hinter ihr her, fasse sie am Arm.
»Du hättest doch bloß sagen müssen, dass er bleiben soll.« Isabel redet leise, aber scharf.
Ich zögere.
»Hast du uns gehört?«
»Nein. Ich hab euch nicht gehört. Aber ich hab gesehen, dass ihr redet, als ich auf dem Klo war.« Sie deutet vage zum Birnbaum, von dem die Eule gestartet war.
Ich frage nicht, ob sie die Eule gesehen hat.
»Weißt du was, Max, ich fahre. Es ist vorbei.«
Ich erstarre. »Was meinst du?«
»Es war echt eine gute Zeit. Vielleicht eine einmalige. Aber du hast sie verraten. Du bist uns untreu geworden. Ich denke, es ist nicht mehr richtig, dass wir zusammen sind.«

Ich sehe ihr zu, wie sie in ihrem Slip hinter dem Haus verschwindet. Der halbe Stoff war in ihre Po-Ritze gerutscht. Ich renne hinterher, stürme durch die Diele, renne zu unserem Lager.
»Warte. Warte.«
Isabel hebt den Kopf, blickt mich mit Rehaugen an.
»Nein!«
»Wieso hab ich dich verraten? Ich hab doch gar nichts gemacht.«
»Ja«, sie nickt, »eben!«
»Isabel.«
»Nenn mich nicht so. Bitte.«
»Elisabeth, es ging bei uns um Freiheit und es geht auch bei Ole um Freiheit.« Ich lüge und sie weiß es. Wenngleich ich hoffe, dass sie nicht weiß, was die Wahrheit ist.
»Was ist denn Freiheit? Etwa mit einem anderen Mädchen zu schlafen, statt mit einem Mädchen zu schlafen? Das ist doch auch keine Revolution! Ihr lügt euch doch in die eigene Tasche!«
Sie kniet vor ihrem Rucksack und stopft ihre Habseligkeiten hinein. Ich sehe Badeanzug und Bikinihose verschwinden, Socken, Löffel.
»Wie willst du denn ...?«
Sie sieht auf.
»Hast du das Ole auch gefragt?«
»Meine Güte, gib mir doch 'ne Chance!«
»Habt ihr Svenja eine gegeben? Feiglinge!«
Isabel schließt den Rucksack. Nein, wir haben ihr keine Chance gegeben, wir haben sie nicht geweckt. Ich habe sie nicht geweckt. War es Feigheit? Eines weiß Isabel immer noch nicht. Und das ist, dass Ole der Freund meiner toten Schwester war.
»Du verstehst das nicht«, sage ich.
»Nein«, sagt sie, »das verstehe ich auch nicht. Als ihr da standet, hat Svenja keine Rolle gespielt. Da habt ihr nur an euch gedacht. Ihr habt sie einfach vergessen.« Sie wurde jetzt lauter und auch ich redete laut.

»Aber dich, dich vergess ich nicht. Nicht nach all diesen Tagen!«
»Ach, hör auf, solche Liebesduselei kann ich jetzt nicht gut haben!«
»Du bist echt ungerecht! Kannst du mir bitte mal sagen, was du eigentlich hören willst? Dass es mir egal ist, was aus uns wird oder eben nicht?«
Jetzt setzt sie ihren Rucksack auf.
»Ich, lieber Max, will nichts über uns hören. Ich will etwas über Svenja und Ole hören.«
Dann ist sie weg. Dann ist sie raus. Ich stehe in dem nun wieder fast leeren Zimmer, das mit Isabel mehr verloren hat als einen Menschen und seinen Rucksack.

Keine Ahnung, ob das hier je ein Buch wird, keine Ahnung, ob das je ins Schwedische übersetzt wird und ob Isabel das dann auch noch in die Hände kriegt. Aber wenn ja und wenn du bis hierhin gelesen hast, dann lies weiter. Jetzt endlich kann ich dir etwas über Svenja und Ole erzählen.

◆◆◆

Erzählen kann ich jedenfalls über Svenja. Drei Stunden, in denen wir beide unsere Partner verloren hatten, lagen hinter uns. Was vor uns lag, schien völlig unklar. Wir blieben den Vormittag über jeder in seinem Zimmer. Ich saß mit dem Rücken an einer gekalkten Wand, die Beine ausgestreckt, die Zehen in den Sonnenflecken. Wenn ich ehrlich bin – und ich sollte versuchen es zu sein –, fehlte mir Isabel nicht so sehr, wie ich um sie gekämpft hatte. Halb dachte ich an Svenja, die oben in ihrem Zimmer mit dem Rücken an der Wand saß, halb dachte ich an das Gespräch mit Ole. Da blieb kein Platz mehr für Isabel. Sie würde es bis nach Hause schaffen. Vielleicht, dachte ich, besuche ich sie nach der Schule. Warum kein Jahr in Schweden?

Ich erstarrte. Ich hatte an die Zukunft gedacht. Ich dachte, dass es ein nächstes Jahr gibt und – in der gebotenen Ehrlichkeit – ich dachte, dass es schade wäre, nie wieder mit Isabel zu schwimmen.
Zukunft aber bedeutete: kein Selbstmord. Und kein Selbstmord bedeutete: Leben mit der Schuld. Und Schuld bedeutete, dass Ole und ich schuldig waren.
Ich wusste noch immer nicht, was in jener Nacht passiert war. Und die Einzige, die das wissen konnte, war Svenja, die oben saß und vielleicht weder von mir getröstet werden noch mit mir reden wollte.
»Max, ich will nach Hause!«
Ich erschrak. Svenja stand vor mir. Und ich, ich musste wohl eingeschlafen sein. Meine Füße waren jetzt jedenfalls im Schatten und das Fenster hing als Lichtquadrat hoch an der gegenüberliegenden Wand.
»Ich will nach Hause und ich will nicht trampen oder laufen oder segeln.«
Ich sagte nicht gleich etwas.
»Tut mir Leid«, murmelte ich dann.
Ich schaute ihr nicht in die Augen, stand dann aber auf.
»Ich warte draußen«, sagte sie. Und sie war wieder verschwunden, als ich mich aufgerappelt hatte. Wie in Trance packte ich meine Sachen ein und stapfte durch die Hintertür nach draußen. Svenja hatte die Reste unseres Festessens von gestern auf einem Handtuch ausgebreitet. Neben ihr lag ihr Rucksack. Ich warf meinen daneben und merkte, dass ich Hunger hatte, wusste aber, dass ich nichts essen würde. Svenja tunkte ein Kuchenstück in eine Zuckerschale und stecke es sich in den Mund. Sie lächelte. Kurz, aber immerhin.
»Bist du sauer wegen Ole?« Ich setzte mich.
»Auf Ole?«, fragte sie.
»Nee, wegen – auf mich.«

»Warum auf dich?« Sie redete mit vollem Mund.
»Weil er mir gesagt hat, dass er gehen wird.«
»Das hat er mir doch auch.« Svenja schluckte den Kuchen hinunter. Dann redete sie klarer. »Nein, Max. Am ehesten ist es meine Schuld, dass er gegangen ist. Er hätte mich ja auch lieben können.« Was für ein Satz! Schade, dass Isabel ihn nicht gehört hatte! Und wie passt er mit meiner geheimen Ahnung zusammen, dass Miriam auch ein Grund für Oles Verschwinden ist?
»Und bist du sauer auf mich?«, fragte sie mich dann. Ich wollte gerade sagen, Ole kommt bestimmt bald wieder, oder so was. Gut, dass sie weitergeredet hat, sonst wär's kitschig geworden.
»Auf dich?«
»Wegen des Films.« Sie nahm sich ein zweites Stück. Hoffentlich war sie nicht schwanger oder so, dachte ich, bei ihrem Appetit.
»Ihr hattet echt 'ne super Zeit«, sagte ich, wusste aber genau, dass sie das nicht meinte und dass ich, weil ich das sagte, obwohl ich das wusste, echt ein Blödkopp war.
Svenja sah mich nur an, wie mich manchmal Franziska Schulte angesehen hatte. Irgendwie missbilligend, irgendwie spöttisch. Ich schwieg. Ich erinnerte mich an die Worte und an mein Versinken in der Ostsee. Die Verzweiflung, die mich nach dem Film ergriffen hatte, kam wieder hoch und die Gewissheit, schuld am Tod meiner Schwester zu sein, die Ole dann auf sich genommen hatte.
»Was ist in jener Nacht eigentlich passiert?«, fragte ich. Ich wusste nicht, ob ich es wirklich hören wollte. Ich wusste nicht, ob Svenja es wirklich wusste. Ich wusste noch nicht mal, ob es die eine Wahrheit über jene Nacht jemals gegeben hat.
»Na ja.« Sie sah mich an. »Ole und ich und wir alle fragten uns lange, ob du es wirklich nicht mehr weißt. Ob du es verdrängt hast oder ob du zu betrunken warst oder was immer du warst.«
Ich zuckte mit den Schultern. Was immer ich war.
»Die ganze Zeit hab ich darüber nachgedacht, wie ich unsere

Reise filme und gleichzeitig von früher berichte. Das waren parallele Welten, die letzten Wochen. Aber dann, als unsere, Oles und meine, Zeit zu Ende ging, fand ich den Schluss nicht. Ich hab von der letzten Stunde am Strand nicht mehr berichten können. Ich weiß nicht, warum. Vielleicht, weil mir keiner zugehört hat.«
»Bin ich schuld am Tod meiner Schwester?«
Ihr Blick ruhte lange auf mir.
»Ole war weg und wir waren zu dritt am Strand. Du hast ein bisschen abseits gelegen und wir hatten das kleine Feuer gemacht und ein bisschen was getrunken und ein bisschen was geraucht. Du warst richtig scheiße gewesen an diesem Abend und ich hab die ganze Zeit immer nur Ole und Miriam gesehen, wo immer ich auf dieser verfluchten Party war. Und als du da lagst, den Kopf auf dem Unterarm und ausgestreckt und gähnend, da hab ich Miriam gesagt, dass ich jetzt rübergehen und dir einen Kuss geben würde. Und das habe ich getan. Ich glaube, du hast es gar nicht gemerkt. Und dann hab ich dir noch einen Kuss gegeben. Miriam ist aufgestanden und hat mir etwas zugerufen. Ich glaube, sie hat gesagt, sie geht baden, damit wir ungestört sind. Und dann ist sie baden gegangen. Und sie ist – ertrunken. Und ich glaube, sie ist ertrunken, weil ich dich geküsst habe.«
Das war jetzt fast zu viel. Der dritte Schuldspruch und Svenja hatte mich geküsst und ich, war ich damit endgültig freigesprochen?
»Und – äh – waren wir – ungestört?«, fragte ich. Ich bin wirklich zu bescheuert. Als ginge es jetzt darum. Aber andererseits, wenn ich schon mal mit Svenja geschlafen hatte, dann würde ich das auch gern wissen.
Sie lächelte. Sie lächelte Nein. Schade eigentlich, fand ich. Und ich merkte, wie mir ein Schmetterling durch die Brust flatterte.
»Weißt du, Ole glaubt, dass er schuld ist an Miriams Tod, und ich glaube, ich bin es. Nach deinem Film hab ich versucht mir das Leben zu nehmen. Hat aber nicht geklappt.«

Nein, das Leben wollte sich nicht nehmen lassen, das Leben wollte sich geben. Freiwillig, oder gar nicht.
Svenja sah mich erschrocken an. »Ich hab den Film gemacht, damit du dir nicht das Leben nimmst«, sagte sie.
»Hab ich ja auch nicht! Und du bist auch nicht schuld. Es ist einfach passiert«, sagte ich. Der Schmetterling schoss mir zum Mund raus. Es war die Wahrheit. Es war ein Unfall gewesen.
Aber kurz bevor ich mich erleichtert fühlen konnte, zog jemand die Bremse in meinem Kopf. Was hatte Svenja gesagt, als ich aus dem Wasser zurückkam? »Wir sagen denen, was passiert ist. Dass sie Selbstmord begangen hat.« Waren das nicht ihre Worte gewesen? Und waren diese Worte nicht der Grund, dass alle es glaubten und dass ich es glaubte und dass ich hierher nach Tornio gefahren war, um mir das Leben zu nehmen?
»Wieso hast du dann der Polizei gesagt, dass Miriam sich selbst getötet hat?«
Svenja nickte. Svenja schüttelte den Kopf. Svenja fuhr sich mit der Hand durch die Haare.
»Du hast doch mit der Polizei gesprochen. Du hast doch gesagt, dass sie Selbstmord begangen hat. Du hast gesagt, dass die Bullen das nie verstehen könnten und kein Erwachsener, dass Miriam und du aber wusstet, dass man nicht weiterleben darf, als bis zu seinem höchsten Glück.«
Ich nickte. Ich schüttelte den Kopf. Ich fuhr mir mit der Hand durch die Haare. Hatte ich mit der Polizei geredet? Aber hatte ich nicht Svenjas Worte wiederholt?
»Hast du es denn dann mir gesagt?«, fragte ich sie.
»Was?«
»Dass Miriam sich das Leben genommen hat.«
»Du, Max, du hast gesagt, dass Miriam sich das Leben genommen hat. Es ist deine Wahrheit. Ich denke, es war ein Unfall. Und weil ich das denke, habe ich den Film für dich gedreht. Damit du nicht noch auf dumme Gedanken kommst.«

Dumme Gedanken. Gab es andere? Und wenn es keine anderen gab, dann war es auch gut. Ganz langsam löste sich der Griff um die Bremse. Endgültig. Der Selbstmord war meine Erfindung und deshalb konnte ich ihn auch wieder streichen. Der Selbstmord hat keine Wahrheit, Hegel oder nicht. Miriams Tod hatte Wahrheit, seine Deutung nicht.
Aber mit dem Tod von Miriam lebte ich schon so lange, trauern brauchte ich nicht aufs Neue. Und mit der Schuld brauchte ich nun nicht mehr zu leben.

Ganz ehrlich, ich hatte nie geplant, mit meinem Boot zurückzusegeln. Auch hier gilt, was Isabel gesagt hat, es war echt eine gute Zeit. Vielleicht eine einmalige. Zu wiederholen gibt es da nichts. Wir verkauften mein Boot an den Mann, der in Tornio alles aufkauft. Es fiel mir nicht schwer, mich von ISABEL zu trennen. Ein letztes Mal ruderte ich mit einem kleinen Beiboot an Bord und nahm die Dinge an mich, die nicht zu dem Boot gehörten, darunter dieses Buch. Seekarten, Batterien, Besteck und Kochgeschirr, Tauwerk und Segel ließ ich dort. Ökonomisch gesehen war es kein besonders vorteilhaftes Geschäft, aber es fiel mir nicht schwer. Als wir am Strand entlanggingen, die Taschen voller Geld, und einen letzten Blick auf mein Folke-Boot warfen, schob Svenja ihre Hand in meine. Sie drückte sie. Ich weiß, dass sie glaubte, ich hätte das Boot für sie verkauft. Aber bei Hegel hab ich gelesen, dass der Wahlspruch der Römer war: Ein Mann darf sein Glück nicht überleben. Das gilt ohne Zweifel auch für Folke-Boot-Kapitäne. Also war ich keiner mehr. Ich hatte das Steuer aus der Hand gegeben. Und so fühlte ich mich. Ich ging neben Svenja her, ließ meine Hand nicht ungern drücken und war zufrieden, dass sie mir den Weg zeigte. Mir war alles recht. Vorbei an einer Holzkirche, die ich zuvor auf jeder Postkarte gesehen hatte, wanderten wir zu einem Busparkplatz und warteten dort auf irgendeinen Überlandbus. Svenja ging zu einem Kiosk und kaufte Bier.

Ich hatte seit Oles Fischräucherparty keinen Alkohol mehr getrunken. Und als ich jetzt eine gekühlte Dose in der Hand hielt, da war mir nicht wohl. Ich hatte das Gefühl, eine Sucht überwunden zu haben, und ich öffnete die Dose nicht, sondern drückte sie nur gegen meine Stirn. Svenja trank, sie legte den Arm auf meinen Rücken und trank in großen Schlucken. Das war das zweite Mal, dass sie mich berührte, seit Ole weg war.

Das dritte Mal war im Bus. Wir fuhren auf einer breiten und gut ausgebauten Straße durch eine blaue Nacht, über uns ein Zitronenmond. Svenja schlief mit dem Kopf an meiner Schulter. Ich dachte an Ole, der auch zum Flughafen wollte. Was Blöderes, als ihn jetzt in der Schalterhalle zu treffen, konnte uns nicht passieren.

Aber als wir ankamen, war kein Ole da. Es war niemand mehr da. Der riesige Flughafen war hell erleuchtet und komplett ausgestorben wie ein Autobahnklosett. Aber alle Türen standen offen. Wir gingen durch eine riesige Schalterhalle, durch ein Restaurant und dann hinauf auf eine Dachterrasse, wo wir uns zwei Stühle aufklappten, die Schlafsäcke aus unseren Rucksäcken holten und uns einmummelten. Man darf sich das nicht zu romantisch vorstellen. Mein Schlafsack war jedenfalls vor Dreck wie frisch gestärkt.

»Was für schmutzige Witze von mir kennst du?«, fragte ich.

»Ich weiß, dass Ole und du nachts in die Löcher auf dem Golfplatz scheißt«, sagte sie.

◆◆◆

Vor uns auf der Landebahn standen die Flugzeuge wie Pottwale, die an der Nordseeküste angeschwemmt werden. Svenja riss sich eine Wimper aus. Ich sah es unter halb geschlossenen Lidern. Sie blies sie in die Luft.

»Was?«, fragte ich.
»Ich hab mir was gewünscht«, sagte sie.
Ich war mir nicht sicher, ob das mit dem Wimpern-Wünschen je geklappt hat, aber mit absichtlich ausgerissenen Wimpern hat es bestimmt noch nie geklappt.
»Ich möchte, dass du zu mir in den Schlafsack kommst.«
Jetzt hatte sie es auch noch laut ausgesprochen ...

Wenn ich jetzt den Anfang noch mal lese, meinen Planzettel von der letzten Vorklausur, ist es mir peinlich, was ich über Gesa und auch über Franziska Schulte gedacht und geschrieben habe.
Dennoch bin ich, nachdem Svenja und ich wieder zu Hause waren, nach einem Rückflug über Helsinki und Amsterdam und Eltern, die vor Glück heulten, und nachdem Ole eine Karte aus Petersburg geschickt hatte, zu Franziska Schulte gegangen. Es war der Abend vor dem ersten Schultag. Zum ersten Mal nach den hellen Nächten im Norden sah ich wieder Sterne. Ich war nervös. Ein Versprechen stand im Raum und das juckte unter meinen Fingernägeln.
Mir kam es unglaublich vor, dass die ganzen Ferien nur sechs Wochen gedauert hatten – und dass es letztlich doch nur normale Ferien gewesen waren, ich meine, nicht normal, aber eben nicht der totale Ausbruch, der Abschied, der Tod. Wir waren wieder da, hatten etwas geschafft. Ich hatte sechs Kilo abgenommen, Svenja fünf. Wir waren braun, und Miriam war einfach ertrunken, nicht in den Tod getrieben und auch nicht freiwillig aus dem Leben gegangen, einfach nur ertrunken.
Ich klingelte. Und nach ein paar Augenblicken hörte ich das Tappen von Schritten hinter der Tür. Dann ging sie auf und vor mir stand Franziska Schulte, schöner denn je, braun vom Sommer, die Haare wie Feuerzungen um ihren Kopf, in einem eng anliegenden Stretch-Kleid mit weitem Ausschnitt, das ihren schwangeren Bauch deutlich hervorhob.

Ich starrte sie an. Starrte auf ihren Bauch.
»Max«, sagte sie. Es klang nicht überrascht, es klang auch nicht erleichtert, es klang, als würde man ein Ausrufezeichen aussprechen.
»Hallo«, sagte ich. Ich wartete, dass sie so was sagte wie »Gott sei Dank, du lebst« oder »Ich hab mir solche Sorgen gemacht«. Aber sie nickte nur und sagte: »Komm doch mit durch.«
Franziska Schulte war schwanger! Ein Blinder mit Krückstock konnte das sehen – und musste es doch auch schon gesehen haben, bevor die Ferien anfingen.
Wieder den kühlen Flur entlang, an den Türmen englischer Taschenbücher vorbei, ins Wohnzimmer, hinaus auf ihre Terrasse, die nun im Abendlicht lag.
Wo ein Baby ist, da muss auch ein Vater sein. Und da saß er. Braun wie Franziska, groß, Typ Fußballer, hartes Kinn, unrasiert, eckige, modische Brille.
»Das ist Thomas«, sagte sie.
Auf dem Holztischchen standen jetzt Kerzen und zwei große Wassergläser. In einer Schale lagen schwarze Oliven.
Thomas stand auf.
»Moin«, sagte er und wir reichten uns die Hände.
»Das ist Max«, sagte sie.
Thomas' Augen verengten sich hinter seiner Brille.
»Der Max?«, fragte er. Kurz hatte ich Angst, dass er aufspringt und mir eine in die Fresse haut. Immerhin hatte ich seiner Franziska anzügliche Zettel zugesteckt.
Franziska nickte.
»Könnten wir kurz alleine reden, Thomas?«, sagte sie.
Thomas angelte sich ein Buch, das aufgeschlagen neben seinem Stuhl auf dem Boden gelegen hatte, und ging ins Wohnzimmer. Von innen schob er die Tür zu.
Wir setzten uns in den Schein der Kerzen. Der dicke Kater kam hinter einem Rosenstrauch hervor.

»Na«, sagte Franziska. Ich hatte ehrlich gesagt keine Ahnung, ob ich ernsthaft geglaubt hatte, dass wir miteinander Sex haben würden. Wahrscheinlich ist es wie immer. Wenn man es plant, dann klappt es nicht. Wie gesagt, das Leben will sich nicht nehmen lassen, das Leben will sich geben. Irgendwie fasste ich es jetzt als Verrat an uns auf, dass sie schwanger war. Aber eben nur irgendwie, vielleicht als Jucken unter den Fingernägeln. Mehr nicht. Es bedeutete mir eigentlich nichts. Und vermutlich hätte es mir auch nichts bedeutet, wenn sie nicht schwanger gewesen wäre und es Thomas nicht gegeben hätte.
Mir fiel auf, dass wir schwiegen. Aus dem Wohnzimmer flackerte plötzlich das Licht eines Fernsehers. Thomas guckte Fußball. Die Frage war nur, warum er dann ein Buch mitgenommen hatte. Und ich dachte in dem Augenblick, dass er mir ähnlich sieht, dass er mir ähnlich ist. Dass ich es hätte sein können, der ein dickes Buch mit vor den Fernseher schleppt um damit HSV gegen Nürnberg zu schauen.
War es an mir, etwas zu sagen? Sollte ich sagen, dass sie mir einen Beischlaf versprochen hatte? Reden so Erwachsene?
»Vor den Ferien, da haben Sie gesagt ...«, ich fing einen amüsierten Blick auf, »... dass ich sehr wenig von Miriam weiß. Ich glaub, ich weiß jetzt ein bisschen mehr. Aber ich hab keine Ahnung, wieso Sie Miriam so gut kannten.«
Franziska strich mit ihrer Hand über ihren Bauch. Gratuliert man Schwangeren? Ist es nicht peinlich? Ist es nicht so, als würde man für gehabten Sex Glückwünsche überbringen? Ihr Bauch jedenfalls machte mich verlegen.
»Du hattest Recht. Du hast mir gesagt, dass ich Miriam fast gar nicht kannte, und es stimmte. Ich meine, es gab keine geheime Freundschaft oder so. Aber ich kannte mich. Und ich kann mich noch einigermaßen daran erinnern, wie ich war, als ich in der Schule war. Dass sie und Ole sich mochten, das war nicht zu übersehen. Du weißt, dass sie zusammen waren?«

Ich nickte. Ich war wirklich der letzte Volltrottel gewesen.
»Und einmal habe ich Miriam getroffen. Ich kam von Thomas und sie kam von Ole. Ich stieg gerade aus dem Auto und sie fuhr auf dem Fahrrad, ohne Licht, und ich sah sie nicht und schlug ihr fast die Tür ins Vorderrad. Und dann ist sie mit reingekommen und wir saßen hier, so wie du jetzt hier sitzt. Und wir redeten, na ja, wir redeten über Männer. Sie erzählte von Ole und wollte wissen, wie es ist, wenn man älter wird, ob man weniger verliebt ist, dafür mehr liebt, wie es sich anfühlt, wenn Dinge nicht mehr so wichtig sind, dafür aber alles dazwischen. Na ja, so was. Ich hab ihr ein Buch geliehen. Aber eines war mir klar. Wer solche Fragen stellt, der will nicht sterben und der begeht auch keinen Selbstmord.«
Ich hatte die Hände gefaltet und mich vornübergebeugt.
»Es war kein Selbstmord, es war ein Unglück!«, sagte ich. Ich wollte »Unfall« sagen.
Franziska nickte.
»Welches Buch?«, fragte ich.
»Aber es ist nicht gut, sich bei einer einzigen Sehweise aufzuhalten, und es ist schwer, sich mit ihr zu begnügen, sich vielleicht des Widerspruchs der subtilsten aller geistigen Kräfte zu berauben. Bisher wurde nur eine Denkweise dargelegt. Es gilt aber zu leben«, zitierte sie.
»Camus«, sagte ich und ich entschloss mich, diesen Satz meinem Buch voranzustellen.

Vielleicht sah mir Thomas nicht ähnlich. Vielleicht dachte ich, dass ich gern so aussehen würde wie er, wenn ich dreißig bin, vielleicht wollte ich ihm in Zukunft ähnlich sein. Und vielleicht wollte ich nie mit Franziska schlafen, aber mit einer Frau wie Franziska in zwölf Jahren auf der Terrasse sitzen und schwarze Oliven essen. Ich stand vor der Haustür und hatte plötzlich die Idee, am Strand entlang zurück nach Hause zu gehen, vorbei an

der Stelle, an der Miriam ertrunken war. Kleine Wellen eines schwarzen Elements in einer Nacht, die zum ersten Mal wieder kalt zu werden schien. Vom Meer wehte es feucht herüber. Der Altweibersommer begann.
Ich dachte nicht an Miriam, ich dachte nicht an Franziska und nicht an Svenja oder Isabel. Ich dachte in diesem Moment nur an die Stille eines Ankerplatzes in Schweden und das Gefühl, so allein zu sein, dass sich die ganze Welt um einen dreht. Und dann war das Gefühl vorbei und ich wandte mich ab und ging zurück.

Ein Schlafsack speichert Wärme durch seine Enge. Und wenn ein Junge und ein Mädchen gemeinsam in einem Schlafsack stecken, dann ist Körpernähe unvermeidlich. Und wenn das Mädchen Svenja ist, ist jede Bewegung eine Verlockung. Ich wusste nicht, wohin ich meine Hände tun sollte. Und dann waren ihre Hände schon auf meinem Bauch und ich konnte meinen Unterleib nicht mehr vor ihren Beinen retten. Und plötzlich lag meine Wange an ihrer und ihre Lippen auf meinen. Wir küssten uns. Wir hatten einen Punkt erreicht, an dem nur wir auf der Welt waren. Svenja griff meine Hand und legte sie auf ihre Brust. Mein Blut wummerte in meinem Kopf. Ich hörte mein Herz und meinen Puls und dann immer wieder dazwischen ein Wort. Und das Wort war NEIN. Und dann, als wir uns gerade aus den Hosen schälten – keine einfache Übung, wenn man zu zweit in einem Schlafsack steckt –, da war das Wort plötzlich in der Luft. Aber nicht ich hatte es ausgesprochen. Es war Svenjas Stimme. »Nein«, sagte sie. Und sie hatte Recht.

Camus schreibt, dass Freiheit nicht interessant ist. Das Einzige, was interessiert, ist die Frage, ob der Mensch frei ist. Wenn etwas egal ist, dann hat es keine Bedeutung. Es erlangt Bedeutung, nicht indem man es tut, sondern indem man es nicht tut.